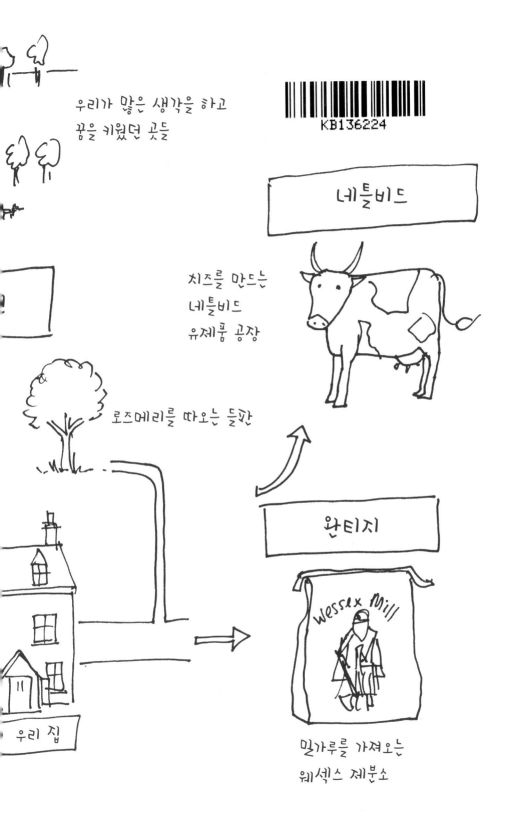

우리가 많은 생각을 하고
꿈을 키웠던 곳들

KB136224

네틀비드

치즈를 만드는
네틀비드
유제품 공장

로즈메리를 따오는 들판

완티지

우리 집

Wessex Mill

밀가루를 가져오는
웨섹스 제분소

위로를 주는 빵집

오렌지 베이커리

위로를 주는 빵집

오렌지 베이커리

키티 테이트 & 앨 테이트 지음 | 이리나 옮김

BREADSONG

윌북

앨버트, 아그네스,
그리고 케이티에게

키티와 앨 그리고
오렌지 베이커리 이야기 8

레시피 179

추천의 글

이토록 사랑스러운 책이라니! 최근 몇 년간 읽은 책 중 가장 행복해지는 책을 꼽으라면 주저 없이 이 책을 꼽겠다. 바쁜 일들에 치여 지쳤던 날에도, 부정적인 감정에 휩싸였던 날에도 이 책 속으로 풀쩍 뛰어들면 오븐에서 갓 나온 빵처럼 금세 마음이 폭신해졌고, 책을 닫은 후에도 따듯하고 씩씩하고 달콤한 기운이 마음속에 오래오래 남았다. 그렇다고 마냥 밝기만 한 것은 아니다. 우울증과 공황장애 속에서 자신을 일으키려는 키티의 눈물겨운 분투와, 예상 밖의 행운 앞에서 공포부터 느끼는 알의 매우 현실적인 고민들이 진술하게 담겨있어 더욱 감동적이다. 그 곁에서 조건 없는 도움을 아낌없이 베푸는 이웃들과 베이커들은 평생의 롤 모델로 삼고 싶다. 베이킹에 전혀 관심이 없더라도, 키티만의 위트 넘치는 시선과 표현, 빵을 대하는 진심이 고스란히 묻어있는 레시피들도 꼭 읽어보라고 권하고 싶다. 요리 레시피를 읽으면서 행복해지는 진귀한 경험과 함께, 나도 내 삶 속에서 이렇게 깊이 몰두하고 사랑할 수 있는 나만의 빵을 찾고 싶다는 희망이 싹틀 것이다. 사랑하는 모든 이들에게 선물하고 싶은 책이다.

김혼비 에세이스트 · 『다정소감』 저자

읽기도 전에 짐작했지만, 『위로를 주는 빵집 오렌지 베이커리』는 내 예상보다 훨씬 더 사랑스러운 책이었다. 읽는 동안 감동과 미소가 빵이 부풀어 오를 때처럼 향기롭게 번졌다. 무수히 실패하더라도 시간과 정성을 다하면 언젠가 사워도우빵을 만들어낼 수 있듯이, 사랑과 이해를 포기하지만 않는다면 절망의 나락에 빠져 있던 한 아이를 반드시 구해낼 수 있다는 진실. 어쩌면 머리로만 알고 있었을 이 진실이 마음 깊이 와닿았다. 사는 게 느닷없이 두려워진 이들이 이 책을 읽었으면 좋겠다. 키티가 그러했듯이 아주 작은 것에서 희망의 노래를 발견하게 될지도 모르니까.

백수린 소설가 · 『여름의 빌라』 저자

진료실을 찾아오는 친구들에게 가끔 이런 질문을 던진다. "뭘 할 때 가장 행복해?" 불안과 우울 속에 갇혀 있는 아이들로선 답하기 쉽지 않은 질문이지만, 나는 그럼에도 답을 찾아보기를 권한다. 햇볕을 쬐면서 천천히 걸어 보기도 하고, 그림을 그려 보기도 하고, 좋아했던 영화를 다시 돌려보기도 하라고. 막막하게만 느껴지는 감정에 맞서 나를 지킬 방법과 힘이 자신에게 있다는 사실을 조금이라도 깨닫길 바라서다.

『위로를 주는 빵집 오렌지 베이커리』에는 주인공 키티가 베이킹에서 희망의 씨앗을 찾아내고, 마침내 어둠에서 벗어나는 과정이 진솔하게 담겼다. 놀랍도록 강한 의지와 사랑하는 가족의 헌신이 있었기에 가능한 일이었지만, 우리 모두에게도 키티와 같은 이야기를 써 내려갈 힘이 있다고 믿는다. 잠깐 가려져 있을 뿐 저마다 마음속에 품고 있는 불꽃들이 분명 있으니까. 지금도 혼자 아파하고 있을 또 다른 키티와 그 가족들과 함께 이 책을 읽고 싶다. 희망을 포기하지 않고, 내 안의 작은 불꽃을 찾아보길 권하며.

오동훈 정신건강의학과 전문의 · 유튜브 〈뇌부자들〉

키티와 앨 그리고
오렌지 베이커리 이야기

키티 '브레드송Breadsong' 영상은 내가 맨 처음으로 인스타그램에 올린 게시물이다. 오븐에서 막 꺼낸 뜨거운 빵은 껍질이 팽창하면서 타닥타닥, 쉭쉭 소리를 낸다. 선반 위에 한 줄로 늘어 놓은 빵에 몸을 가까이(귀가 타지 않게 조심하면서) 기울이면 멀리서 박수갈채가 들리는 것 같다. 이게 빵의 노래, 빵의 마법이다.

앨 키티는 오렌지 베이커리의 이야기를 영상과 사진으로 틈틈이 기록했다. 빵 굽는 일의 즐거움을 흘려 보내지 않기 위해서 였다. 키티가 빵을 굽기 시작했을 때만 해도 나는 우리가 어디로 가고 있는 건지 하나도 알 수 없었다. 그저 키티 옆에 있어야 한다는 것, 그것만 알았다.

이 책은 열네 살이던 딸과 내가 어떻게 오렌지 베이커리를 열게 되었는지에 관한 이야기다. 우리를 도와준 다정한 사람들과 우리 마을에 관한 이야기이기도 하다. 그림은 내가 그렸고, 레시피는 키티가 만들었다. 이야기는 우리 둘이 함께 썼다.

1
THE BEGINNING
시작

사람들이 자주 하는 질문은 두 가지다. "언제부터 그랬어?" "왜 그렇게 된 거야?" 나는 지금도 제대로 대답하기 어렵다. 그나마 답하기 더 쉬운 건 '언제' 쪽이다. 그즈음 몇 가지 이벤트들이 있었기 때문이다. 때는 우리 부모님의 결혼기념일 파티가 열리던 2018년 초봄이었다. 오랜만에 키티의 친가 쪽 가족들이 다 모였다. 때로는 복잡하고, 미묘하기도 한 가족 역학에서 키티는 부러울 정도로 단순한 위치를 점하고 있었다. 항상 이상한 양말을 신어서 모두를 웃게 했고, 사랑스러운 빨간 머리에, 수다스럽고 주근깨가 많은 유쾌한 아이였다. 변화는 아주 천천히 진행됐고, 아내 케이티와 나는 키티가 얼마나 위축되어 있는지 깨닫지 못했다. 그러나 오랜만에 키티를 본 가족들은 곧바로 변화를 알아차렸다. 키티는 말을 하지 않았고, 산만해졌으며, 창백하고 슬퍼 보였다. 키티의 변화를 눈여겨본 할머니와 고모가 따로 전화를 걸어 키티의 안부를 묻기도 했다.

다음 몇 주 동안 우리는 막내에게 무슨 일이 일어나고 있는지 알아내기 위해 모든 노력을 기울였다. 키티를 가족이라는 울타리로 단단히 감쌌고 이야기를 나누고 귀를 기울였다. 그러나 우리가 노력하면 할수록 키티는 우리에게서 더 멀어지는 것 같았다. 아내는 키티를 동네 의원에 데려갔다. 아내가 의사에게 설명을 하는 동안 키티는 잠자코 앉아만 있었다. 의원에서는 좀 더 전문적인 도움을 받아보라고 권했다. 우리는 적어도 문제를 해결하기 위해 무언가를 했다는 데 안도했고, 키티도 도움을 받게 되어 안심하는 것 같았다. 잠시 모든 게 나아지는 듯했지만, 우리 모두 앞으로 무슨 일이

닥쳐올지 알지 못했다.

얼마 후 옥스퍼드에 있는 아동·청소년 정신건강서비스(CAMHS) 센터와 첫 번째 상담 약속을 잡았다. 키티에게는 그 상담이 일종의 자극제가 되었다. 심리학자에게 자신의 느낌을 이야기하고 난 뒤 키티는 더 이상 '정상'인 척 하지 않았다. 애써 용감한 표정을 지어 보이던 가면을 하룻밤 사이에 벗어 버리더니, 더욱 커다란 절망과 두려움에 휩싸이게 된 것 같았다. 키티는 불안에 떨었고, 집을 나서는 일조차 버거워하게 되었다. 6월부터는 학교에 다니는 게 불가능해졌고 그렇게 중요한 일도 아니게 되었다. 키티가 매일 아침 일어나 옷을 챙겨 입는 것마저 힘들어했으니까.

돌이켜보면 우리도 얼마간, 아마 몇 달 전부터는 변화를 눈치챘던 것 같다. 왜 좀 더 빠르게 키티의 변화에 대응하지 못했는지 아내와 나도 생각해보았다. 키티는 자의식에서 더없이 자유롭던 아이였다. 그러다 급작스럽게 들이닥친 사춘기가 아이를 무겁게 짓눌렀다. 우리는 키티의 언니나 오빠가 키티의 나이일 때 어땠는지를 떠올렸다. 앨버트와 아그네스도 열네 살 때는 꽤 힘들어했다.

우리는 키티가 성장하는 아이들이라면 누구나 겪는 '자의식 과잉의 십 대 시기'를 보내는 게 아닌가 생각했다. 키티는 장점이 많은 아이였다. 인기도 많았고, 성적도 좋아서 우리는 키티를 계속 '행복한' 아이로 여겼다. 우울과는 거리가 먼, 통통 튀는 아이였다. 매일 아침 얼굴 가득 웃음을 지으며 우리 방으로 달려와 침대에 뛰어들곤 했다.

그러다 어느 순간 우리에게 다가오지 않았다. 우리는 키티가 금세 다시 돌아오리라 생각했다.

우리가 키티의 변화에 재빠르게 대처하지 못한 데는 다른 이유도 있었다. 진부한 변명처럼 들리겠지만, 우리는 크고 작은 걱정거리가 끊이지 않는 고단한 일상을 보내고 있었다. 아그네스의 A레벨(영국에서 대입 준비생들이 치르는 시험 — 옮긴이) 준비와 앨버트의 GCSE(영국의 중등교육을 이수한 학생들이 치르는 시험 — 옮긴이) 준비로 매일매일을 곡예하듯 헤쳐나가고 있었고 아내는 적어도 일주일에 네 번은 M40번 고속도로를 타고 런던을 왕복하며 암 퇴치 자선단체 '매기스'에서 바쁘게 일했다. 나는 나대로 경력의 기로에 서 있었다. 나는 당시 옥스퍼드대학교에서 난독증 연구를 진행하며 돌파구를 찾으려 애쓰는 동시에, 중년층과 노년층에게 교사로 일할 기회를 주는 자선단체 '나우 티치Now Teach'에서도 일하며 승진을 바라고 있었다. 몇 년 동안 파트타임으로 일하느라 수입은 줄었지만, 덕분에 아이들과 함께 있을 수 있었고 집안일을 이어갈 수 있었다. 반면 아내 케이티의 업무량은 많이 늘어났다. 재정적으로나 개인적으로 우리는 당장 눈앞에 닥친 현실을 살아내느라 정신이 없었다. 그저 막연하게 옳다고 느껴지는 방향으로 계속 전진했다. 키티에게 벌어지고 있는 일을 무시하기로 한 건 절대 아니었다. 그러나 순진하게도 문제를 해결할 수 있는 작은 실마리가 나타나기를 기다리기만 했다. 하지만 그렇게 해서는 무엇도 해결되지 않는다는 걸 곧 깨닫게 됐다.

'왜'에 관해서는 대답하기가 거의 불가능하다. 키티에 대해서라면 말하기가 더 어렵다. '왜 그랬느냐'에 답을 하자면, 마치 초점이 거의 맞지 않는 사진 속 형체를 알아내려 할 때와 비슷한 느낌이 든다. 모두가 '이유'를 꼭 알아내고 싶어 한다. 문제의 뿌리를 찾아내서 뭔가를 바꾸거나 이성의 힘으로 문제를 해결해야 한다고 생각한다. 물론 그러면 좋을 것이다. 그렇게 할 수만 있다면, 사는 게 참 쉬울 것이다.

모든 사람이 분명 계기가 있었을 거라며 그게 뭔지 알고 싶어 했다. 그러나 수천 가지 작은 계기가 있었을지 몰라도 뚜렷한 하나의 원인은 없었다. 어쩌면 단순한 DNA 문제였을지도 모른다. 많은 이의 추측과 달리 소셜미디어는 문제의 원흉이 아니었다. 키티에게는 좋은 친구들이 있었고 따돌림을 당한 정황도 없었다. 키티는 학업의 압박이 그다지 심하지 않은 공립학교에서 성실히 생활했다. 그러나 이유가 뭐였건 간에, 뭔가가 꼬여버렸다. 보통 때와 똑같이 스위치를 눌렀으나, 갑자기 폭발해버린 아폴로 13호와 비슷했다.

몇 주 만에 우리 삶은 완전히 변해버렸다.
절망이 무엇인지조차 알기 어려웠다.

진짜 절망은 과장된 슬픔의 모습을 하지 않는다. 침대에서 일어나고, 먹고, 씻고, 심지어 잠을 자는 가장 단순한 일상의 기능을 포기하는 게 진짜 절망의 실체였다. 그걸 지켜보는 일은 공포에 가까웠다. 키티는 일상적인 일을 하나도 하지 못했고, 우리 부부는 키티를 안심시키기 위해 밤낮없이 옆에 있어주어야 했다. 제정신이 아닌 키티를 이성적으로 대하는 것은 거의 불가능했다. 모두에게 당황스럽고 무서운 상황이었지만, 키티 본인이 가장 힘들었다. 그 와중에도 주변의 삶은 우리와 무관하게 계속 돌아간다는 게 참 이상했다. 이웃들이 개를 산책시키고 유아차에 아이를 태운 채 한가로이 무더운 여름날을 즐길 때 우리는 굳게 닫힌 현관 뒤에서 키티가 완전히 무너지는 걸 막기 위해 고군분투하고 있었다. 아내와 나는 매일 밤 서로에게 묻곤 했다. "왜 이런 일이 생겼을까?" 시간을 한참 흘려보내고 나서야 우리는 '왜'라는 질문을 하지 않게 되었다. 대신 '어떻게' 하루를 무사히 보낼 수 있을지 이야기했다.

나는 엄마 아빠가 모든 걸 이해해보려 애쓰고 있다는 걸 알았다. 두 분은 이런 상황을 막을 수 있었을 거라고 여기는 것 같지만, 그건 아마 불가능했을 것이다. 괜찮을 때와 그렇지 않은 때의 간격이 너무나 짧았다. 나는 자신만만하고 확신에 차 있다가도 느닷없이 불안해서 온몸이 얼어붙어 버렸고 내가 그 전에 어떤 사람이었는지조차 기억할 수 없었다.

마치 블록 하나를 너무 빨리 빼내는 바람에
순식간에 무너진 젠가처럼, 나는 무너졌다.

내게 무슨 일이 벌어지고 있는지 엄마 아빠한테 말하고 싶었지만 그게 너무 어려웠다. 그냥 어떤 형태의 나로도 존재하고 싶지 않았다. 마음이 윙윙 돌고 돌았고 그걸 멈추기 위해서라면 무슨 짓이든 할 것 같았다. 할머니 할아버지의 결혼기념일 파티가 있을 무렵엔 너무 슬퍼서 입을 열 수조차 없었다. 내 상태가 좋지 않다는 걸 나도 알고 있었다. 사촌들과 케이크와 감자칩이 담긴 접시와 가족들의 축하 인사가 조금도 즐겁지 않았다.

굳이 이유를 대야 한다면(이유를 찾아보려고 열심히 노력했다), 내가 스스로 부여한 캐릭터에서 완전히 길을 잃어버렸다는 게 부분적인 원인이라 생각한다. 영화 〈슈렉〉에서 피오나는 밤이 되면 모습이 변해 자신을 숨긴다. 나는 내가 피오나 같았다. 완전한 사기꾼처럼 느껴졌다. 어쩌면 내가 완벽하게 행복한 사람이 아니라 괴물일지도 모른다는 생각에 무서웠고, 사람들이 그런 나의 내면을 알아챌까 봐 두려웠다.

초등학교 때만 해도 나는 늘 약간 건방지고 눈에 띄기를 좋아하는 대담한 말괄량이 캐릭터를 자처했다. 종아리까지 올라오는 특이하고 두툼한 줄무늬 양말을 신었고 앨버트 오빠한테서 물려받은 교복 반바지를 입었다. 나는 '약간 다르다'는 꼬리표를 좋아했다. 그러면 반에서 '제일 예쁜 애'가 될 필요가 없었고 머리를 허리까지 기르지 않아도 됐다(일곱 살 때는 긴 머리가 가장 중요했다). 내 머리카락은 붉은색이었고 작은 참새 가족이 둥지를 틀어도 될 만큼 부스스했다. 그 어떤 빗으로도 감당이 되지 않았다. 나는 항상 다른 사람은 안 하려고 하는 역할을 맡고 싶었다. 이를테면 성탄 연극에서는 침 뱉는 낙타 역할을 했고, 운동장에서 해리포터 게임을 할 때는 네빌이나 론을 했다. 나는 똑똑한 학생은 아니었다. 하지만 선생님들을 와하하 웃게 만드는 그런 아이가 되고 싶었다. 사실 나는 닐이라는 남자애와 동아리 모임에서 많은 시간을 보냈다. 닐이 좋았다. 다만 닐은 여름 학기만 되면 아빠와 아이스크림을 팔기 위해 와이트섬으로 가버렸고, 나는 9월이 되어 닐이 다시 학교에 나타날 때까지 계속 기다렸다.

초등학교는 내 왕국이었다. 따라서 와틀링턴 중학교에 진학하는 건 별로 대단한 일이 아니었다. 언니와 오빠도 그 학교를 나왔고 우리 집에서 모퉁이만 돌면 되는 곳에 있어서 가기도 편했다. 중학교는 지저분했고 초등학교 바로 옆에 있었으며, 마음에 쏙 들었다. 나는 모든 활동에 참여했다. 어떤 모임에서든 내가 가장 어렸고, 나는 늘 좋아서 낄낄대는 아이였다. 학부모 상담에서 선생님들은 엄마 아빠에게 말하곤 했다. "키티는 볼 때마다 웃어요." 나는 사실 늘 웃을 만큼 치아가 예쁘지 않았다. 그래서 다음 몇 년 동안 치아 교정기를 했다. 정말 행복했다.

중학교에 올라가서 첫 두 해 동안은 열심히 공부했다. 마음을 단단히 먹고, 바닥을 친 성적을 악착같이 끌어올렸다. 모든 걸 하겠다고 손을 들었다. 연극 담당 선생님은 내가 개성이 아주 뚜렷하다며 학교 연극에서 할머니 역할을 맡겨주었다. 다섯 번의 공연에서 나는 두꺼운 뿔테 안경을 끼고, 오렌지색 꽃무늬 셔츠와 헐렁한 트위드 치마를 입고, 머리 망을 쓴 채 노인용 보행 보조기를 들고 춤을 췄다. 거의 사회적 자살행위였지만 나는 그게 좋았다. 나는 남의 시선을 전혀 의식하지 않았다.

설명하긴 어렵지만, 9학년이 된 뒤로 나는 엄마에게 몇 년이나 더 학교에 다녀야 하느냐고 계속 물었다. 앞으로 수년 동안 이런 굴뚝 같은 곳에 갇혀 있어야 한다는 게 두려웠다. 다른 애들은 전혀 문제 삼지 않는 듯했지만, 왜 학교에 다녀야 하는지 이해하기 어려웠다. 나는 천천히 나를 지워가기 시작했다. 먹을 수 없었고, 잠을 잘 수도 없었다. 집에 있고 싶었다. 한 번씩 공황발작이 왔지만 아무한테도 말하지 않았다. 디멘터(『해리포터』에서 마법사 감옥을 지키는 간수—옮긴이)들이 뇌에 침입해 무거운 쇠뭉치로 나를 짓누르는 것 같았다.

그해 초여름은 거의 기억이 나지 않는다. 학교를 그만두는 건 차라리 쉬운 일이었다. 나는 바싹 야위어갔다.

겁이 나고 자신이 없고 이 세상에 조금도 존재하고 싶지 않은, 그런 나날들이었다. 겨우 자리에서 일어나면 늘 똑같은 오렌지색 멜빵바지를 입었다.

머리를 감는 일조차 의아할 정도로 고통스러웠다. 가족들이 무얼 하고 있는

지도 알 수 없었다. 엄마는 밤에 내 옆에서 잤고, 아빠는 나를 밖으로 데리고 나가 함께 걸었다. 아그네스 언니와 앨버트 오빠도 늘 곁에 있어주었기에 한 번도 혼자였던 적이 없다. 그런데도 나는 상상할 수 없을 만큼 외로웠다. 뇌를 꺼내 잘 씻은 다음 제자리에 돌려놓고 싶었다.

엄마와 아빠는 나를 돕기 위해 여러 방법을 시도했다. 우리 동네 의사 선생님은 옥스퍼드 외곽에 있는 아동·청소년 정신건강센터(CAMHS)에 가볼 것을 권했다. 한동안 나는 센터 이름이 'CALMS'(침착함, 차분함이란 뜻의 단어—옮긴이)인 줄 알았다. 어쨌든 일주일에 두 번 그곳에 갔다. 갈 때마다 질식할 만큼 날이 더웠다. 우리는 티케이맥스 아울렛 옆에 주차를 한 뒤 쓰레기로 가득한 뜨거운 광장을 가로질렀다(풀숲에서 두 번이나 살찐 쥐를 봤다). 진료소에서는 상냥한 여성 두 분과 작은 방에 앉았다. 그분들이 내게 얘기를 하면 나는 고개를 끄덕이곤 했다. '플로Flo'라는 알약과 처치를 위한 많은 '도구'를 처방받았다. 숨쉬기 훈련을 했고 공황발작을 피하기 위해 눈 아래 차가운 얼음을 대고 마사지하는 법도 배웠다. 그래도 갈 때마다 무서웠다. 엄마 아빠는 집에서 따로 치료에 도움이 될 만한 여러 가지를 시도했다. 아빠는 옆에서 함께 그림을 그렸고, 엄마는 꽝꽝 언 양고기 뼈로 살인을 하고 아기들이 벌로 변하는 로알드 달의 단편소설을 큰소리로 읽어주었다. 하지만 따끔거려서 어떤 단어도 머릿속으로 받아들일 수 없었다. 결국 부모님은 노력을 멈췄다. 여러 날이 헛되이 지나갔다.

우리는 키티 문제에 너무 몰두해서 다른 일을 처리할 여력이 없었다. 키티를 돌보는 데 모든 에너지를 다 쏟아부었고, 큰 문제가 아니어야 할 일들도 큰 문제가 되어버렸다. 마지막 결정타는 짧고 뭉툭한 꼬리를 가진 강아지, '시비'였다. 키티가 아프다는 것을 깨닫기 몇 달 전에 우리는 반려견을 한 마리 더 들이자는 다소 즉흥적인 결정을 내렸다. 전부터 함께 지내던 테리어종 스파키는 나이가 많았고 약간의 불안 증세가 있었지만 아주 순했으며 완벽한 가족 구성원이었다. 스파키는 다정하고 점잖아서 우리가 장을 볼 동안 가게 밖에서 잠자코 기다리곤 했다. 해변에서 다른 사람의 피크닉 도시락에 오줌을 누는 난감한 버릇이 있었지만, 그것만 빼면 완벽한 성인군

자였다. 심지어 우리 집 고양이들과도 사이좋게 지냈다. 우리 집에는 농장에서 데려온 엄마 고양이 스머지(예쁘지만 쌀쌀맞은)와 스머지의 아들 오디가 있었다. 오디와 스파키는 각각 소파를 한쪽씩 차지하고 누워 일광욕을 즐기곤 했다. 그래서 생각한 것이다. 테리어 한 마리 더 있다고 잘못될 건 없겠지?

이 바보 같은 질문이 그 뒤로 일어난 모든 일을 설명해준다. 모든 게 순전히 우리 탓이었다. 시비는 스파키처럼 절반은 파슨 테리어 혈통이었지만, 보통 테리어와는 약간 달랐다. 우리는 미리 챙겨야 할 것들을 하나도 살피지 않았다. 시비의 부모가 어떤 개인지 만나보지 않았고(둘 다 야외에서만 살아온 개들이었다), 스파키의 좋은 행동들을 자연스럽게 배우리라 여겨 시비를 제대로 훈련하지 않았다. 시비가 고양이들을 쫓아 집을 헤집고 돌아다녀도 굳이 말리지 않았다. 결국 시비는 참호를 파듯 정원에 구멍을 내고, 소포가 배달되는 짧은 틈을 타 현관에서 튀어 나가고, 산책할 때는 목줄을 풀고 도망가려고 갖은 애를 쓰는 거친 개가 되어버렸다. 시비는 순식간에 멀리 사라지는 적외선 추적 미사일처럼 달아나곤 했다. 우리는 그러면 시비를 찾아 비탈길을 오르내리며 운 좋으면 20분, 운이 나쁘면 한 시간도 넘게 목이 쉬도록 소리를 질러야 했다.

그래서 그해 우리의 여름은 통제할 수 없는 개 시비, 시비를 피해 다니느라 유령 고양이가 된 오디, 침대마다 오줌을 싸는 것으로 시비에 대한 실망을 내보이는 스머지 때문에 더 뜨겁고 무서웠다. 나는 키티가 어떻게든 나아질 때까지 완전히 문을 걸어 닫고, 우리만의 세계에 숨어 있는 게 가장 좋을 거라 생각했다. 그저 본능적으로 그렇게 느꼈던 것 같다. 그러나 케이티는 언제나 그렇듯 나보다 훨씬 더 용감했다. 아내는 가족들과 친구들, 이웃들에게 다 털어놓기로 했다. 문제에 관해 이야기하는 것이 뒤죽박죽 얽힌 머릿속을 정리하는 아내의 방식이었다.

명랑하고 쾌활하고 밝은 키티가 어쩌다 이렇게 변해버렸는지 아무도 이해하지 못했지만, 모두 도와주고 싶어 했다. 옆집 방갈로로 이사 온 70대 할아버지 피터는 특히나 키티에게 각별했다. 피터는 일찍이 딸을 잃었고 감정을 좀처럼 드러내지 않는 사람이었다. 그의 온화한 공감과 위로가 우리의 마음을 어루만졌다. 와틀링턴에 온 뒤 가장 먼저 친구가 된 루시와 로빈 부부는 한결같이 너그럽고 열린 태도로 이야기를 들어주었기에 우리가 겪는 최악의 상황을 마음껏 터놓고 얘기할 수 있었다. 이웃과 가족뿐만 아니라 키티의 학교 선생님들, 우리 집 문틈으로 편지를 넣어주던 키티의 친구들, 때로는 생면부지의 사람들까지 응원을 보내주었다.

키티는 집 근처 유치원과 초등학교, 중학교에 다녔기 때문에 주변에 모르는 사람이 없었다. 와틀링턴은 영국에서도 조그맣기로는 손에 꼽히는 마을로, 여행지라기보다는 대대손손 자식들을 키우며 살기 좋은 곳이다. 마을 중심부에는 길고 구불구불한 길이 나 있고 한쪽에는 17세기식 건물인 주민센터가, 다른 쪽에는 전쟁기념관이 자리 잡고 있다. 와틀링턴은 공감이 바탕이 되는 진정한 공동체 정신이 살아 있는 곳이다. 이후 몇 년 동안 이 사실을 몇 번이고 되풀이해 경험할 수 있었다.

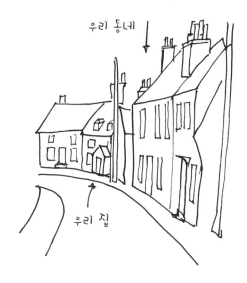

우리 동네 ↓

우리 집 ↑

2
THE FIRST LOAF
첫 번째 빵

어느 날 아빠가 빵을 만들었다. 아빠가 반죽을 만들려고 밀가루와 물과 소금을 볼에 넣고 섞는 동안 나는 멍청하게 주방 의자에 앉아 있었다. 끈적끈적하고 활기 없고 질벅질벅한 반죽이 꼭 내 머릿속 같았다. 아빠는 초등학교에서 받은 (우리 반 친구들의 얼굴이 인쇄된) 티타월을 볼 위에 덮어 선반에 올려두었다. 다음날 내가 겨우 아래층으로 내려왔을 때는 볼이 식탁에 놓여 있었다. 전날 밤처럼 흐느적거리는지 보려고 티타월을 들어 올리자, 반죽은 이제 달 표면 같았다.

반죽에는 부드럽게 기포가 일었고, 기포 하나가 터지면 다른 기포가 일었다. 반죽은 살아 있었다.

키티와 내가 처음으로 함께 빵을 구웠던 때를 제대로 기억할 수 있으면 좋을 텐데, 그러지 못해 아쉽다. 사실 나는 키티가 집중할 수 있는 활동을 찾아주려고 여러 시도를 하고 있었고, 빵 굽기도 그중 하나였다. 키티는 TV에는 몇 분도 집중하지 못했다. 정원 가꾸기도 시도했지만 허사였다. 꽃을 몇 종류 골라 심어봤지만 결국 시비가 모조리 파헤쳐버렸고, 별 재미를 보진 못했다. 실험 삼아 공예도 해봤지만 도움이 되지 않았다. 바느질이 잠시 불씨를 살리는 듯했으나, 야망에 비해 손이 잘 따라주지 않았다. 담벼락을 캔버스 삼아 그림도 그려봤지만 역시 실패했고, 큰 붓으로 담을 다시 칠해야 했다. 이제 선택지가 거의 없었다. 빵 굽기는 목록에서 한참 밑에 있었으나 빵 굽는 일은 즐거웠고, 그래서 우리는 빵을 구웠다. 빵을 구워온 내 오랜 역사를 생각하면 내 제빵 실력은 충격적이었다. 나는 학생 때부터 이따금 재미로 빵을 구웠다. 심지어 마흔 번째 생일에는 친척들이 선물로 제빵학원에 등록을 해줘서 강좌를 들은 적도 있다. 그렇지만 나한테는 말콤 글래드웰의 1만 시간의 법칙이 통하지 않는 것 같았다. 노력을 들일수록 내가 만든 빵은 더 제멋대로였다. 어딘가 덜 구워지고 뻑뻑했다. 그럭저럭 맛은 냈지만, 모양이 엉망이라 가족들에게 내놓은 적도 별로 없다.

그렇지만 베이킹은 이스트와 시간만 있으면 누구나 할 수 있는 일이라, 휴일이나 주말이면 때때로 빵을 굽곤 했다. 수업에서 듣기로는 반죽이 촉촉할수록 좋다고 했다. 그러나 내가 반죽을 촉촉하게 만들면 나무 작업대에 다 달라붙어서 떼어낼 수가 없었다. 반죽을 치대고 긁어내다 보면 주방은 종말을 맞은 지구 같아졌다. 빵을 오븐에서 꺼낼 때만큼은 아이들도 같이 좋아해 주었지만, 곧 반쯤 먹다 만 빵은 쓸쓸히 버려져 돌덩이처럼 굳어갔다.

그때 누군가 뉴욕의 유명한 제빵사 짐 레이히Jim Lahey를 알려주었다. 레이히는 반죽 없이 빵을 굽는 '무반죽 레시피'로 유명하다. 그의 레시피 덕분에 나는 주방의 카오스를 크게 줄일 수 있었다. 방법은 간단하다. 그냥 밀가루, 물, 소금, 극소량의 이스트(최대 1/4 티스푼)를 볼에 넣고 한데 섞은 뒤 밤새 놔둔다. 처음에는 벽지용 풀처럼 보이지만 조금 있으면 반죽이 발효하기 시작하고, 아침이 되면 약간 신맛이 나면서 거품이 인다. 이제 반죽을 동그랗게 만들어 잠시 발효되도록 둔 다음 주철로 된 캐서롤 냄비에 유산지를 깔고 그 위에 반죽을 올린다. 그리고 가장 높은 온도로 예열한 오븐에서 30분 정도 굽는다. 이렇게 구워낸 최종 결과물은 맛은 물론이고 모양마저 사뭇 달랐다. 식구들에게도 인기 만점이었다.

키티와 처음으로 함께 빵을 만들 때도 이 '무반죽 레시피'를 활용했다. 그때가 하루 중 언제였는지, 그날 아침에 우리가 무엇을 하고 있었는지, 어쩌다 그런 대화를 하게 되었는지는 기억나지 않는다. 따로 계획한 것은 아무것

도 없었다. 그저 키티에게 "직접 해볼래?" 하고 물었다. 내가 오븐에서 빵을 꺼내자 키티는 확실히 관심을 보였다. 오랫동안 키티는 무언가에 관심을 보이는 일이 없었다. 나는 그 순간이 얼마나 중요한지조차 몰랐다. 키티가 언제 다시 빵을 굽자고 제안했는지도 여전히 기억나지 않는다.

나는 어떤 요리든 잘해본 적이 없다. 레시피대로 재료를 넣지 않고 그냥 내가 좋아하는 것만 몽땅 때려 넣곤 했다. 내가 만든 바나나빵은 가운데가 푹 꺼졌고, 베이킹소다를 1작은술 넣어야 할지 1큰술을 넣어야 할지 헷갈리는 바람에 세상에서 제일 건조한 컵케이크를 만들기도 했다. 우리 가족도 요리에 별 재주가 없기는 마찬가지다. 엄마가 만드는 건 딱 두 가지다. 간 고기와 쌀을 섞어 만드는 일명 '개밥dog's dinner'. 그리고 아주 느끼한 리조또. 아빠는 엄마보다는 훨씬 나은 편이지만, 뭉근히 끓이는 음식만 무한 반복한다. 구운 감자를 넣은 소시지 캐서롤이 아빠의 단골 메뉴. 그러나 아빠의 빵 굽는 실력은 달랐다. 아빠는 반죽을 하고, 부풀리고, 모양을 만든 다음 용기에 넣어 오븐에 굽는 방법을 가르쳐주었다.

아빠가 오븐을 열면 빵에서 듣기 좋은 바스락거리는 소리가 났다. 그 빵의 노래를 들으면 목덜미 털이 곤두섰다. 꼭 연금술 같았다.

돌멩이처럼 아무것도 아니던 것이 정말 찬란하게 변신했다. 지푸라기로 금을 만들어내는 동화 속 소녀처럼, 나도 그렇게 할 수 있었다. 그래서 나는 다시, 다시, 그리고 또 다시 빵을 구웠다.

우리 가족은 빵을 정말 좋아하지만, 아무리 먹어도 키티의 빵 굽는 속도는 따라잡기 어려웠다. 키티가 흰 밀가루와 통밀가루로 실험을 시작한 지 2주 만에 빵은 보관함 뚜껑을 닫지 못할 정도로 산더미처럼 쌓이기 시작했다. 이웃에게 혹시 빵을 원하는지 물어보자고 제안한 사람은 케이티였다. 우리는 제각기 크기와 모양이 다른 주택 열다섯 채가 늘어선 일방통행로에 산다. 이웃 중에는 대가족도 있고 소가족도 있었다. 그들 모두에게 혹시 갓 구운 빵을 먹을 의향이 있는지 물어보러(혹은 간청하러) 다니기 시작했다. 우리가 문을 두드린 집은 모두 빵을 먹겠다고 했고, 키티는 집에 와서 반죽을 준비하기 시작했다.

다음 날 우리는 갓 구운 따끈따끈한 빵 다섯 덩이를 유산지에 싸서 이웃에 배달했다. 이웃들은 기금을 마련하기 위해 교문 밖에서 꽁꽁 언 컵케이크를 파는 아이에게 지음 직한 친절한 표정으로 빵을 받아주었다. 몇 집 아래에 사는 줄리엣은 자기 아이들이 빵을 순식간에 먹어치웠다며 더 주문해도 되냐고 물어보았는데, 그 말을 들었을 땐 정말 깜짝 놀랐다.

첫 몇 주 동안은 획기적으로 변한 것이 없었다. 하루가 너무 일찍 시작됐고 저녁쯤이면 심신이 지쳐서 밖이 아직 훤할 때 잠자리에 들기도 했다. 이상한 실험을 하며 살고 있다는 느낌이 들었다. 시비는 계속해서 불쌍한 화단을 못살게 굴었다. 케이티와 나는 번갈아가며 키티 곁을 지켰고, 아그네스와 앨버트도 도움을 아끼지 않았다.

그러나 이 일상에
작은 희망의 씨앗이 숨어 있었다.

키티가 자기 전에 반죽을 만들어놓으면, 우리는 아침에 빵을 굽고 포장한 다음 거리를 오르내리며 빵을 배달했다. 아주 잠깐이었지만, 키티가 반죽으로 동그랗게 모양을 만들거나 캐서롤의 뚜껑을 열거나 아직 따뜻한 빵을 건넬 때 한 번씩 환하게 웃는 모습을 볼 수 있었다. 그건 키티가 어두운 생각에 잠식당하지 않았을 때의 미소였고, 애써 지어내는 게 아닌 진심 어린 미소였다.

나는 매일 빵 굽는 시간을 위해 살기 시작했다. 문제는 내가 할 수 있는 일의 양이 제한돼 있다는 거였다. 우리 집 오븐은 자주 과열됐고, 빵 한 덩이를 굽는 데 두 시간이나 걸렸다. 반죽은 많이 만들어낼 수 있었지만, 구울 곳이 없었다. 오븐이 더 필요했다. 그때 줄리엣 아주머니가 먼저 제안을 주셨다. 아주머니는 한 번에 캐서롤 냄비 네 개를 넣을 수 있고 우리 집 오븐보다 훨씬 높은 온도까지 올라가는 대류식 오븐을 집에 막 들여놓은 참이었다. 줄리엣 아주머니는 언제든 그 오븐을 쓰러 집에 와도 좋다고 말했다. 이렇게 새로운 루틴이 생겼다. 나는 아주머니네 식구들이 주방을 쓰지 않는 밤까지 기다린 뒤 종종걸음으로 길을 가로질러 그 집으로 가곤 했다.

저녁 아홉 시가 되면, 다녀와서 바로 잠자리에 들 수 있도록 보송보송한 잠옷을 입고 그 위에 코트를 걸쳤다. 오래된 캐서롤 냄비 두 개를 포개 들고 줄리엣 아주머니네 집 뒷문을 밀고 들어가 주방으로 향했다(강아지 코코와 보리스에게 인사하는 것도 잊지 않았다). 그러고는 옆방에서 TV를 보고 있을 아주머니네 식구들에게 방해가 되지 않게 조용히 캐서롤 냄비를 오븐에 밀어 넣었다. 냄비는 한 번에 두 개씩 옮길 수 있고 아침에는 냄비 네 개를 사용해야 했으므로 나는 이 여정을 한 번 더 반복했다(강아지들에게도 한 번 더 인사했다). 집에 돌아와서는 밀가루와 물과 소금을 큰 양동이에 넣고 섞은 다음 잠이 들곤

했다.

다음 날 아침 일곱 시에는 부풀어 오른 반죽을 양동이에서 퍼내 주방 식탁에 올리고, 밀가루를 묻힌 다음 네 조각으로 나눠 동그란 모양으로 만들었다. 반죽들을 유산지에 올린 뒤 유리로 된 볼 안에 하나하나 넣고 위에 비닐 샤워캡을 덮었다(금세 볼이 모자라서 대충 둥근 거면 뭐든 사용하기 시작했다. 우리는 항상 과일 담는 볼을 어디에 뒀는지 잊어버렸다. 너무 급할 땐 심지어 내 자전거 헬멧을 사용한 적도 있다). 반죽은 두 시간 동안 발효시켰다. 그사이 줄리엣 아주머니는 아침에 일어나자마자 오븐을 켜서 캐서롤 냄비를 예열했다. 나는 오전 아홉 시에 부풀어 오른 반죽이 담긴 볼을 들고 아주머니네 집으로 향했고, 아주머니와 릭 아저씨는 아이리스와 노아를 학교에 데려다주고 개들과 함께 정원을 돌보러 가셨다.

나는 뜨거워진 캐서롤 냄비를 오븐에서 조심스레 꺼냈다. 뚜껑을 열고 유산지를 밑에 깐 동그란 반죽을 냄비 바닥에 내려놓았다. 뜨거운 오븐에 팔을 데지 않기 위해 굉장히 조심했지만, 그래도 곧잘 데고 말았다. 집으로 잠깐 돌아갔다가 30분 뒤에 다시 돌아와 오븐을 열었다. 이번에도 데지 않게 조심해가며 냄비 뚜껑을 들어 올려 김을 뺐다. 그래도 아직 끝이 아니었다. 빵 껍질이 노릇노릇해지려면 뚜껑을 열고 15분간 더 구워야 했다. 기다리는 동안 나는 줄리엣 아주머니의 조리대에 앉아 인스타그램에 올라온 제빵사들의 최신 피드를 확인하고, 레시피와 빵 굽기에 대한 조언과 새로운 실험에 관한 수많은 글을 읽었다.

줄리엣 아주머니네 주방에서 구워낸 빵은 우리 집 낡은 오븐에서 만든 빵보다 훨씬 맛이 좋았다. 열이 더 높아서 반죽이 잘 부풀고 빵 굽는 시간도 반으로 줄었다. 점차 내 빵을 찾는 이웃들이 늘어나서 우리는 근처에 있는 가게에서 캐서롤 냄비를 엄청나게 많이 샀다. 그리고 두 집 아래에 사는 샬럿 아주머니와 필립 아저씨에게 그 집 오븐을 써도 될지 물어보았다.

매일 저녁 나는 부드러운 파자마를 입고 품에는 캐서롤 냄비를 안은 채 조용한 요정처럼 여러 집 사이를 오갔다.

다음 날이면 나는 반죽을 들어 올리고, 밀가루와 유산지를 흘려가며(칠칠치 못하게!) 이웃들의 주방을 넘나들었다. 당시 매일 빵 여덟 덩이를 만들고 이웃들에게 계속 나눠주었는데도 빵이 남았다. 그 빵을 먹어 줄 집을 찾고 싶었다.

와틀링턴에서 잘 아는 사람들의 이름을 모두 적어보았다(마을 인구의 3/4 정도나 되었다). 우리는 갈색 종이봉투에 신선한 빵 한 덩이를 넣어 그들의 문간에 가져다 놓았다. 종이봉투 안에는 아빠의 전화번호와 함께 메모를 남겼다. 미용실, 정육점, 옛 선생님들의 집, 언덕 꼭대기에 있는 보육원, 소방서, 특이한 우체부 아저씨의 집, 아는 친구들과 그냥 좋아하는 집 등 모든 곳에 따끈한 빵 봉투를 보냈다. 그러나 다음 날까지 아무 소식이 없었다. 사람들이 빵 폭탄을 맞았다고 생각할까 봐 걱정이 됐다. 그러다 문자가 도착하기 시작했다. '빵 맛있었어요. 더 먹고 싶네요. 얼마인가요?' 하루에 열 덩이까지 주문이 들어왔다.

이렇게 빵 구독 서비스가 탄생했다.

3
FERGUSON

스타터 퍼거슨

9월이 되자 케이티는 복직했고, 앨버트는 학교로 돌아갔다. A 레벨을 끝낸 아그네스는 외국에 사는 사촌 데이지와 함께 일하기 위해 가나로 출국했다. 결국 키티와 나만 남았다. 아내와 나는 일과 보살핌 사이를 곡예 하듯 넘나드는 생활을 계속 유지하는 건 불가능하다는 걸 깨달았다. 내가 집에서 전적으로 집안일을 맡는 게 훨씬 경제적인 일이었다. 나는 옥스퍼드대학교와 나우티치에 잠시 일을 쉬어야 한다고 설명했다. 두 기관 모두 공감과 지지를 아끼지 않았고 문을 활짝 열어두겠다고 했지만, 나는 집에 전념해야 했다. 키티가 회복하기까지 시간이 얼마나 필요할지 알 수 없었다. 확실한 건 우리가 키티에게 헌신해야 한다는 사실뿐이었다.

돌아보면 내가 침착했던 게 이상할 정도다. 나는 쉰 살이었고, 통장의 잔고는 거의 네 자리로 떨어져 있었으며 이제 직업도 없었다.

우리 부부는 우리 집 경제에 관해 심각하게 얘기해본 기억도 없다. 우리 둘 중 한 사람은 집에서 키티 곁에 있어야 했으므로 선택의 여지가 없었다. 우리는 담보대출을 늘렸고, 나는 일을 완전히 접었다. 처음에는 곁에 있어주는 것 외에 내가 키티에게 어떤 도움이 될 수 있을지 몰랐다. 어떤 말을 들려줘야 키티가 슬픔에서 빠져나올 수 있을지 궁리하며 많은 시간을 보냈다.

키티에게 희망과 가이드를 주기 위해 온갖 은유와 비유를 동원했다. 그러나 이런 말들은 키티에게 가닿지 않고 자꾸 미끄러지는 듯했다. 키티는 원래 비범할 정도로(때로는 지나치다 싶을 정도로) 자신을 잘 표현하는 아이였음에도, 치료의 도구로 사용하는 말들은 무의미하기만 했다. 키티의 뇌에는 수신을 위한 에너지와 공간이 남아 있지 않은 듯했다.

편도체의 힘에 관해 읽은 적이 있다. '파충류의 뇌'로 불리는 부위에 자리한 편도체는 우리 회백질의 하드웨어에서 가장 원시적이고 오래된 곳이다. 편도체의 기능은 아주 강력하면서도 간단하다. 우리가 두려움을 인식하면 편도체는 '투쟁할지 도피할지' 반응하는 한편, 정교하고 빛나는 전두엽 피질이 내리는 이성적이고 합리적인 결정을 완전히 압도하는 힘도 지니고 있다. 듣고, 평가하는 건 모두 전두엽이 하는 일이다. 키티는 소용돌이치는 공포와 편도체가 뇌를 장악하려 드는 상황과 싸우느라 어떤 말도 제대로 듣지 못했다. 이는 매우 지치는 일이었기에, 빵 굽기는 나뿐만 아니라 키티에게도 휴식이었다.

짐 레이히의 레시피를 익힌 뒤 우리는 새로운 종류의 빵을 시도해보고 싶어졌다. 맨 처음 참고한 책은 제임스 모턴의 『찬란한 빵Brilliant Bread』이었다. 제임스는 스코틀랜드의 의대생이었는데, 그는 키티가 어두운 길을 헤맬 때 유일하게 볼 수 있었던 TV 프로그램인 〈더 그레이트 브리티시 베이크 오프The Great British Bake Off〉에 출연했던 적이 있다. 셰틀랜드 양털 점퍼를 즐겨 입는 제임스에게는 소박한 매력이 있었다. 제임스의 책은 야망과 실현 가능성 사이에서 균형을 찾는 우리에게 꼭 필요한 레시피를 담고 있었다. 우리는 제임스의 포카치아와 스위트도우를 시도했고, 잉글리시 머핀은 실패했으며(레시피에는 아무 문제가 없었다), 피타빵은 성공적으로 만들어냈다. 그러나 우리가 감히 시도도 해보지 못한 빵이 있었으니… 바로 사워도우였다. 전에 한두 번 사워도우 스타터(물과 밀가루로 만드는 발효종. 이스트를 대신하는 천연 효모다)를 만들어본 적이 있는데, 스타터가 아니라 거의 사악한 기운이 뿜어져 나올 것 같은 회색빛 점액질이 완성됐다. 유리 용기에 넣어두니 마치 알룸베이만(영국 와이트섬 가장 서쪽에 있는 만—옮긴이)의 모래를 가득 채운 장식용 유리 등대 같았다. 이 스타터는 냉장고에서 몇 주 동안 자리만 차지하다 그대로 버려졌다. 나와 키티는 사워도우가 너무 복잡하다고 느껴서 그 장은 통째로 넘겨버렸다.

사워도우라는 단어가 음식 이름 앞에 붙으면 그게 무엇이든 간에 꼭 한번 먹어보고 싶어진다.

사워도우 피자, 사워도우 크래커, 사워도우 브레드 스틱. 사워도우가 들어간 음식은 메뉴판 위의 최강자, 장인이 만들 법한 고급 요리처럼 느껴진다. 사워도우가 앞에 붙으면 가격이 두 배여도 괜찮다는 뜻이다. 옥스퍼드대학교에서 일할 때는 시장 근처 샛길에 있는 델리에서 사워도우 빵 반 덩이를 사곤 했다. 그럴 때면 마치 토요신문에 소개되는 유명 식당에서 샥슈카(달걀에 토마토소스와 각종 채소, 향신료를 첨가하여 만든 지중해식 스튜 요리 ─ 옮긴이)나 판자넬라(빵, 토마토, 붉은 양파, 오이 등에 올리브 오일을 더해 먹는 이탈리아식 샐러드 ─ 옮긴이), 완벽한 수란 같은 음식을 주문하는 느낌이 들었다. 사워도우에는 황제의 새 옷 같은, 쉽게 다가갈 수 없는 아우라가 있었다. 옥스퍼드 델리에서 사 먹은 소중한 사워도우는 '보통 빵'과 다른 시큼한 맛이 났고, 조금 푸석푸석했다. 슈퍼마켓에서도 사워도우 빵을 팔길래 그것도 먹어보고 좋아하게 됐지만, 어쩐지 결코 사랑할 수는 없었다. 그러다 그해 여름, 진정한 사워도우를 맛보게 되었다.

8월 말이 되니 와틀링턴의 단조로운 삶에 짓눌리는 느낌이었다. 그래서 키티를 데리고 케이티의 여동생 앨리스가 사는 런던으로 갔다. 조금 불안하긴 했지만 키티를 사촌들에게 맡기고 아내와 나는 몇 주 만에 단둘이서 외출했다. 우리는 길모퉁이에 있는 작은 레스토랑까지 걸어갔다. 갑자기 전화가 걸려와 불려가게 되더라도 딱 한 시간만 우리끼리 시간을 보내기로 했다. 레스토랑에는 우리보다 훨씬 젊고 세련돼 보이는 사람들로 가득했지만, 딱히 의식하지 않으려 했다. 우리는 식당의 메뉴 제안을 거절하고 대신 빨리 취하기 위해 소금에 절인 고기와 빵, 와인 한 병을 주문했다.

조금 뒤 내가 살면서 먹어본 중에 가장 맛있는 빵이 바구니에 담겨 나왔다.

겉은 바삭하게 익었고 안은 쫀득쫀득했으며, 부드러운 동시에 신맛이 났다. 나는 웨이트리스에게 빵의 출처를 물었다. '사워도우' 외에는 어떤 말을 들었는지 기억나지 않는다. 이게 바로 진짜 사워도우의 맛이었다. 키티를 위해 빵 한 조각을 챙겼다(이 빵은 며칠 뒤 내 재킷 주머니에서 보풀이 묻고 딱딱해진 채 발견됐다). 그 사워도우는 좋은 빵에 대한 내 기준점이 되었고, 지금도 그러하다.

이후 몇 주 동안은 그날 밤에 먹은 사워도우 빵 생각뿐이었다. 나와 키티는 제임스 모턴의 책에서 사워도우 장을 다시 펼쳤다. 우리는 이 신비로운 암호를 깨야 했다. 그러나 전에 실패한 경험 때문에 사워도우 스타터를 만들 엄두가 나지 않았다. 우리는 이미 만들어져 있는 걸 사기로 했고, 글로스터셔에 있는 '홉스하우스 베이커리'에서 만든 스타터를 온라인으로 주문했다.

며칠 뒤 사워도우 만드는 법을 알려주는 다정한 손글씨 책자와 함께 홉스하우스 베이커리의 스타터가 깔끔한 유리병에 담겨 도착했다. 지금껏 내가 만들었던 그 어떤 스타터보다 훨씬 건강해 보였다. 우리는 당장 스타터를 사용해 빵을 굽기 시작했다.

우리의 첫 번째 사워도우는 우리가 늘 구웠던 오버나이트 믹스빵보다 훨씬 더 납작했다. 코티지 로프(둥근 빵 두 개를 포개놓은 모양의 영국 전통 빵—옮긴이)보다는 프리스비 원반 같았다. 그러나 빵에서는 전보다 훨씬 더 다채로운 맛이 났고, 우린 그게 정말 좋았다.

사워도우 반죽이 발효될 때는 두 가지 요소가 작용한다. 먼저 천연 효모가 밀가루 속의 전분을 부지런히 먹어치우고 이산화탄소를 내뿜어 빵이 부풀고 거품이 나게 한다. 그리고 젖산을 분비하는 박테리아(요구르트에 든 '좋은' 박테리아와 유사하다)가 사워도우의 신맛을 낸다. 우리가 만든 납작한 사워도우의 약점이 무엇일지 궁금해하며 계속 연구를 거듭했지만, 발전 과정은 느리기만 했다. 레시피를 그대로 따라 하면 빵을 한 번 구울 때마다 유리병에 든 스타터를 거의 다 쓰게 됐고(이때까지만 해도 스타터의 양을 쉽게 늘릴 수 있다는 걸 몰랐다) 따라서 한 번에 빵 한 덩어리밖에 만들지 못했다.

나는 사워도우에 대해 그다지 안달하지 않았다.

내 목표는 빵 피라미드의 꼭대기에 있는 완벽한 사워도우였다. 나는 천천히, 완전하게 마스터하고 싶었다.

내가 사랑에 빠진 것은 빵의 맛이 아니라 스타터였다. 홉스하우스 베이커리에서 배송해준 스타터를 나는 퍼거슨이라 불렀다. 그는 내 모든 것이었고 그를 생기 있고 행복하게 하는 게 내 임무였다. 매일 아침 나는 퍼거슨에게 100ml의 따뜻한 물과 같은 양의 밀가루를 공급해주었다. 일단 퍼거슨이 물과 밀가루를 잘 흡수하면, 절반을 덜어내고 다시 물과 밀가루를 넣어줘야 했다. 퍼거슨은 따뜻한 걸 좋아했지만 그렇다고 너무 따뜻해서도 안 됐다.

나는 주방에 혼자 있을 퍼거슨 걱정에 자다가도 벌떡 일어나곤 했다. 어느 날 밤에는 주방에 놓인 크고 푹신한 벤치에 털 담요를 깔고 거기에서 잤다. 다음 날 밤에도 똑같이 했고, 다음 날 밤도, 그다음 날 밤도 마찬가지였다. 내가 퍼거슨 곁에 있어줄 수 있다는 것만으로도 잠이 훨씬 잘 왔다. 침실에 갇혀서

스스로 쓸모없는 사람이라는 생각에 자책하며 허우적댈 때보다 마음이 훨씬 편했다. 퍼거슨 옆에 있는 나는 쓸모 있고 책임감도 강한 사람 같다는, 평소와는 정반대의 느낌이 들었다.

가족들은 내가 주방 벤치에서 잔다는 사실을 아무 말 없이 묵인해주었다. 내가 학교에 가지 않거나 매일 같은 옷을 입는 걸 받아들여 준 것처럼. 덕분에 나는 머리가 덜 아팠고, 가족들이 원하는 것은 그뿐이었다.

아직 다른 누군가에게 우리가 만든 사워도우를 먹여볼 용기는 없었다. 따라서 점차 주문이 늘어나는 오버나이트빵(185쪽 참고)에만 집중했다. 우리는 '팽 드 캉파뉴'라는 통밀빵과 키티가 '위로빵'이라 이름 붙인 마마이트(이스트 추출물을 농축해 만든 스프레드)빵까지 만들며 범위를 넓혔다. 위로빵은 키티가 처음으로 혼자 만들어낸 빵이다. 위로빵은 아주 간단하고도 탁월했다. 오버나이트빵에 물에 섞은 마마이트 한 스푼을 더한 빵이다. 마마이트의 짭짤함이 빵의 속살에 전혀 다른 맛을 더했고, 다 구워진 빵 껍질에는 잔

가지 같은 무늬가 생겨났다. 모든 면에서 정말 위로가 되는 빵이었다.

우리 빵을 주문해 먹는 고객은 모두 우리 집에서 2킬로미터 반경 안에 살았다. 우리는 빵을 약간 식힌 다음 바로 자전거 바구니에 넣어 배달을 가곤 했다. 이건 키티에게(솔직히 말하면 내게도) 굉장한 용기가 필요한 일이었다. 사람들 앞에 나서고 그들과 교류하면서 나는 우리의 이 짧은 여름이 지나면 또 어떤 날들이 이어질지 내심 두려웠지만, 키티는 전혀 걱정하지 않았다. 키티는 반짝반짝 빛이 났다.

사람들은 키티의 빵을 받고 진심으로 기뻐했다. 고마워하는 고객에게 따뜻한 빵을 건네며 키티의 안에서 작은 불꽃이 일었다.

빵 구독 서비스 덕분에 밖으로 나갈 자신이 생겼다. 사람들이 내 빵에 대해 어떻게 생각하는지 알아야 했기 때문이다. 나는 사람들이 아침 식사로 빵에 버터와 잼을 발라 먹는 장면을 상상했고, 그 생각만 하면 파란색 자전거의 페달을 밟는 두 다리에 잔뜩 힘이 들어갔다. 밖으로 더 자주 나갈수록 와틀링턴이 더욱 안전한 곳이라 여겨졌다. 매일 아침 배달 길에 만나게 되는 사람도 생겼다. 밥은 개 세이디와 함께 카트를 끌고 나와 와틀링턴 거리를 청소하는데, 내가 지나가면 "키티, 키티, 키티!"하고 소리쳐 부르곤 했다. 그러면 나도 "밥, 밥, 밥!" 하고 받아쳤다. 매기와 대런도 항상 내게 손을 흔들어주었다. 매기는 내가 브라우니 단원(7~10세 소녀들의 걸스카우트—옮긴이)일 때 토니 아울(브라우니를 이끄는 어른 리더—옮긴이)이었고, 지금은 약국에서 일한다. 붉은 턱수염이 덥수룩한 대런은 마을 협동조합에서 일하고 있다. 나는 자전거를 타고 작고 하얀 도서관을, 비글스 미용실을, 하먼 형제의 이름이 새겨진 전쟁기념관을, 대문에 황금빛 태양이 그려진 휴 삼촌네 집을, 창가에 퍼즐 테이블이 있는 로스트롬 씨네 집을 지나쳤다. 캘넌 정육점은 문을 열고 있었고, 주민센터 아래에 있는 청과물 가게에서는 안젤라가 상품을 진열하고 있었다. 창가에 서서 내가 오는 걸 기다리다 내 파란 자전거가 보이면 곧바로 현관으로 뛰어나오는 아이도 있었다. 내가 노크하면 갈색 머리의 작은 남자아이가 바로 문을 열어주었고, 나는 꼬마에게 따뜻한 빵 봉투를 건네곤 했다.

빵을 받아든 갈색 머리 아이는 너무 좋아서 딸꾹질까지 하며 주방으로 잽싸게 돌아갔다. 그걸 보면 기분이 정말 좋았다.

다음으로 우리에게 필요한 건 이름이었다. 아빠와 나는 '브레드 헤드'를 내세웠지만, 그때 엄마가 '오렌지 베이커리'란 이름을 떠올렸다. 내가 항상 보드라운 오렌지색 멜빵바지를 입었기 때문이다(그 옷을 입으면 안전하다고 느꼈다). 매일 입다 보면 옷은 반죽으로 뒤덮였고, 꼭 배에 따개비가 들러붙은 것처럼 보였다. 그러면 엄마는 제발 옷을 빨자고 했다. 멜빵바지는 우리 팀 제3의 멤버였다. 그렇게 '오렌지 베이커리'가 탄생했다.

아빠한테 있던 알파벳 도장으로 오렌지 베이커리라는 단어를 만들고, 나는 감자를 깎아 오렌지 모양 도장을 만들었다. 예전에 미술 시간에 즐겨 했던 감자 프린팅(감자를 깎아 도장처럼 만드는 놀이 — 옮긴이)이 떠올랐다. 온라인으로 갈색 종이 봉투를 주문해 일요일 저녁 내내 봉지 50개에 도장을 찍었다. 이렇게 로고까지 탄생했다.

나는 오버나이트빵이 좋았지만, 그걸로는 충분하지 않았다. 퍼거슨에게 합당한 관객을 만들어주고 싶었다. 그러려면 제대로 된 사워도우를 만들어야 했다. 빵을 굽고 또 구워도 프리스비 모양을 벗어나지 못했다. 인스타그램에서 보는 예쁘고 노릇노릇하고 통통한 사워도우 빵은 닿지 않는 먼 곳에 있었다. 이 멋진 빵들의 기원은 20년 전 샌프란시스코의 '타르틴'이라는 빵집이었다. 타르틴을 만든 채드 로버트슨과 엘리자베스 프루잇(채드는 빵을, 엘리자베스는 페이스트리를 만든다) 커플은 그 무엇과도 다른 빵을 만들어냈다. 분명 전 세계 모든 베이커가 꿈꿀 법한 모습이었다. 타르틴의 홈페이지에는 《보그》에 실렸던 기사의 문구가 걸려 있다.

'오븐에서 갓 나온 적갈색 마호가니 같은 껍질이 아침 햇살을 받아 일렁인다. 속은 쫄깃쫄깃하고 믿기지 않을 정도로 촉촉하다.'

이거야말로 빵의 비욘세였다.

나는 타르틴의 첫 책과 두 번째 책을 사서 읽고 또 읽었다.

키티가 타르틴 책을 펼쳐서 아름답고 가무잡잡하게 잘 구워진 빵 사진을 보여주었다. 가장자리는 살짝 탔지만, 껍질이 갈라진 틈으로 놀라운 속살이 드러났는데, 빵이라기보다는 달 표면 같아 보였다. "나도 저런 걸 만들고 싶어." 키티가 말했다. 나는 우리가 만든 납작한 갈색 사워도우를 떠올리며 과연 할 수 있을지 의구심이 들었다. 그러나 키티는 말했다. "우리도 만들 수 있어."

우리는 빵에 대해 글로만 읽을 게 아니라 눈과 입으로 직접 확인할 필요가 있다는 걸 깨달았다. 당장 캘리포니아까지 가지는 못하겠지만 차선책은 있었다. '타르틴'과 유사한 빵을 만드는 전문 베이커리를 방문하면 될 듯했다. 키티는 곧 수소문을 통해 채드 로버트슨과 같은 종류의 빵을 만드는 훌륭

한 베이커리가 런던에도 몇 곳 있다는 걸 알아냈다. 타르틴에서 일한 적 있는 제빵사들의 베이커리도 있었다. 문제는 이 빵집들이 모두 우리가 사는 도시 반대편인 스피탈필즈나 해크니 쪽에 있다는 점이었다. 키티는 그동안 불안 지수가 지붕을 뚫고 나가는 일이 없도록 작은 공간에서 고투하며 지냈기에 차를 타고 오래 여행하는 것은 아직 무리였다. 그러던 중 10월 26일, 런던 서부 셰퍼드부시 근처에 작은 베이커리가 문을 열었다는 사실을 케이티가 말해주었다. 랄루카라는 여성이 운영하는 1인 가게로, 가게 뒤편에 있는 작은 오븐 몇 대로 구워낸 사워도우와 페이스트리 몇 가지를 판매하고 있었다. 거기라면 키티도 여행 시간을 견딜 수 있을 것 같았다. 키티가 인스타그램에서 그 베이커리를 찾아내 긴 메시지를 보냈다. 답변은 오지 않았지만 키티는 그다지 실망하지 않았다.

어느 월요일 아침 그곳으로 출발했다. 키티는 가는 내내 채드 로버트슨에 대한 뉴욕타임스 기사를 내 킨들로 읽고 또 읽느라 여념이 없었다. 키티는 단어 하나하나를 암기했다. 우리는 그날 아침 일찍 키티가 만든 마마이트 빵, 즉 위로빵을 챙겨 갔다.

키티는 빵을 작은 퍼그 강아지처럼 무릎에 올려놓고 있었다.

"아빠, 그분이 내 빵을 좋아할까?" 키티가 불안한 듯 물었다.

"그럼, 좋아하실 거야."

랄루카는 30대 중반의 작고 마른 여성이었고, 고무줄로 머리를 질끈 묶고 있었다. 베이커리 선반에는 진한 갈색 사워도우가, 카운터에는 시나몬 번과 몇 종류의 마들렌이 놓여 있었다. 키티는 가게 뒤편의 어지러운 풍경에 더 관심을 보였다. 여러 개의 나무 상자 위에 오븐 두 대가 놓여 있었다. 그 옆으로는 25킬로그램짜리 거대한 밀가루 포대들이 놓여 있고, 큰 냉장고 두 대가 나머지 공간을 채웠다. 영화에서 볼 법한 완전무결한 주방은 아니었다. 오히려 우리도 따라 할 수 있을 것 같다는 느낌이 드는 현실적인 주방이었다.

우리는 이미 와 있던 손님이 나가기를 기다린 다음 우리 소개를 했다.

"아, 그래. 키티!" 랄루카가 미안한 듯 말했다. "미안해. 답장 보내려고 했는데, 내가 너무 바빴어. 키티, 말해 봐. 왜 빵 굽는 사람이 되고 싶어?" 키티의 대답이 정확히 기억나진 않지만, 그 열정적이고 달뜬 어조만은 잊을 수가 없다. 키티가 그 질문에 그토록 유창하게 대답하는 모습이 정말 자랑스러웠다.

랄루카의 대답은 또렷이 기억한다. "난 원래 마케팅 일을 했었어. 베이킹은 딸을 낳고 나서 시작했고. 그러다 회사에서 해고를 당하고 생각했지. 베이킹으로 사업을 해보면 어떨까. 바로 사업 계획을 세웠어. 장소를 찾고, 오븐을 사들여 이렇게 베이커리를 열게 된 거야." 랄루카가 주변을 둘러보았다. 처음에는 열정적으로 뭔가를 이뤄낸 사람의 회상에 잠긴 눈길로 보였지만, 그는 곧 잔인할 정도로 담백하게 이야기를 이어갔다.

"어떨 땐 새벽 네 시에 일어나. 저 자루 위에 앉아 오븐이 데워지기를 기다리며 커피를 마시다 문득 생각하지. 내가 무슨 일을 벌인 건가 하고. 키티 네가 손톱을 예쁘게 다듬거나 드레스를 입고 싶다면 이 일은 포기해야 해. 이건 정말 힘든 삶이야. 지금까지 내가 나른 밀가루만 족히 500킬로그램은 될 거야. 빵을 팔면서 동시에 다음 날 팔 빵을 준비해야 하니 어려운 일이지. 난 네가 훌륭한 베이커라고 확신하고, 이것도 아주 맛있어." 랄루카가 우리가 만든 빵을 들어 올리며 말했다. "하지만 널 위해서라도 사실 그대로를 말해주고 싶어."

다른 손님들이 들어와 더는 랄루카를 붙잡아둘 수 없었다. 놀랍게도 랄루카는 베이킹, 서빙, 청소를 혼자 다 해내는 것 같았다. 고맙게도 랄루카는 자기가 구운 빵을 몇 개 골라 종이봉투에 담은 뒤 키티에게 건넸다. "만나서 정말 반가웠어. 행운을 빌어." 랄루카가 미소 지으며 말했다. 우리는 작별인사를 하고 말없이 근처 공원으로 걸어가 벤치에 앉았다. 나는 키티가 느끼고 있을 실망감이 걱정 돼 신경이 곤두섰다. 그러나 키티의 눈에는 눈물 대신 강인한 결의가 불타오르고 있었다. 앞으로 내가 점점 더 많이 보게 될 모습이고 표정이었다.

"나 매니큐어 칠하거나 드레스 입는 거 별로 안 좋아해. 밀가루 포대 500킬로그램을 들어 올리고 새벽 네 시에 일어나고 싶어. 커피를 좋아하지 않지만, 그것도 해볼래. 내가 살아낼 수 있는 삶인 것 같아."

"내가 원하는 게 바로 저거야.
나는 강해지고 싶어."

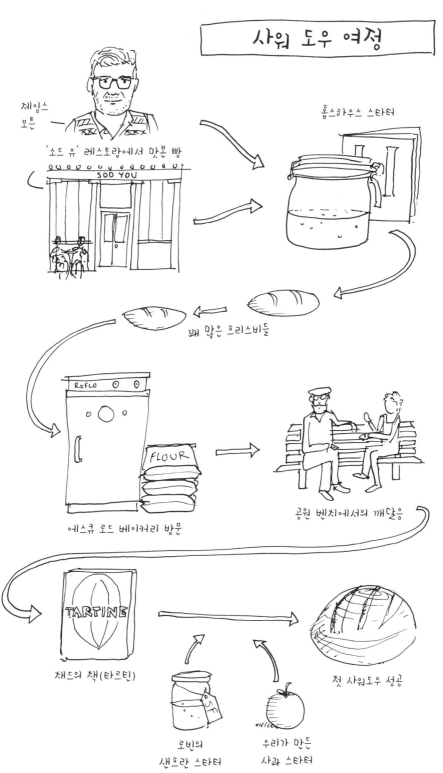

사워 도우 여정

제임스 모튼

'소드 유' 레스토랑에서 맛본 빵

SOD YOU

홉스하우스 스타터

째 많은 프리스비들

ROFCO

FLOUR

에스큐 로드 베이커리 방문

공원 벤치에서의 깨달음

TARTINE

채드의 책(타르틴)

로빈의 샌프란 스타터

SF

우리가 만든 사과 스타터

첫 사워도우 성공

4
RUTH THE ROFCO
우리 오븐 루스

랄루카의 빵집에 다녀온 뒤로 목표가 생겼다. 나는 퍼거슨을 바라보며 생각했다. 우리는 함께 사워도우를 만들 거야. 그러려면 채드가 필요했다. 그의 책이나 인스타그램 계정이나 기사가 아닌, 그가 필요했다.

몇 시간 동안 조용히 앉아 검색한 끝에 채드의 샌프란시스코 집 주소를 알아냈다(만약 베이커리가 망하면 탐정 일을 해야 할 것 같다). 이메일보다는 손편지가 무시하기 어려울 것 같아서 조심스럽게 편지를 쓰기 시작했다. 편지 내용은 기본적으로 이런 식이었다.

'저는 아저씨가 쓴 책을 보려고 매일 아침 눈을 뜬답니다. 어떻게 해야 아저씨처럼 훌륭한 빵을 만들 수 있을까요? 감사합니다. 키티 테이트, 열네 살, 와틀링턴, 영국'

대충 이런 내용으로 세 쪽 넘게 썼다. 채드는 직원이 수백 명이나 되는 사업체를 운영했다. 모르긴 몰라도 아마 샌프란시스코에서 가장 바쁜 사람 중 하나일 것이다. 나는 답장을 받지 못했다. 다시 편지를 썼고, 이번에는 내가 실패한 사워도우를 그림으로 그려서 첨부했다.

여러 날이 흘렀고, 그동안 나는 채드의 책을 거의 씹어 먹듯 한 글자 한 글자 마음에 새겼다. 학교 다닐 때 신던 낡고 푹신푹신한 양말 하나를 꺼내 길게

세로로 자른 다음 그걸로 시간 날 때마다 채드가 하는 방식대로 반죽 접기 연습을 했다. 채드의 기술은 다른 누구의 것과도 다르다. 그는 반죽이 살아 있다는 철학에서 모든 것을 시작한다. 최대한 정중하게 반죽을 대하고, 반죽을 두드려 패거나 짓이기지 않는다. 때리거나 주먹으로 치지도 않는다. 반죽을 잘 접고 사랑해준다. 빵을 만들 때 반죽을 꼼짝 못 하게 해야 한다고 주장하는 학파가 있다. 이두박근이 거대한 프랑스 남자가 작은 베이커리에서 반죽을 때리거나 주먹으로 내리치는 장면이 떠오른다. 나도 그렇게 해봤지만, 계속 반죽에 죄책감이 들어서 사과를 하게 됐다. 나는 반죽을 존중할수록 빵이 훨씬 더 맛있어진다는 채드의 철학과 그의 책을 사랑한다.

나는 언제나 돌보는 걸 좋아하는 애였다.

어렸을 때는 곰 인형들이 모두 행복하길 바랐고, 혼자 남겨지는 장난감이 하나도 없도록 신경 썼다. 다섯 살 때는 핫초코 만드는 방법을 배워서 가족 중 누군가가 조금이라도 슬퍼 보이면 그가 원하든 원하지 않든 미지근한 핫초코 잔을 들고 나타나곤 했다. 나는 사람들이 (그리고 가끔은 물건들이) 외롭지 않을까 걱정했다.

퍼거슨이 혼자 있는 게 너무 안타까워서 정원에 있는 사과로 다른 스타터를 만들어주었다. 그 스타터의 이름은 뮤리얼이었다. 이 책의 219쪽에서 아빠가 그린 '스타터의 여정'을 볼 수 있다.

채드의 레시피로 쉬지 않고 연습한 결과 점차 내 빵도 그럴싸해 보이기 시작했다. 나는 매일 아침 따뜻한 물과 밀가루를 섞어 퍼거슨과 뮤리얼에게 부어주었다. 둘 다 거품이 보글보글 일 때쯤 각각 3분의 2를 물과 밀가루에 붓고 모든 재료가 서로 어우러질 시간을 준 다음 소금을 넣었다. 소금은 어느 파티에나 있는 목소리 큰 친구와 비슷하다. 그 애가 없으면 재미가 없고 싸움만 생긴다. 소금은 이스트를 싫어하고 이스트의 활동을 둔화시킨다. 그러므로 물, 밀가루, 스타터에 든 천연 이스트가 섞일 시간을 충분히 주고 난 뒤에 소금을 넣어주어야 한다. 나는 반죽이 불룩해지고 가스가 찰 때까지 채드의 기술을 이용해 반죽을 네 시간 동안 한 시간마다 접어주었다. 그러고는 식탁 위에 반죽을 올려 두 조각으로 잘랐다. 여기서 양말로 연습했던 게 효과를 발휘했다. 먼저 반죽을 (거북이를 뒤집는 것처럼) 뒤집은 다음 편지봉투를 접듯 가장자리를 잡고 가운데로 접었다. 반죽에 밀가루를 조금 덧발라 빵을 숙성시키는 작은 바구니(바네통이라고 한다)에 쏙 집어넣었다. 그런 다음 냉장고에 넣었다. 처음에는 냉장고 숙성 단계를 거치지 않았다. 따뜻하고 거품 많은 반죽에 몹쓸 짓을 하는 것 같았기 때문이다. 그러나 반죽을 찬 곳에서 오래 쉬게 하면 더 강한 풍미와 신맛을 낼 수 있고 재료들은 마법을 부릴 준비를 한다. 반죽이 좀 더 단단해지면 굽기 전 칼집을 내기도 훨씬 쉬워진다. 칼집을 내면 빵이 오븐에서 부풀어 오를 때 팽창할 공간이 생긴다. 칼집을 내지 않으면 생각지도 못한 곳이 툭 터져버린다. 나는 그걸 '튼살'이라 부른다. 제대로 칼집을 넣으면 그 사이로 빵이 지느러미처럼 툭 튀어나와 통통한 상어처럼 보이게 된다. 이 단계를 하나도 빼먹지 않고 완수하면 빵의 속살이 완전 달라진다. 크고 둥글고 멋진 글루텐 그물망이 생긴 걸 볼 수 있다.

채드가 반죽을 다루는 방식은 아기를 돌보는 것과 비슷하다. 내가 반죽을 생각하지 않는 시간은 하루에 한 시간도 되지 않았다. 지금 반죽은 어떤 단계에 있지? 뭘 더 넣어줘야 하지? 낮잠 잘 준비는 됐을까? 아니면 지금쯤 깨워야 하나? 나는 빵 만드는 과정에 완전히 집중했다. 이제 내게는 나만의 루틴이 생겼고 나를 필요로 하는 무언가가 있다는 사실을 깨달았다. 아침에 일어나면 퍼거슨과 뮤리얼에게 물과 밀가루를 넣어주었다. 점심 먹고 나면 반죽을 뒤집어주러 갔다. 저녁에는 반죽을 재우러 가야 했다. 반죽에겐 내가 필요했으므로 단계를 빼먹거나 집중력을 잃을 여유가 없었다.

아빠는 아직 새 빵을 공개할 준비가 제대로 되지 않았다고 걱정했지만, 나는 적어도 우리가 제대로 된 방향으로 가고 있는지 정도는 알고 싶었다. 스스로 정말 만족할 수 있을 때까지 빵을 굽고 또 구웠다. 짙은 갈색 껍질에 지느러미는 날렵하고 속살은 벌집 같은 스무 개의 희고 통통한 사워도우를 구워냈다. "우린 할 수 있어." 사워도우를 반으로 잘라 빵을 주문한 고객들에게 보내는 봉투에 넣으며 내가 말했다. 메모에는 이런 말을 덧붙였다. '이건 제가 새로 구운 사워도우인데 여러분이 마음에 들어 하실지 궁금해요. 감사합니다.'

나는 사실 이런 말까지 하고 싶었다.
'속살이 마음에 드시나요? 껍질은 어때요?
신맛은 적당한가요?'

그러나 아빠는 모두가 나만큼 빵에 관심이 있지는 않을 거라며 말렸다. 사워
도우에 대한 사람들의 반응을 기다리는 일은 매우 고통스러웠다. 재촉할 수
도 없이 기다리는 상황이 세상에서 제일 싫다.

종일 아무 소식도 들려오지 않자, 빵을 아무도 좋아하지 않는 것 같아 전전긍
긍했다. 그러다 산책을 하던 중 오렌지 베이커리를 구독하는 수전 포더비와
우연히(사실은 우연이 아니었다) 마주쳤다. 나는 갑자기 생각난 듯 빵이 어땠는
지 물어보았다. 수전이 상냥하게 말했다. "미안, 나는 맛도 못봤어. 윌이 벌써
다 먹었더라고."

나는 속으로 생각했다. 모든 게 잘 될 거야. 퍼거슨과 뮤리얼에게도 이렇게
말해주려고 집으로 갔다.

사워도우 반쪽을 받아본 모든 구독자가 사워도우를 추가로 주문했다. 나는
그때의 구독자로도 충분히 만족했지만, 새로운 누군가가 빵을 원한다고 할
때마다 키티는 기꺼이 가능하다고 했다.

밤마다 캐서롤 냄비를 들고 이 집 저 집을 오가는 키티의 여정은 점점 더 길어지기 시작했다. 나는 매일 아침 어떤 오븐에 어떤 반죽이 들어가야 하는지, 언제 빵을 꺼내야 하는지 전혀 몰랐다. 키티가 모든 걸 잘 해내고 있는 것 같았지만, 이런 일상을 지속할 수는 없을 터였다. 아내와 나는 이웃인 줄리엣과 샬럿이 베푸는 친절(그리고 전기요금)에 계속 기대는 게 걱정스러웠다. 다른 방법을 찾아야 했다.

언제나 그렇듯 키티가 한 걸음 앞서갔다. 키티는 이미 로프코라는 오븐을 눈여겨 보고 있었다. 키티는 10월 26일에 셰퍼드부시에서 그 오븐을 본 이후로 계속 정보를 모으는 중이었다. 로프코는 작은 벨기에 기업에서 만드는 박스형 오븐으로, 가장 큰 모델로는 한 번에 빵 열두 덩이를 구울 수 있다. 줄리엣의 오븐에 빵 네 개를 겨우 구워내던 우리에게 로프코는 거의 산업혁명의 산물처럼 느껴졌다. 그러나 나는 보통 때처럼 현실적인 걱정들을 늘어놓기 시작했다.

우리 집은 16세기에 방 하나와 큰 굴뚝 하나로 시작해 여러 층을 올린 오래된 건물이다. 그런데 건축업자들이 하나같이 표면을 고르게 하거나 벽을 똑바로 세우지 말라는 지시라도 받은 것인지, 바닥에 구슬을 내려놓으면 반대편까지 저절로 굴러갈 정도다. 출입구는 모양이 이상하고, 난데없이 기둥이 나타나는가 하면, 마룻널 사이에는 크게 금이 나 있다. 방에는 기껏해야 조금 따뜻해질까 말까 하는 구식 라디에이터밖에 없어서 겨울에는 몹시 춥다. 전기선은 수십 년에 걸쳐 덧댔고(아직 핀이 세 개인 소켓도 있다), 욕실 히터를 틀면 집 전체에 퓨즈가 나간다. 우리 집 퓨즈가 가정용이 아닌 오븐을 감당할 수 있다고 기대하는 건 순진한 착각이자 재앙의 시작일 듯했다. 게다가 주방에 남는 공간도 전혀 없었다.

그러나 일은 지금까지 여러 번 반복해온 대로 진행되었다. 나의 경고는 키티의 확고한 결심과 어떻게든 만사형통일 거라는 케이티의 낙관주의로 가볍게 무시되었다.

10월 말, 아그네스와 앨버트와 나는 스코틀랜드 산악지대에서 한 주간 휴가를 보내기 위해 떠났다. 키티와 케이티는 개들과 함께 집에 남았다. 키티가 가기엔 너무 멀기도 했고, 장소의 큰 변화를 감당하기 어려울 듯해서였다. 가족이 따로 휴가를 보내는 건 처음이라 조금 이상했지만 내겐 휴식이 절실했고 아그네스와 앨버트에게도 시간이 필요하다는 걸 알고 있었다. 베이킹은 분명 우리에게 많은 도움을 주고 있었다. 그러나 잠시 문제를 뒤로 미루고 있을 뿐, 우리의 왜곡된 현실은 그대로였다.

아내와 나는 계속 번갈아 키티를 돌봤다. 아그네스와 앨버트는 한동안 뒷전일 수밖에 없었다. 어쩔 도리가 없는 일이었지만 케이티와 나는 계속 죄책감에 시달렸다. 앨버트는 자기 방에 박혀 나오지 않았고, 가나에서 막 돌아온 아그네스는 정서적 파고를 혼자 감당해야 했다. 둘 모두에게 몹시 어려운 상황이었지만 특히 아그네스가 힘들어했다. 그토록 친했던 여동생이 변해버렸으니까. 키티가 많은 일에 스트레스를 받았기 때문에 아그네스는 키티에게 공간을 내어주기 위해 한동안 삼촌네 집에서 살았다. 휴의 집이 가까웠기에 언제든 오갈 수 있었지만 아그네스가 짐을 싸서 나갈 때는 우리 모두 너무 고통스러웠다. 스코틀랜드 여행은 아그네스의 감정이나 상황을 따라잡기에 좋은 기회였다. 우리 셋은 렌터카를 타고 북쪽으로 내달렸다. 비록 버튼 하나만 누르면 시동이 걸린다는 걸 알아내기까지 30분이나 걸렸지만 오래되고 낡은 차만 타던 우리로서는 새 차를 타는 일 자체가 대접받는 느낌이었다. 따뜻해지는 기능이 있는 좌석도 좋았다. 글래스고로 가는 내내 즐거웠다.

우리의 숙소는 호수 옆에 외따로 놓인 작은 시골집이었다. 작은 유리창들과 오래된 가스레인지가 있었고 침대에는 두꺼운 모직 담요가 깔려 있었다. 물은 오두막 뒤 언덕 위에 있는 수도꼭지를 돌려야 나왔는데, 그마저도 탁한 갈색이었다. 와이파이는 없었다. 우리는 가볍게 내리는 비를 맞으며 오돌오돌 떨면서 오래도록 산책을 했고, 돌아오는 길에는 아무도 마주치지 않았다. 오두막으로 돌아와서는 초콜릿 비스킷을 먹으며 세상에서 가장 뜨거운 난로가 놓인 작고 아늑한 방에서 카드놀이를 했다. 마지막 날 저녁이 돼서야 호수에서 수영할 엄두를 냈는데 물은 생각했던 것만큼이나 차가웠다.

우리는 딱히 어떤 얘기를 하진 않았지만 오랜만에 아무것도 통제할 수 없다는 느낌 없이 한 주를 보냈다.

집으로 돌아가는 길에 아그네스는 키티가 올린 최근 인스타그램 사진을 확인했다. 키티는 오렌지 베이커리라는 이름이 생기자마자 인스타그램을 시작했고, 놀랍게도 인스타그램을 편하게 받아들였다. 빵과 베이킹 관련 계정이었으므로 무엇을 게시할지 고민하거나 오랫동안 계획할 필요가 없었고, 사람들이 게시물을 좋아하면 키티도 기뻐했다. 키티의 최신 게시물은 우리 집 주방을 보여주는 짧은 영상이었다. 아니, 정확히 말하면 우리 집 주방의 새로운 버전을 보여주는 영상이었다. 우리는 원래 주방에 놓인 테이블에서 식사를 했다. 키티는 넓은 선반에 있던 레시피 책들과 높게 쌓여 있던 쓰레기들을 치워버리고 대신 밀가루와 다른 베이킹 재료들을 채워놓았다. 둥근 주방 테이블은 긴 직사각형 접이식 테이블로 바뀌어 있었다. 여태정원 창고에서 밀가루가 잔뜩 묻은 바네통을 올려놓는 용도로 쓰던 테이블이었다. 키티는 찬장이 있던 한쪽 구석 공간을 비워두고 마스킹테이프로 네모나게 표시를 해두었다. 거기에는 '로프코ROFCO'라는 단어가 적힌 A4용지 한 장이 붙어 있었다. 나는 휴게소에 차를 대고 아내에게 문자를 보냈다. '그거 우리 주방 맞아?' 아내가 답장을 보냈다. '응, 좀 갈아엎었어.'

집에 도착한 아그네스와 앨버트는 우리 주방 전체가 베이커리가 됐다는 사실을 기분 좋게 받아들였다. 때로 소란스럽게 대화하거나 말다툼을 할지라도 주방 테이블에 함께 둘러앉아 식사를 나누는 것은 우리 가족 생활의 큰 부분이었다. 케이티와 나는 아이들이 어려운 십 대를 어떻게든 잘 헤쳐나왔다는 데에 내심 우쭐함이 있었다. 그러나 다른 모든 것들과 마찬가지로 그것도 끝이 있었다. 여전히 마음속 어둠에 힘들어하는 키티가 다른 일에 집중할 수만 있다면 우리는 TV 앞에 앉아 음식을 무릎 위에 올려놓고 먹는 생활도 감수할 수 있었다.

주방 테이블이 없어진 것에는 크게 마음이 쓰이지 않았지만, 로프코를 생

각하면 여전히 마음이 무거웠다. 일시적이어야 할 일을 너무 영구적으로 만드는 느낌이었다. 로프코를 사려고 대기하는 사람이 너무 많아 오븐을 구하기가 하늘의 별 따기라는 게 내게는 오히려 좋은 소식이었다.

좋지 않은 소식은 키티가 마냥 기다리고 있을 사람이 아니라는 거였다. 키티는 끈질긴 검색을 통해 '베켓스 베이커리 엔지니어스'에서 근무하는 마틴과 친구가 되었고, 그에게 로프코가 풀리는 대로 가장 먼저 알려주겠다는 약속을 받아냈다. 키티는 절약이 생활화된 아이여서 몇 년 동안 생일과 크리스마스에 받은 용돈을 모아두었고, 이제 빵을 팔아 번 돈까지 있었다. 키티는 나와 아이들이 휴가를 떠난 일주일 내내 엄마를 붙들고 왜 로프코 B40이 모든 작은 빵집의 수호성인이 될 수밖에 없는지 끊임없이 설득했다. 케이티는 결국 키티에게 필요한 남은 돈을 지원해주기로 했다. 우리가 집에 돌아왔을 때는 모든 것이 착착 진행 중이었다. 마틴은 새 로프코 모델을 찾아냈고, 키티는 용달차를 수배해 일주일 안에 로프코를 가져다 달라고 부탁해놓은 상태였다. 내가 할 일은 매일 밤 우리 집에 불이 나는 건 아닌지 전전긍긍하지 않도록 이웃에 사는 전기기사 사이먼에게 전기 구조를 손봐 달라고 부탁하는 것뿐이었다.

로프코가 도착했다. 오븐은 유리 눈을 가진 커다랗고 네모난 회색 로봇 같았다.

오븐이 현관 앞에 도착하자 키티는 환하게 웃었다. 케이티는 약간 당황한 표정이었다. 우리는 로프코를 들고 좁은 복도를 가까스로 통과한 뒤 계단 세 개를 오르고 모퉁이를 돌아 오븐을 주방에 들여놓았다(이게 도대체 어떻게 가능했는지는 이 책의 주제가 아니므로 이하 생략하겠다). "우리도 이제 제대로 된 오븐이 생겼어, 아빠." 키티가 오븐 위에 걸터앉아 환하게 웃으며 말했다. 나는 키티의 기쁨을 온전히 함께할 수 없었다. 사실 나는 우리가 그 오븐을 감당하기 어려워질 경우에 대비해 중고 시장 시세도 알아봐 두었다.

키티는 로프코에 관한 광범위하고 집요한 검색(오븐을 디자인한 엔지니어의 식습관부터 오븐 조립에 쓰인 나사의 제조 과정까지 다 찾아봤을 것이다)을 통해 이 오븐을 쓰는 다른 베이커들에 대해서도 알게 됐다. 그러다 우연히 보석 같은 정보를 발견했다. 글로스터셔에서 로프코를 사용해 제빵수업을 하는 대니엘을 찾아낸 것이다. 우리는 이 오븐이 보통 주방에서는 어떤 모습인지 보고 싶었고, 전문가에게 사용 방법도 배우고 싶었다.

대니엘은 매력적인 사람이었다. 대니엘은 자녀들이 독립한 뒤로 빵 만드는 취미를 본격적인 일로 삼기로 했다. 집과 고양이는 남편에게 맡기고, 노르망디로 가 전문적인 베이커 훈련을 받고 베이커리에서 일하며 경력을 쌓았다. 그 뒤 고양이와 남편에게 돌아온 대니엘은 제빵교실을 열었다. 우리의 유일한 문제는 글로스터셔까지 이동하는 것이었다. 지금까지 키티가 가장 오래 차를 탄 것은 런던 서부에 있는 베이커리에 갈 때였다. 키티는 장거리 여행에서 답답함을 못 이겨 차 문을 열고 뛰어 나가버린 적도 있었고(느리긴 했지만 차가 움직이는 중에 나가버린 적도 있다), 차를 오래 타면 공황상태에 빠질 수도 있었다. 우리는 긴장 풀기 애플리케이션으로 숨 쉬는 법을 훈련하며 글로스터셔에 갈 준비를 했다. 키티가 그 훈련을 너무 싫어해서 곧 멈춰야 했지만, 어떻게든 떠나보기로 했다.

대니엘은 빵 구울 반죽을 만들어 바네통 10개에 담아오라고 했다. 키티는 작은 바구니에 둘러싸여 차를 탔다. 우리는 한 시간 반 동안 빵 얘기를 했다. 다행히도 차가 밀리지 않아 그 정도에 그쳤다. 어느새 브리스틀을 빠져나와 세번강 어귀로 올라가 글로스터셔로 향하고 있었다. 너무 일찍 도착한 우리는 한숨 돌릴 겸, 나는 커피나 한잔할 겸 잠시 운하로 향하는 샛길에 들어섰다.

그러다 우연히 시프턴 밀(유기농 밀가루를 제조하고 판매하는 기업 — 옮긴이)을 보게 됐다. 우리가 있는 맞은편 운하의 뱃길 옆으로는 디스토피아적인 느낌이 물씬 풍기는 건물이 있었다. 빅토리아식 창고가 옆으로 길고 낮게 줄지어 서 있었고, 중앙에는 희고 거대한 브루탈리즘 양식의 탑이 우뚝 솟아 있었다. 지붕 꼭대기에는 튜브와 파이프들이 보였다. 낮은 회색 산업단지가 밝은색 거룻배들이 정박해 있는 우리 쪽 운하와 대조를 이뤘다. 움직이는 거라곤 개미 한 마리 찾아볼 수 없다는 게 가장 이상한 점이었다. 이따금 철컥철컥, 쿵쿵대는 소리만 들렸는데 마치 유령마을 같았다.

커피를 다 마신 뒤 다시 차를 타고 대니엘의 집으로 향했다. 문을 열어준 사람은 대니엘의 남편이었고 고양이는 없었다. 잠시 후 내려온 대니엘은 우리를 보며 놀란 표정으로 말했다. "아, 우리 목요일에 만나기로 하지 않았나요?" 나는 키티의 얼굴에 떠올랐을 겁에 질린 표정을 만회하기 위해 바보 같은 미소를 지어 보였다. "오늘은 화요일이잖아요." 청천벽력 같은 말이었다. 차 뒷좌석에는 과하게 발효된 반죽들이 잔뜩 실려 있었고, 나는 어찌 해야 할지 몰랐다. 일단 간청해보았다. "제가 요일을 잘못 기억했나 봅니다. 정말 죄송하지만 어떻게 좀…"

"죄송해요. 저희가 점심 약속이 있어서 지금 첼트넘으로 가야 해요. 방법이 없네요." 대니엘이 내 말을 다 듣기도 전에 몹시 미안하다는 표정으로 대답했다.

"아, 네. 괜찮아요. 목요일에 다시 오겠습니다." 내가 말했다.

나는 어쩌다 상황을 이렇게 엉망진창으로 만들었단 말인가? 내 딸은 여기까지 오기 위해 두려움이라는 큰 산을 넘어왔는데.

나는 키티를 차로 데려갔고 진입로에서 나와 도로로 올라섰다. 키티가 폭발 직전이라는 게 느껴졌다. 바로 맞은편에 오솔길이 있다는 표지판이 보였다. 우리는 비틀거리는 마음으로 그 길로 들어가 적당한 곳에 차를 댔다. 키티가 눈물범벅이 된 채 문을 열고 들판으로 달려 들어갔다.

그 황량한 산책로에서 우리가 무슨 얘기를 나눴는지는 기억나지 않는다. 다만 진흙 때문에 한 걸음 한 걸음 내딛는 게 힘들었다는 것(하필 그때 스웨이드 신발을 신고 있어서 더 절망적이었다)만 기억난다. 다시 차를 타고 집으로 돌아가 48시간 뒤에 똑같은 준비와 여정을 반복해야 한다는 사실에 키티는 화를 내고 절망했지만, 결국 완전히 체념했다. 나로선 뭐라 할 말이 없었고, 키티를 지켜보느라 가슴이 무너졌다. 키티가 숨김없이 드러내는 공포를 보

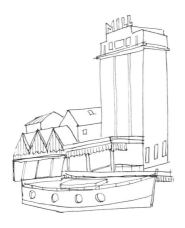

고 있자니 아이가 평소에 얼마나 극심한 두려움과 불안 속에서 살아가고 있는지 알 것 같았다. 키티의 부정적인 감정이 사라진 게 아니라, 베이킹이 그나마 두려움과 공포를 덜 느낄 수 있게 막아주고 있었던 거였다. 어딘가 의미심장하게, 우리는 반죽을 가까운 쓰레기통에 던져 넣어버리고 다시 차에 올라탔다.

그날 브리스틀에 갈 생각은 전혀 없었지만, 면목이 없던 차에 묘안이 떠올랐다. 키티가 인스타그램에서 가장 좋아하는 '하츠 베이커리'가 템플 미즈 스테이션 아래에 있었다.

"거기 가보자." 내가 제안했고, 키티가 고개를 끄덕였다.

작은 타격에도 너무나 쉽게 무너지는 내가 싫지만, 대니엘이 우리가 요일을 착각한 것 같다는 말을 하자마자 거기까지 가기 위해 잠재웠던 머릿속 악마들이 다시 포효하기 시작했다. 진흙 들판은 기억도 나지 않고 오로지 불안이 폭발했다는 것과 아빠가 차 안으로 다시 나를 데려갔던 것만 생각난다. 나는 하츠 베이커리 근처에 도착할 때까지 우리가 브리스틀로 방향을 튼 줄도 몰랐다.

아빠는 차를 세우고 잠시 내 손을 잡아주었다. 마침내 우리는 차에서 내려 하츠 베이커리로 갔다. 유아차를 끌고 온 부모들과 자전거 헬멧을 쓴 학생들, 다음 회의에 늦지 않으려고 계속 손목시계를 확인하는 말쑥한 직장인들 뒤에 우리도 줄을 섰다.

안으로 들어가 보니 하츠 베이커리는 내가 가본 중 가장 멋진 곳이었다. 긴 나무 테이블 가에 앉아 따끈한 스프에 사워도우를 찍어 먹는 사람, 베이컨 샌드위치를 먹는 사람, 조각 치즈케이크를 즐기는 사람으로 가득했다. 카운터에 있는 직원은 짧은 앞머리에 징 피어싱을 하고 있었고, 내가 즐겨 입는 루시 앤드 야크 브랜드의 멜빵바지를 입고 있는 직원도 있었다. 그래도 가장 좋았던 것은 뭐니뭐니 해도 베이커가 오븐에서 빵을 꺼내는 장면이었다. 베이커들이 말하는 소리가 낮게 웅웅거리며 들려왔고 덕분에 지친 내 뇌가 약간 펴지는 기분이었다. 따뜻하고 편안했고 모든 게 새로웠다. 차별화된 맛과 아이디어로 빛나는 메뉴들이 가득했다. 회향이라는 채소와 호두를 넣은 빵, 자타르 허브를 뿌린 소시지롤, 속을 채운 라자냐 패스티 파이까지. 옆면을 바삭하게 살짝 태운 치즈가 흘러내리는 토스티가 접시에 담겨 내 옆을 지나갔다. 나도 이 근사한 공간의 카운터 뒤쪽에 있고 싶다는 생각이 간절했다. 넓은 밴드로 머리를 넘기고 줄무늬 티셔츠를 입고서 빵을 만들고 싶었다. 팔에는 멋진 타투도 하나 하고.

태어나 처음으로 온전히 일부가 되고 싶은 세상을 만났다. 그곳에서는 내 불안도 아무런 힘을 쓰지 못할 것 같았다.

이틀 뒤 대니엘을 다시 찾아갔다. 키티는 BBC 라디오 프로그램 〈데저트 아일랜드 디스크Desert Island Discs〉(연예인들이 게스트로 나와 무인도에 가져갈 딱 하나의 음반, 책, 값진 물건 등을 골라 이야기하는 프로그램 — 옮긴이)를 연이어 들으며 여행을 견뎠다. 톰 행크스랑 톰 존스가 나오는 방송을 들었던 것 같다. 우리는 무인도에 간다면 어떤 책과 사치품을 가져갈지 이야기했다. 키티는 값진 물건으로는 퍼거슨을, 책은 당연히 『타르틴』을 골랐다. 나는 평생 먹을 수 있을 만큼의 치즈와, 어릴 때 살던 집의 주방을 떠오르게 하는 책 『호랑이와 티타임』을 골랐다. 드디어 도착해서는 바네통을 차에서 내렸고, 대니엘은 우리에게 로프코를 사용하는 방법을 알려주었다. 빵이 구워지는 동안 대니엘이 점심으로 당근 수프를 만들어주었다. 대니엘은 놀라울 정도로 철저하고 섬세한 선생님이었고, 우리는 새 오븐을 잘 사용할 수 있으리라는 자신감을 얻었다.

집으로 돌아가는 길에는 밀가루를 사기 위해 시프턴 밀에 들렀다. 여전히 주위에는 사람이 거의 없었지만, 작고 네모난 사무실을 발견했다. 우리는 이십 대로 보이는 여자 직원에게 밀가루 두 포대를 주문했고, 그가 알려준 대로 차를 몰아 창고로 갔다. 창고의 비닐 커튼이 펄럭거리고 있었다. 그 여자분은 25킬로그램짜리 밀가루 포대를 아무 일 아니라는 듯 어깨에 둘러메고 창고에서 나왔다. 키티는 그 직원이 어깨에 밀가루 포대를 수월하게 걸치는 모습을 바라보고 있었다. 키티가 얼마나 간절히 저렇게 하고 싶다고 생각할지 알 수 있었다. 단순히 힘이 세지기를 바란다기보다는 인생의 목표 같은 거였다. 키티가 포대를 들어 올리는 느낌을 상상하며 어깨를 슬쩍 위로 올렸다 내리는 게 느껴졌다.

집으로 돌아와 우리 로프코를 바라보았다. 로프코는 깨끗하고, 반짝거렸고, 대니엘 덕분에 이제 조금은 덜 무서워 보였다. 내가 로프코를 돌봐야 하므로 늘 하던 대로 먼저 이름을 지어주었다. '루스.' 루스를 켜고 오븐 문을 열었다. 화학약품과 새로 산 신발 냄새가 났다.

루스에 첫 반죽을 넣고 작고 둥근 창 안으로 반죽이 부풀어 오르는 모습을 지켜보았다. 이때 나는 여전히 TV를 10분도 제대로 보지 못했는데, 빵이 구워지는 과정은 한 시간이라도 지켜볼 수 있었다.

빛깔이 없던 반죽은 서서히 통통한 황금빛 빵으로 변신했다. 오븐에서 꺼낸 빵은 유쾌하게 탁탁 갈라지며 쉭쉭 소리를 냈다.

주말이 되자 루스에는 이미 반죽이 잔뜩 튀어 있었다. 이제 한 번에 빵 열두 덩이를 구울 수 있었고 빵 요청도 쇄도했다. 오렌지색 멜빵바지에는 밀가루를, 캔버스 운동화에는 마른 반죽을 잔뜩 묻히고 협동조합에 갈 때마다 누군가 내 앞에 나타나 이렇게 물었다. "네가 빵 굽는 아이지? 나도 빵 먹고 싶은데 어떻게 하면 돼?" 마치 와틀링턴의 마약왕이 된 것 같았다. 사람들이 원하는 것들을 종이에 자세히 받아쓰고, 그들이 주문할 수 있는 빵 종류와 요일을 적어 문자 메시지를 보냈다. 이제 내 파란색 자전거만으로는 배달을 다 해낼 수 없어서 아빠와 나는 차고에서 오래된 흰 캐비닛을 꺼내 칠판 페인트로 칠을 한 뒤 우리 집 옆에 세워두었다. 이건 우리가 개발한 다소 원시적인 방식의 드라이브 스루 시스템이었다. 이제 사람들은 캐비닛에 적힌 자신의 이름을 확인하고 그 안에 든 빵을 직접 가져갔다. 스파키와 시비는 차가 멈춰서고 캐비닛 문이 열릴 때마다 짖어댔다. 시비는 손님이 가고 난 뒤에도 20분 동안 더 짖다가 다음 손님이 올 때쯤 짖기를 멈추곤 했다.

사람들은 빵을 가져가면서 보답으로 우리에게 무언가를 남기고 갔다. 그래서 우리는 그걸 '마법 캐비닛'이라 불렀다. 때로 편지와 그림, 달걀 등이 놓여 있었고, 한번은 처음 보는 무언가가 가방에 담겨 있었는데 알고 보니 마르멜로 열매였다. 줄리엣이 화원에서 가져온 꽃을 두고 갈 때도 있었다. 오늘은 또 어떤 기분 좋은 선물이 캐비닛에 담겨 있을지 궁금해하며 일과가 끝나기를 기다리는 게 일상이 되었다.

5
CHOP MORE WOOD
장작을 더 많이 베도록 해요

엄마와 아빠는 아픈 나를 위해 여러 방법과 전략을 시도했다. 우리의 오랜 이웃 사지 아저씨와 짧은 여행을 다녀오게 한 것도 그중 하나였다(솔직히 말하면 내가 나간 사이 엄마와 아빠가 잠시라도 쉬려는 의도도 있었다고 생각한다). 아저씨는 내가 아프다는 걸 알게 되자 낡고 빨간 트럭을 몰고 우리 집 앞에 나타났다. 그러고는 나를 데리고 근처에 있는 스월리 굴과 새끼 돼지들을 보러 갔다 오겠노라고 제안했다. 엄마는 감사하다고 말했고 나는 아저씨의 제안을 깊이 생각해볼 새도 없이 조수석에 올라탔다. 60대인 사지 아저씨는 우리 집 가까이 살았고, 시골에 관해서라면 모르는 게 없었다. 아저씨는 자기 의견이 아주 확고했다. 아저씨는 수선화를 삐뚤빼뚤하게 심어놓은 걸 싫어했고 주차장 앞에 보안 출입문을 설치한 집들도 싫어했다. 시골의 제대로 된 방식을 모르는 사람들에 관해 끊임없이 불평불만을 쏟아냈는데, 그걸 듣고 있으면 이상하게 마음이 편안해졌다.

사지 아저씨는 꽤 규칙적으로 나를 데리고 외출을 했다. 아저씨는 마녀의 빗자루가 무엇인지 (나무뿌리에서 자라는 나뭇가지 뭉치를 가리키며) 보여주었고, 버섯이 어떻게 자라는지도 보여주었으며, (아저씨 생각에) 계획을 잘못 세워서 심하게 망가져버린 집들도 가리켜 보였다. 나는 그저 듣기만 하면 됐기 때문에 기분이 괜찮았다. 아저씨는 내가 불안함을 가라앉히기 위해 손을 엉덩이 밑에 깔고 앉아 있는데도 모르는 척해주었다.

한번은 사지 아저씨가 컥섬 마을 근처 물방앗간에 사는 친구 앤드류와 엘리 부부네 집에 가서 그들이 키우는 돼지를 보고 오자고 했다. 그분들은 사지 아저씨가 어딘가 현실 감각이 떨어지는 것 같은 열네 살짜리 여자애를 데리고 나타났는데도 전혀 당황하지 않았다. 그분들 덕분에 돼지 두 마리를 구경할 수 있었다. 앤드류 아저씨는 자신이 직접 만드는 전설적인 소시지에 관해 이야기해주었고, 엘리 아주머니는 돼지 친구들을 좋아해서 그 이야기를 애써 못 들은 척했다.

그 후 엘리 아주머니가 다시 연락을 주실 때까지 나는 두 분을 잊고 있었다. 엘리 아주머니는 어디선가 사워도우 이야기를 들었다며 빵을 구워달라고 부탁했다. 아주머니가 빵이 맛있다고 칭찬해주셔서 정말 뿌듯했다. 엘리 아주머니와 앤드류 아저씨 부부는 엄청난 요리사로, 케이터링 서비스를 운영한다. 두 분은 헨리 8세가 먹었을 법한 꿩고기 파이나 사슴고기 스카치 에그, 루바브 채소와 생강을 넣은 트라이플 디저트 등을 선보인다. 두 분은 매달 물방앗간의 앞 창문을 열어 사람들에게 음식을 판매한다. 집에서 만든 돼지껍질 튀김, 비트와 소금을 넣어 절인 연어, 따뜻하고 끈적끈적한 토피 푸딩, 커스터드 타르트, 향신료를 더한 에클스 케이크까지 각양각색의 화려한 음식들이 등장한다. 사람들은 줄지어 서서 음식을 사 가고, 음식은 몇 시간 만에 완전히 동이 난다.

엘리 아주머니는 전화를 걸어와 혹시 내 사워도우를 그 음식들과 함께 판매해보는 게 어떻겠냐고 물어보았다.
나는 '좋아요' 하고 대답했다.

3주 뒤 토요일, 나는 음식 장만에 여념이 없는 그들의 주방을 감탄하며 구경했다. 오븐에서 막 나온 매콤한 고기 파이와 달래와 아스파라거스를 넣은 키슈 파이가 김을 내뿜고 있었다. 그 옆에는 내가 만들어 온 스무 개의 소박한 사워도우가 있었다. 엄청난 음식들 옆에 놓인 빵이 약간 주눅 들어 보였다. 우리 빵을 주문해서 먹는 이웃 말고 다른 사람들에게 빵을 선보이는 건 그때가 처음이었다. 오전 열 시 반쯤 내 빵이 다 팔렸다. 앤드류 아저씨가 말했다.
"오, 이 정도면 괜찮은데."

우리한테 크리스마스빵을 팔아보라고 부추긴 이들이 바로 앤드류와 엘리였다. 두 사람은 우리 사워도우가 정말 맛있다고 했고 나는 그들의 의견을 신뢰했다. 두 사람은 우리가 주문 수량을 감당할 수만 있다면, 자기들이 하듯 선주문 시스템으로 크리스마스이브 주문을 받으라고 조언했다. 우리는 종이를 펼치고 열심히 계획을 세워보았다. 빵을 제때 내놓으려면 새벽 네 시에 일어나야 할 테지만, 하루에 사워도우 60개 정도는 만들 수 있을 것 같았다. 거기에 더해 약간의 포카치아, 바게트까지. 주문을 받는 일은 쉬웠다. 어려운 건 그렇게나 많은 반죽을 만드는 일이었다. 작업은 생각보다 훨씬 더 힘들었다.

그때 우리는 모든 일을 손으로 했다. 키티와 나는 거대한 양동이에 밀가루와 물을 넣고 나란히 서서 팔을 휘저으며 섞는 작업을 했다. 끝나면 팔이 욱신거렸다.

크리스마스이브의 마지막 빵을 구워내고 나니 오후 두 시였다. 주변을 둘러보았다. 주방은 초토화되어 있었다. 구석구석에 반죽이 묻지 않은 곳이 없었고 심지어 시비의 검은 털에도 반죽이 묻어 있었다. 빵을 담은 종이봉투가 몇 줄로 늘어서 주문자들을 기다리고 있었다. 티타임(늦은 오후)이 됐을 무렵에는 봉투가 전부 나갔고 혹시나 남은 빵이 있는지 들러보는 사람들이 주문자보다 더 많았다. 결국 우리는 주문받은 빵보다 다섯 배가 넘는 빵을 팔았다.

저녁이 되어 빵을 가지러 들른 앤드류가 말했다. "팝업 매장을 열어보는 건 어때요? 빵의 퀄리티를 더 높여야 할 테고, 물론 쉬운 일은 아니겠지만… 성공할 수 있을 것 같아요. 제 말은, 이걸 보세요. 수요가 있잖아요." 앤드류가 거실에 널브러진 빈 재료 상자들을 가리켰다.

앤드류의 말은 내내 마음에 남았다. 그의 말은 여러 이유로 힘든 크리스마스를 보내는 우리를 이끄는 뱃고동 같은 역할을 했다. 우리 부부는 키티에게 2주 정도 휴식을 갖자고 제안했다. 그러나 키티는 베이킹에 집중하는 시간을 잃자 다시 온전한 정신이 아니게 됐다. 키티는 제 나름대로 가족의 휴가를 방해하지 않으려고 눈물겨운 노력을 했지만, 오히려 그러면서 더 불안해졌고 우리는 침울한 분위기 속에 크리스마스와 새해를 맞이했다. 아그네스와 앨버트는 우리가 정상과는 거리가 한참 멀다는 사실을 덤덤하게 받아들였고, 일상을 잃고도 품위와 우아함을 잃지 않았다.

크리스마스는 반드시 이겨내야 하는 난관처럼 느껴졌다. 1월이 시작되자 빵을 다시 굽고 싶은 생각밖에 없었다. 그리고 그때 그 일이 일어났다. 채드 로버트슨이 내 인스타그램을 팔로우한 것이다. 나는 즉시 그에게 메시지를 보냈다.

'오늘 아침 오븐 옆에 놓인 매트리스에서 일어나 선생님이 저를 팔로우한 걸 발견했어요. 제가 꿈을 꾸고 있는 건 아니겠죠? 저는 요즘 사워도우만 생각하고 사워도우만 구워요. 사워도우는 마법이에요. 빵을 존중할 때만 가능한 마법이요. 언제가 됐든 저는 선생님과 함께 일하는 게 꿈이에요. 캘리포니아로 가기 위해 돈도 모으는 중이고요.'

이제 와 다시 읽어보니 빵에 미친 신데렐라가 보낸 메시지 같다. 채드가 나를 스토커로 생각하진 않았을까? 갑자기 샌프란시스코 베이커리 앞에 내가 나타나는 건 아닌지 불안했을 것 같다. 나는 이어서 내가 구운 빵 사진 다섯 장을 그에게 보냈다. 미안해요, 채드.

놀랍게도 2주 뒤, 답장이 왔다. 아리송한 문장이었다.

'열심히 일하고, 도끼날을 날카롭게
갈면서 휴식을 취하세요.
그런 다음 다시 도끼를 갈아야 할 때까지,
누구보다도 더 많이 장작을 베도록 해요.'

무슨 뜻인지 이해하고 싶어서 메시지를 읽고 또 읽었다. '열심히 일하라'는 건 이해가 됐지만, 도끼날을 날카롭게 하라는 건 무슨 말인지 몰랐다. 그 뜻을 이해하게 된 건 한참 뒤였다. 갈 길이 멀다는 뜻이었다.

해리엇은 어렸을 때 우리를 돌봐준 훌륭한 베이비시터였다. 해리엇은 눈가에 하늘색 아이섀도우를 발랐고, 미술 재료를 모조리 테이블 위에 꺼내 놓고 놀게 했으며, 계단 위에 매트리스를 깔고 미끄럼틀 놀이를 하게 해주었다. 해리엇은 가족들과 시내 중심가에 살았다. 해리엇의 아빠는 근처에서 펍을 운영했고, 엄마는(아주머니 이름도 케이티였다. 와틀링턴에는 케이티가 많다) 집 옆 작은 스튜디오에서 필라테스를 가르쳤다. 스튜디오에는 조명이 설치되어 있고 바닥은 흰색이었다. '필라테스 케이티 아주머니'는 가족을 만나기 위해 한동안 캐나다에 가 계실 계획이었고, 우리가 팝업 매장을 열 공간을 찾고 있다고 하자 선뜻 스튜디오를 사용하라고 말씀해주셨다. 완벽한 해결책이었다.

나는 목록을 적어 내려가기 시작했다. 누텔라 스월Swirl, 부드러운 시나몬 번, 스코틀랜드식 페이스트리 '로위Rowies'(이건 우리 버전의 크루아상이다. 완전히 자신 있는 메뉴는 아니었고 프랑스 빵처럼 예쁘지는 않지만, 버터 풍미가 가득한 맛있는 빵이다)… 그리고 당연히 큼지막한 빵들도 목록에 넣었다. 마마이트와 치즈, 감자와 초리조, 로즈메리와 바다소금을 넣은 포카치아도 목록에 넣었다. 첫 번째 팝업 매장은 1월 말에 열기로 했다. 그러나 한 가지 문제가 더 남아 있었다. 사람들에게 팝업 매장의 소식을 어떻게 알리면 좋을까? 놀랍게도 사촌 데이지가 좋은 아이디어를 주었다.

뜨개 폭탄yarn bombing(형형색색의 코바늘로 짠 니트로 거리 곳곳을 장식하는 거리 예술의 한 종류. 거리의 나무, 가로등, 조각상 등에 뜨개옷을 입히곤 한다—옮긴이)을 만들자는 아이디어는 훌륭했다. 방법은 이렇다. 먼저 밝은색 뜨개실로 니트를 만든 다음 나무 둥치에 입혀주거나 길게 만들어 난간에 엮는다. 뜨개를 다 설치한 뒤에는 사람들에게 알리고 싶은 정보를 적은 포스터를 뜨개와 비슷한 색깔로 만들어 건다. 귀여운 뜨개 폭탄은 아무도 다치게 하지 않는 일종의 부드러운 그래피티다. 사람들의 눈길을 사로잡고 잠재의식을 파고든다. 데이지는 대학생 때 뜨개 폭탄이 나오는 연극을 봤다고 했다. 나 역시 부모님네 동네에서 뜨개 폭탄을 본 적이 있었다. 어느 날 아침 밖에 나가 보니 문손잡이에 코바늘뜨기한 작은 꽃이 걸려 있고, 부활절에는 나무 전체에 뜨개질한 작은 달걀 꽃이 활짝 피어 있었다. 우리도 비슷한 방식으로 해볼 수 있을 터였다. 뜨개 색깔은 이미 정해져 있었다. 오렌지색. 이제 우리는 뜨개질을 배워야 했다.

에든버러에 사는 케이티의 올케 루시는 우리가 뜨개 폭탄을 만들 거라고 얘기한 지 단 며칠 만에 오렌지색 뜨개를 엄청나게 많이 만들어 보내주었다. 루시는 우리라면 몇 주에 걸쳐 엉성하게 만들었을 뜨개들을 단 몇 시간 만에 완벽하게 만들었다. 반면 우리는 구제 불능이었다. 아무리 유튜브 영상을 보고 따라 하고 주변의 뜨개질 달인들에게 일대일 강의를 들어도 뜨개질의 마법을 풀 수 없었다. 내게 뜨개질은 완전히 수수께끼였고, 지금도 마찬가지다.

우리는 우리의 뜨개 축제를 위해 어마어마하게 많은 오렌지색 털실을 구해 왔다. 그러나 털실만 보면 헝클어 놔야 직성이 풀리는 시비의 새로운 집착 때문에 모든 털실은 높은 선반 위 바구니로 피신시켜야 했다. 이 혼란스러운 와중에 케이티는 다른 해결책을 생각해냈다.

바로 폼폼이었다.

그러나 언제나 마음만 앞서고 몸은 잘 따라주지 않는 내게 폼폼은 뜨개질보다 크기만 작았지 여전히 난공불락이었다. 그래도 어쨌든 마분지를 말고 거기에 털실을 감았더니 보송보송하고 작은 공 모양의 폼폼으로 변했다. TV를 보면서 5분 만에 하나를 뚝딱 만들어낼 수 있었다. 50개 정도를 만든

다음 키티는 인스타그램에 도움을 요청하는 글과 사진을 올렸다. 순식간에 온갖 크기의 예쁜 폼폼(색깔만은 모두 오렌지색)이 마법 캐비닛 안으로 모여들기 시작했다.

이제 우리는 폼폼을 우리 동네 곳곳에 붙여야 했다. 엄마는 조금 불안해했다. 지금까지 와틀링턴은 우리에게 너무나 다정했지만 거의 500개나 되는 오렌지색 폼폼이 마을을 점령하는 상황도 기꺼이 받아들여줄까? 괜찮을 거라고 엄마를 안심시켰지만, 팝업 매장 시작을 일주일 앞두고 폼폼 붙일 생각을 하니 우리도 약간 걱정이 됐다. 나와 앨버트 오빠, 아그네스 언니는 폼폼이 든 커다란 상자를 하나씩 들고 나가 가로등, 벤치, 표지판, 문손잡이, 교문, 공공화장실 밖, 자전거 보관소, 협동조합 앞에 개들을 묶어두는 고리 등 여기저기에 폼폼을 매달았다. 우리는 작업을 마치고 밤 열 시에 집으로 돌아왔고, 엄마는 불안한 듯 커튼을 확 잡아당겼다. 나는 애써 외면하고 얼른 자러 갔다.

다음 날 아침, 목줄에 폼폼을 매단 스파키와 함께 집을 나섰다. 밥 아저씨는 나를 보자 보통 때처럼 "키티, 키티, 키티!" 하고 불렀다. "이거 네가 했니?" 나는 아저씨의 표정을 읽으려 했다. 쓰레기 수레를 밀며 개 세이디와 거리를 누비는 밥 아저씨는 와틀링턴의 대부 같은 존재였다. "네." 내가 쭈뼛거리며 대답했다. "그럼 세이디에게도 하나 줄 수 있어?" 나는 얼른 스파키에게 달려 있던 폼폼을 떼서 세이디의 목줄에 달아주었다. 밥 아저씨가 우리 편이라면 모든 게 잘 풀릴 터였다. "마흔다섯, 마흔여섯…" 옷을 여러 겹 껴입은 작은 아이가 폼폼을 세면서 지나가고 있었다. 동네 사람들 모두 폼폼을 좋아했

마법 캐비닛

고 거리의 가게들도 창문에 폼폼을 달아주었다. 덕분에 다른 많은 집에서도 폼폼을 달라고 했다. 와틀링턴에 귤 쓰나미가 덮친 것 같았다.

아빠는 쓰레기 수거함에서 엄청나게 큰 나무 바퀴(전기선을 감는 용으로 쓰던 것)를 주워 왔다. 바퀴도 거대한 폼폼처럼 보이도록 색을 칠한 뒤 그 위에 '여기가 오렌지 베이커리 팝업 매장입니다!'라고 썼다. 그걸 중심가까지 돌돌 굴려서 가져간 뒤 필라테스 스튜디오 밖에 세웠다. 순조롭게 준비가 되어가고 있었다.

아빠는 그 주 금요일에 선생님이 부족한 근처 학교에서 수업을 맡아주기로 했다. 따라서 팝업 매장을 열기 전날에는 나 혼자 준비를 해야 했다. 빵이 얼마나 많이 팔릴지 고민하지 않고 최대한 많은 반죽을 준비했다. 엄마는 서재에서 일하다가 이따금 와서 '도와줄까?' 하고 물었다. 그날은 엄마의 오랜 친구가 우리 집에 놀러오신 날이었다. 엄마와 친구분과 내가 주방에서 이야기를 하던 중 엄마는 걸려온 전화를 받으려고 잠시 자리를 떴다. 엄마 친구분이 날 보며 물었다.

"정말 굉장하다. 내가 뭐 좀 도와줄까?"

"그럼 반죽에 소금을 좀 넣어주시겠어요?" 내가 다른 반죽에 손을 깊숙이 넣은 채 대답했다. 아주머니는 내 부탁대로 하고는 커피를 마저 마신 뒤 엄마가 다시 주방에 나타나자 가버렸다.

대략 20초가 지난 뒤, 나는 아주머니가 반죽에 뿌린 양념 통을 바라보았다. 그건 설탕이었다.

우리는 뭐가 뭔지 바로 구별할 수 있어서 소금과 설탕을 따로 표시해두지 않았다. 나는 토할 것 같았다.

오후 여섯 시에 퇴근한 뒤 키티와 함께 반죽의 단맛을 빼고 도로 신맛을 되살리기 위해 노력했다. 우리는 자정에 자러 갔다가 새벽 네 시 반에 일어나 빵을 굽기 시작했다. 키티는 눈이나 붙였는지 모르겠지만 굳이 묻지는 않

았다. 열 시 반 전까지 모든 것을 굽고 식히려면 서둘러야 했다. 오전 열 시까지 준비가 제대로 되지 않을 것 같아 나는 패닉에 빠졌다. 오븐 옆에서 진땀을 뺐지만 일을 더 빠르게 할 방법이 없었다. 나는 조바심을 내며 서성이기보다 일단 준비된 빵을 가지고 팝업 매장을 꾸미는 게 낫겠다고 결정을 내렸다. 키티는 남아서 빵을 마저 굽기로 했다. 앨버트와 나는 빵을 모두 차에 실었다.

토요일은 와틀링턴이 가장 혼잡할 때다. 캘넌 정육점에서 고기를 사기 위해, 혹은 주민센터 아래 안젤라의 가게에서 채소를 사기 위해 인근 마을 사람들까지 몰려오기 때문이다. 그날도 거리에는 분홍색과 파란색 튀튀를 입은 아이들과 토요일 훈련을 위해 축구복을 입은 아이들이 넘쳐났다. 빵을 내려놓으며 아는 얼굴들에게 인사를 건넸지만, 아무도 내가 하는 일에 관심을 보이지 않는 듯했다. 나는 마지막 상자를 매장 안으로 들인 다음 문을 닫았다. 곧 아그네스가 와서 함께 상자를 배치하기 시작했고 동선을 어떻게 짜면 좋을지, 계산은 어디서 해야 할지 계획을 세웠다. 나는 자신이 없었고 몹시 피곤했다.

빵이 가득한 매장에 손님은 없고 우리만 오도카니 서 있는 모습이 자꾸 그려졌다.

나는 심지어 우리가 빵을 다 못 팔 때를 대비해 옥스퍼드에 있는 노숙자 자선단체 몇 군데에 전화를 걸어 혹시 남은 빵을 받아줄 수 있는지 물어보기도 했다. 아그네스는 나를 안심시켰다. "아빠, 괜찮을 거야. 사람들이 올 거야." 벌써 수십 번째 창문을 올려다보는 나를 보며 아그네스가 말했다. 창문에는 블라인드가 완전히 내려져 있었다. 나도 내가 무엇을 보려 하는지 알 수 없었다. 희망의 그림자가 어른거리기를 바랐던 것 같다.

오전 열 시 오십 분에 문이 열리고 아내와 키티가 빵을 담은 마지막 쟁반을 들고 들어왔다. 두 사람에게 물었다. "밖에 누가 왔어?" 키티가 환하게 웃으며 답했다. "봐, 아빠. 사람들이 빵 사려고 줄을 서 있어." 블라인드 틈으로 사람들이 줄지어 서 있는 실루엣이 보였다. 적어도 우리가 빵을 몇 개라도 팔기는 하겠다는 안도감이 밀려왔다.

기다란 접이식 테이블 네 개를 펴고 장모님이 보내주신 줄무늬 테이블보를 덮었다. 그 위로 빵을 담은 큰 나무 쟁반들을 올렸다. 가격을 쓴 작은 칠판 팻말을 칵테일 막대에 붙인 다음 그걸 통통한 오렌지에 꽂아 빵 쟁반 앞에 뒀다. 끝으로 빵을 담을 갈색 종이봉투 200장 옆에 돈을 넣을 오렌지색 주철 캐서롤 냄비를 놓아두었다. 남은 폼폼으로 매장을 대충 꾸몄고 케이티는 루시가 떠준 오렌지색 스카프를 둘렀다. 열한 시가 되어 우리는 가게 문을 활짝 열었다.

앨버트는 계산을 맡았고, 아그네스는 페이스트리 뒤에 자리를 잡았다. 케이티는 안내를 맡았는데 빵 이름을 잘못 말할 때마다 키티가 옆에서 조용히 수정해주었다. 나는 왔다 갔다 하며 봉투를 가져다주거나 줄을 정리하는 역할을 맡았다. 손님들을 응대하느라 우리는 서로를 쳐다볼 시간도 없었다. 마침내 마지막 번까지 다 팔려나갔고 우리는 공중으로 점프를 했다. 모두 약간 얼이 빠진 채 서로를 바라보던 기억이 사진만큼이나 선명하다.

빵은 마지막 한 조각까지 다 팔렸다. 이 모든 빵을 만드는 데 24시간이 걸렸고, 다 파는 데는 23분이 걸렸다.

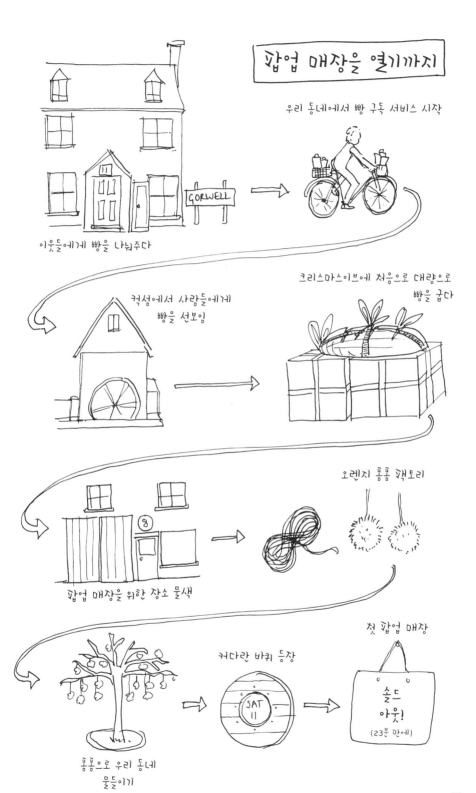

팝업 매장을 열기까지

이웃들에게 빵을 나눠주다

우리 동네에서 빵 구독 서비스 시작

GORWELL

켁섬에서 사람들에게 빵을 선보임

크리스마스이브에 처음으로 대량으로 빵을 굽다

팝업 매장을 위한 장소 물색

오렌지 퐁퐁 팩토리

퐁퐁으로 우리 동네 물들이기

커다란 바퀴 등장

SAT 11

첫 팝업 매장

솔드 아웃! (23분 만에)

6
THE MILK CART OF DOOM
망한 우유 카트의 날

키티는 비밀을 담아두는 스타일이 아니다. 내게 계속 최고의 베이커리들이 몰려 있는 도시가 어디일 것 같냐고 물어볼 때부터, '파리 아니겠어?' 하고 자문자답할 때부터, 2월에 무슨 일이 있겠거니 짐작하고 있었다. 그러던 어느 비 내리는 음울한 월요일 아침에 1층으로 내려오니 내 아침 밥상 옆에 봉투가 하나 놓여 있었다.

아침 식사는 키티에게 대단히 중요한 일이며, 키티가 단연코 가장 좋아하는 끼니다. 키티는 군대 사령관처럼 아침 식사를 준비한다. 자기가 제일 좋아하는 사워도우 위에 수란과 엷은 분홍색 피클을 얹거나, 바나나와 구운 피칸, 땅콩버터, 녹인 초콜릿을 곁들인 포리지(귀리에 우유나 물을 부어 걸쭉하게 죽처럼 끓인 음식. 주로 아침 식사로 먹는다―옮긴이) 한 사발을 내놓는다. 아래층에 내려가면 이미 음식은 준비되어 있고, 우리는 함께 앉아 식사한다. 나는 보통 트위터를 확인하고 키티는 인스타그램에 올라온 빵 관련 게시물을 훑는다(이른 시각이고, 우리라고 항상 대화하고 싶은 건 아니니까).

그날 아침에는 키티가 나를 빤히 보고 있었다. 봉투를 열어보니 안에 파리행 유로스타 왕복권 두 장이 들어있었다. "싸게 팔기에 샀어. 조사차 가보면 좋을 것 같아서." 키티가 말했다.

맨 처음 든 생각은 차만 두 시간을 타도 머리가 곧 깨질 듯 아픈 키티가 어떻게 기차에서 여섯 시간을 견딜까 하는 거였지만, 그렇게 기뻐하는 얼굴에 대고 차마 그런 말은 할 수 없었다. 나는 그저 고개를 끄덕이며 힘없이 말했다. "좋은 생각이네. 언제야?"

일정은 바로 다음 주였다(과연 키티다웠다). 우리는 런던에 사는 키티의 대부 앨과 함께 일요일 밤을 보냈다. 앨은 키티가 가장 절망적인 시기를 보내고 있을 때 수시로 편지를 보내주었고, 때로 여러 여행지에서 산 웃긴 엽서를 보내주기도 하는 몹시 다정한 사람이다. 우리는 월요일 새벽 다섯 시에 앨의 집에서 나와 택시를 타고 세인트판크라스 터미널로 가서 기차를 탔고, 나는 내내 자다 깨다 했다. 깰 때마다 키티는 창밖을 뚫어져라 응시하고 있었다. 심지어 칠흑같이 어두워 아무것도 보이지 않는 터널에서도 밖을 빤히 내다보았다. "잘하고 있어." 내가 말했다. 키티는 억지로 조금 웃어 보였지만 가쁜 숨소리까지 숨기지는 못했다. 그러나 열차가 다소 흐린 교외 지역을 통과해 천천히 파리로 들어서자 키티는 갑자기 차분해지면서 정신을 집중했다. 키티는 공들여 조사한 베이커리 목록을 내게 보여주었다. 우리는 어느 곳을 먼저 방문할지 정하기 위해 휴대폰으로 지하철 노선도를 열어 살펴보았다.

첫 번째로 방문한 베이커리 '뒤팽에데지데Du Pain et des Idées'는 거리의 모퉁이에 자신만만하게 서 있었다. 예스러운 느낌의 유리 간판이 햇빛에 바래 있었고, 현관 위의 검은색 차양에는 '전통적인 방식으로 만듭니다'라는 문구가 새겨져 있었다. 매우 깔끔해 보이면서도 약간 고루하게 느껴졌다. 유리 캐비닛 안에 잘 정돈된 빵을 기대하며 안에 들어갔지만, 그런 건 만날 수 없었다.

뒤팽에데지데 내부는 엉망이었다. 활기가 넘치고, 아슬아슬하고, 대단히 즐거운 혼돈 상태였다.

빵은 바퀴 달린 선반 위에서 식혀지고 있었고, 먹음직스러워 보이는 크루아상과 페이스트리는 쟁반 위에서 서로 자리다툼을 했다. 타바드 재킷을 입은 여자 직원 두 명이 능숙한 솜씨로 주문받은 빵을 봉지에 넣고는 서로 간단한 안부 인사도 않는 손님들에게 빠르게 건넸다. 베이커리 분위기는 딱히 친절하지 않았지만 북적북적하고 흥미로웠으며 소란스러웠다. 털모자를 쓴 할머니들과 젊은 노동자들이 뒤섞인 줄이 꽤나 길었는데도 계산대 직원은 전혀 서두르는 기색이 없었다. 우리는 거의 형광색에 가까운 초록색 피스타치오 에스카르고(반죽을 달팽이 껍질처럼 돌돌 말아 구운 페이스트리)와 미치(갈색 사워도우) 4분의 1 덩이를 샀다. 그리고 밖으로 나와 콘크리트로 된 차량 진입 방지 말뚝에 걸터앉았다. 빵은 신맛이 많이 나지는 않았고, 촉촉하고 쫀득했다. 에스카르고 빵은 재밌었다. 부드러운 크루아상 반죽 안에 달고 짭짤한 피스타치오 프랑지판 크림이 들어있었다. 출발이 좋았다.

다음 목적지는 '푸알란Poilâne'이라는 베이커리의 분점이었다. 푸알란은 대통령 관저인 엘리제궁에 빵을 공급하는, 파리에서 가장 유명한 베이커리 체인이다. 1930년대부터 사워도우를 만들었고, 3대째 가업을 이어오고 있었다. 아폴로니아 푸알란은 부모님이 헬리콥터 사고로 사망한 뒤 18세의 나이에 푸알란 베이커리의 CEO를 맡게 됐다. 이 빵집의 가장 큰 마케팅 포인트는 거대한 나무 화덕을 이용해 전통적인 방식으로 빵을 굽는다는 것이다. 그래서 그런지 가격이 엄청나게 비쌌다. 우리는 본점이 너무 멀리 있어서 대신 가까운 동네에 있는 분점을 찾아갔다. 푸알란은 빵집보다는 귀금속 가게 같은 분위기였다. 빵은 맛있었다.

베이커리를 두어 군데 더 들른 뒤 우리는 마침내 '텐벨스Ten Belles'라는 곳을 찾아냈다. 미디Midi 운하에서 몇 블록 떨어진 골목에 자리 잡은 텐벨스는 리

모델링을 한 번도 하지 않은 칙칙한 건물 1층에 있었다. 공간을 가로지른 버팀벽을 사이에 두고 한쪽에는 베이커리가, 다른 쪽에는 계산대가 있었다. 전에는 안뜰로 쓰였을 공간이 지금은 카페의 좌석이 되어 있었다. 사람들은 대기 순번을 받고 기다리고 있었고, 우리도 낮은 선반이 늘어선 대기실에 앉았다. 놀랍게도 선반에는 영어로 된 책들이 있었고 대부분 요리책이었다. 델리아 스미스(영국의 유명한 요리사 ― 옮긴이)와 메리 베리(영국의 요리사이자 방송인 ― 옮긴이)의 책이 파리의 이 구석진 공간을 차지하고 있었다. 바로 검색에 나선 키티가 텐벨스를 만든 알리스 키예가 반은 영국인이라는 사실을 말해주었다.

마침내 자리가 났다. 나는 버터 반죽에 베이컨과 버섯을 넣은 브렉퍼스트 브리오슈를 주문했고, 키티는 바다소금 플레이크가 뿌려진 호밀 다크초콜릿 쿠키와 껍질이 거의 검은색인 식빵 한 덩이도 골랐다. 마치 사진으로 봤던 타르틴 식빵처럼 새카맸다. 알고 보니 알리스는 캘리포니아에서 채드 로버트슨과 한동안 함께 일한 경험이 있었다. 우리는 빵 껍질을 벗기고 빵의 진한 갈색 속살을 조금 떼어내 맛을 봤다. 우리가 여태 맛본 파리지앵의 빵들에 비해 훨씬 더 신선하고 가벼웠다. 키티가 빵을 먹으며 말했다.

"아빠, 나도 꼭 이런 빵을 만들고 싶어. 저 사람들한테 주방을 보여달라고 한번 물어볼까?"

"글쎄."

속으로 내가 과연 그 문장을 프랑스어로 말할 수 있을지 가늠해보았다. 역시나 안 될 것 같아서 키티한테 둘러댈 핑계를 찾고 있는 사이 우리가 앉은 테이블을 치워주던 직원이 맨체스터 억양으로 말을 걸었다.

"제가 부탁해볼까요? 괜찮다고 할 것 같아요."

그 친절한 직원의 이름은 제스였다. 제스는 여섯 달 전에 파리로 이사를 온 예술가로, 텐벨스에서 일자리를 구해 잠시 일하고 있다고 했다. 그는 오렌지 베이커리에 관한 이야기를 듣더니 벽 뒤로 사라졌다. 그러고는 잠시 뒤 계산대 앞으로 고개를 빼꼼 내밀어 키티에게 와보라고 손짓했다. 나는 자리에 앉아 델리아와 메리의 책을 보며 키티를 기다렸다. 그러다 거리를 오가는 세련된 파리지앵들을 보니 문득 내가 쓰고 있는 플랫 캡이 너무나 영국스럽게 느껴졌다.

키티는 주방에서 족히 30분은 있다가 맛있는 것들을 한 아름 안고 돌아왔다.

"오 르부아르Au Revoir('안녕히!'라는 뜻의 프랑스어 — 옮긴이)! 언제 다시 와서 우리랑 같이 빵 만들어요."

키티를 안내해줬던 베이커가 손을 흔들며 인사했다. 우리는 다른 손님과 대화를 나누고 있는 제스에게도 고맙다고 말했다.

"뭘요. 다음에 영국 가면 오렌지 베이커리에서 위로빵을 사야겠어요. 여기 있다 보면 마마이트가 정말 그립거든요."

집으로 돌아와 우리는 제스에게 우편으로 위로빵을 보내주었다. 도착했을 때는 엄청나게 눅눅해졌을 것이다.

그럼에도 제스는 매우 고마워했고, 위로빵 위에 수란을 얹은 사진을 보내주었다.

우리는 파리 버전의 뉴욕 하이라인(오래된 철도를 도시를 관통하는 도보로 만든 시설) 같은 곳에서 선물로 받은 텐벨스 쿠키를 다 먹어치운 다음, 전부터 가보고 싶던 몽마르트르를 걸어보는 것으로 파리 여행을 끝맺기로 했다. 종일 흐리고 공기도 탁한 날이었지만, 해가 지고 가로등 불이 켜지자 파리는 반짝이기 시작했다. 둘 다 너무 지쳐서 별말을 나누진 못했어도, 키티에게 좋은 여행이 되었음을 알 수 있었다.

키티는 할 수 있다는 자신감을 얻었고, 집에서 나가 독립해서 사는 미래를 꿈꾸기 시작했다(주로 제스와 함께 파리에 살면서 베스파를 타고 거리를 누비는 장면을 상상하는 것 같았다).

파리 여행 덕분에 크루아상 페이스트리를 만들어볼 결심을 하게 됐다. 내가 경험한 유일한 크루아상은 마트에서 여섯 개 묶음으로 파는 빵뿐이었다. 할

아버지 할머니가 오시면 오븐에 데워서 설탕 뿌린 자몽 반쪽을 곁들어 먹곤 했다. 내게 크루아상은 그저 엄마가 늘 커피에 찍어 먹는 흐늘흐늘 부서지는 빵이었다.

그러다 뒤팽에데지데에서 짭짤한 피스타치오 에스카르고를 맛보고서는 머릿속에 있는 전구가 켜지는 느낌이었다.

전에는 크루아상 페이스트리 안에 다른 맛있는 재료를 넣을 수 있다는 생각을 하지 못했다. '파펌스Pophams'는 인스타그램에서 알게 된 런던 북부의 근사한 베이커리다. 파펌스에서 올리는 사진만 보면 입에 침이 고였다. 나는 엄마를 설득해 그곳에 가보기로 한 토요일 아침 여섯 시에 엄마를 깨웠다. 그래야 문을 열기 전에 도착할 수 있을 것 같았다. 우리 엄마는 아침형 인간이 아니다. 나는 자동차로 무사히 이즐링턴까지 갈 수 있도록 미리 엄마를 위한 커피를 준비했다. 우리는 파펌스가 문을 열기 30분 전에 도착했다. 내가 빵집 밖 벤치에 앉아 기다리며 인스타그램을 보는 동안 엄마는 두 번째 커피를 찾아 나섰다.

더키는 내가 오렌지 베이커리를 막 시작했을 때 알게 된, 나와 죽이 아주 잘 맞는 친구이자 베이커다. 요크셔 출신인 더키는 내가 어떤 반죽칼이 좋을지 조언을 바란다는 글을 올렸을 때 맨 먼저 메시지를 보내준 사람이다. 이걸 계기로 우리는 토스트에 무얼 얹어 먹는 게 가장 좋은지, 가장 끔찍한 건 무엇인지에 대해 길고 상세한 토론을 나누는 사이가 되었다. 내가 가장 싫어하는 건 정어리, 더키가 가장 좋아하는 것은 땅콩버터와 꿀이다. 메신저로 대화를 나눌 때마다 더키는 과로를 한 탓에 늘 수면 부족 상태였다. 더키는 열일곱 살 때 베이커가 되기 위해 학교를 자퇴했고, 내가 열네 살밖에 되지 않는다는 사실도 전혀 이상하게 생각하지 않았다. 우리의 대화는 조금 비현실적이었다. 가령 빵을 부드럽게 하려고 버터밀크를 넣어 반죽을 치대다가 손이 쪼글쪼글해지면 그 손으로 어떻게 치즈를 만들기 시작해야 하는지에 대해 열띤

토론을 벌인 적도 있다. 나처럼 더키도 파스테이스 데 나타pasteis de nata(포르투갈식 에그타르트 —옮긴이)에 꽂혀 있었고, 검붉은 오렌지즙으로 멋진 타르트를 만들기도 했다. 그날 아침 나는 파펌스 밖에 앉아 더키에게 '오리와 고양이The Duck and The Cat(더키와 키티의 이름을 줄인 말장난 —옮긴이)'라는 파스테이스 데 나타 베이커리를 만들려면 어떻게 해야 할지 이야기하며 시간을 보냈다. 파펌스가 막 문을 열었을 때 엄마가 돌아왔고, 우리는 첫 손님으로 가게에 들어갔다. 나는 바다소금과 로즈마리 트위스트, 자타르(다양한 종류의 허브를 첨가해 만든 중동의 향신료 —옮긴이) 크루아상, 내 얼굴 크기만 한 팽 오 쇼콜라, 메이플 스월(메이플 시럽을 넣어 구운 소용돌이 모양의 페이스트리 —옮긴이) 사이에서 고민했다. 엄마는 빵들을 몽땅 사주었고 우리는 자리에 앉아 먹기 시작했다. 내가 베이커들을 너무 열심히 쳐다보는 게 느껴졌는지 계산대에 있던 직원이 혹시 사람들이 일하는 모습을 보고 싶으냐고 물었다. 그분의 말이 채 끝나기도 전에 나는 활짝 웃으며 그쪽으로 갔다. 엄마가 신문을 읽는 동안 나는 베이커리 전체를 둘러보았다. 주인인 올리 골드와 수석 베이커 플로린도 만났다. 플로린은 세상에서 제일 멋진 타투를 하고 있었는데, 수저, 포크, 주걱 그리고 (당연히) 크루아상 타투도 있었다. 베이커리 자체는 작았지만, 사람들은 오븐에서 연이어 트레이를 꺼내며 능숙하고도 자연스럽게 움직였다.

다음 주에는 아빠랑 같이 파펌스에 갔다. 내가 한 주 내내 끝없이 얘기했더니 아빠도 직접 가보고 싶어 했던 것이다. 이번에는 계산대 뒤로 가서 플로린을 만나 페이스트리 반죽에 관해 이야기했고, 열여덟 살이 되면 어떤 타투를 하면 좋을지 함께 떠들었다. 마치 내가 단골손님이 된 것 같았다. 그다음 주에는 올리가 전화를 걸어와서는(내가 계속 찾아갈까 봐 걱정했던 것 같다) 반죽기를 새로 샀는데 혹시 전에 쓰던 걸 가져갈 생각이 있는지 물어보았다. 열두 시간 뒤 아빠와 함께 런던 북부로 향했다. 집으로 돌아오는 내내 나는 반죽기를 껴안고 있었다.

반죽기는 그야말로 게임체인저였다.

손으로 반죽을 하면 시간이 너무 오래 걸렸고, 내 팔뚝은 영화 〈더 락The Rock〉

에 나오는 드웨인 존슨처럼 울룩불룩해졌다. 반죽기가 있으니 팔도 아프지 않았고 시간도 절반으로 절약해서 반죽을 두 배나 더 만들 수 있었다. 우리는 반죽기를 '로프코 루스' 곁의 눈에 잘 띄는 자리에 놓아두고는, '마고'라는 이름을 지어주었다.

제빵사들은 어쩜 이렇게 하나같이 관대한 걸까. 우리는 파펌스에서 단순히 반죽기만을 받은 게 아니었다. 정말 많은 것들을 받았다. 키티는 케이티와 함께 브리스틀에 있는 하츠 베이커리를 다시 방문해서 주인인 로라를 만났다. 로라는 바쁜 와중에 기꺼이 시간을 내주었고 며칠 뒤 키티에게 빵을 숙성시키는 바네통 바구니 한 세트를 보내주었다. 더키는 우리에게 제빵용품을 만드는 회사 랙매스터를 운영하는 캠벨을 소개해주었다. 캠벨은 키티에게 쇠와 나무로 만든 거대한 중고 반죽 테이블을 보내주기도 했다. 테이블이 우리 집 복도를 통과할 수 없을 만큼 커서 정원 담 위로 들어 올려 주방 창문으로 집어넣어야 했다. 베이커들은 모두 키티를 믿어주었고, 그들의 인정을 받으며 키티는 자신이 꿈꾸던 일을 현실에서 해내고 있다는 걸 깨달을 수 있었다. 감사하게도 모든 이들이 우리를 위해 귀한 시간을 선뜻 내주었다. 우리가 만난 사람은 하나같이 엄청나게 바쁜 이들이었는데도 기꺼이 자신의 지식을 나눠주며 돕고 싶어 했다. 케이트 햄린도 마찬가지였다. 키티는 여전히 아동·청소년 정신건강서비스 센터에서 정기적으로 상담을 받고 있었다. 우리는 키티가 그 시간을 잘 견딜 수 있도록 상담이 끝나면 빵과 관련해서 키티가 하고 싶은 일을 할 수 있게 해주었다. 키티는 센터에서 차로 얼마 걸리지 않는 옥스퍼드 이플리에 있는 베이커리를 하나 발견했

다. 그래서 우리는 어느 금요일에 '햄린 브레드'라는 아담하고도 무척 깔끔한 가게를 찾아갔다.

케이트 햄린은 두어 해 동안 햄린 브레드를 운영해오고 있었다. 이 베이커리는 브리스틀의 하츠 베이커리나 런던 북부의 파펌스보다 크기는 작았지만, 운영 방식이 아주 인상적이었다. 케이트는 모든 일을 거의 혼자 해치웠다. 빵 종류는 많지 않아도 모든 빵이 완벽했다. 지역에서 생산한 곡물로 만든 투박한 사워도우, 스톡홀름이라는 이름의 울퉁불퉁한 빵(바네통 바구니에조차 잘 들어가지 않았다)과 씨앗을 넣은 호밀빵이 거의 전부였다. 케이트는 영국에서 재배한 곡물을 고집했다. 케이트는 자신의 베이커리와 비슷했다. 조용하고, 멋스럽고, 차분했다. 그는 키티와 눈높이를 맞춰 소통해주었고, 키티를 주방으로 초대해서 함께 일할 기회를 주었다. 키티는 케이트에게서 여러 기술을 배우며 바쁜 시간을 보내고 돌아왔다. 키티는 빵과 반죽에 대한 케이트의 깊은 이해에 약간 충격을 받았고 그 어느 때보다 열심히 배우려는 의지를 불태웠다.

베이커리를 방문할 때마다 나는 너무나 많은 질문이 생겼고 더 많이 알고 싶었다. 엄마는 빵 만드는 일에는 전혀 관심이 없어서 맛있게 먹는 일 이상으로 사워도우를 알아보려 하지 않았지만, 소풍 가는 기분으로 기꺼이 나와 함께 나서주었다. 나는 늘 감사 커피를 준비했다. 한번은 엄마가 치과에 갔다가 대기실에 있던 잡지에서 영국 동부 서퍽의 펌프 스트리트라는 곳에 있는 어느 베이커리에 관한 기사를 읽고 그 페이지를 몰래 찢어서 가져왔다. 그 베이커리도 아빠와 딸이 함께 운영하는 곳이었다. 엄마는 같이 가보자고 제안했다. 2주 후, 엄마와 나는 시비와 스파키를 데리고 서퍽 오퍼드에 있는 작은 에어비앤비를 향해 출발했다. 미리 베이커리에 메시지를 보냈지만, 답은 받지 못했다. 방갈로에서 아침을 맞은 첫날, 나는 새벽 여섯 시에 일어나 엄마를 깨우지 않고 베이커리가 열었는지 확인하러 길을 나섰다. 시비와 스파키랑 함께 광장 모퉁이에 있는 마을 중심지 펌프 스트리트로 15분 정도 걸어갔다. 그 베이커리는 가게 안에서 빵을 굽지 않았는데, 그때는 그 사실을 몰랐다. 베이커리 안은 조용했고 마을도 한적했다. 바로 숙소로 돌아가기도 뭐해서 그냥 스파키랑 시비를 데리고 잠복근무하듯 벤치에 앉아 더키에게 메시지를 보냈다.

오전 여덟 시에 어떤 여자분이 차에서 내려 베이커리 문을 열었다. 그는 뭔가 이상한 느낌을 감지하곤 뒤를 돌아보았고, 바로 뒤엔 내가 서 있었다.

"어머나, 안녕." 그가 긴장하며 인사했다.

어떻게 말해야 할지 미리 연습도 했는데, 결국 로봇처럼 딱딱한 목소리로 이렇게 말하고 말았다. "저도 베이커인데요. 혹시 어떤 오븐을 쓰시는지 좀 볼 수 있을까요?"

시비가 그분을 향해 짖어대서 목줄을 잡아당겼다. 그는 뒤로 약간 물러서며 말했다. "미안하지만, 우린 여기서 1킬로미터쯤 떨어진 곳에서 빵을 구워. 우리 주방을 둘러보고 싶다면 수석 베이커에게 전화해서 물어봐줄게." 시비는 짖기를 멈췄고, 머리를 쓰다듬는 것도 참아냈다. 그는 휴대전화를 꺼냈다. "네, 그래주시면 좋겠어요. 정말 감사합니다." 나는 그렇게 말하고 엄마에게 이 좋은 소식을 전하기 위해 방갈로로 돌아갔다.

한 시간 뒤 우리는 작은 헛간이 여러 개 있는 마을 끝자락에 도착했다. 들어가는 문을 찾던 중에 야간 근무를 마무리하고 있는 두 명의 베이커를 만났다. 그들은 에클스 케이크에 들어갈 건포도를 퍼내고 있었다. 수석 베이커가 나와서 내게 악수를 청했다. 어린 소녀가 나타나리라는 얘기를 들은 모양이었다. 수석 베이커는 나를 2층으로 데려갔고, 그사이 엄마는 1층에서 에클스 케이크를 굽는 사람들과 이야기를 나눴다. 헛간의 꼭대기에는 반죽기 세 대가 각자의 일을 하고 있었다. 스파이럴 반죽기, 핸드 반죽기, 패들 반죽기. 마치 〈해리포터〉에 나오는 필요의 방에 온 것 같았다.

수석 베이커는 각각의 반죽기가 어떻게 작동하는지 보여주었고, 쉴 새 없는 내 질문에도 무한한 인내심으로 일일이 대답해주었다. 한편 엄마는 여자 직원들에게 일과 생활의 균형은 어떤지, 어떤 과정을 거쳐 베이커가 되었는지, 일을 좋아하는지 질문했다. 거의 셜록 홈스에게 수사를 당한다고 느낄 것 같았다. 놀랍게도 수석 베이커는 다음 날 아침에 함께 일해 보자는 제안을 주었다. 나는 쿨쿨 잠든 엄마와 개들을 뒤로하고 새벽 다섯 시에 숙소를 나와 그들에게 완벽한 에클스 케이크를 만드는 법을 배웠다. 나중에 엄마와 바닷가를 걸으며 에클스 케이크를 다 먹어치웠다. 개들이 우리 손가락에 묻은 빵가루를 핥아 먹었고, 기분이 아주 좋았다.

새로운 베이커리를 보러 갈 때마다 팝업 매장에서 시험해볼 아이디어를 가득 안고 돌아왔고, 빵 굽는 실력도 한 단계 업그레이드되는 것 같았다.

키티는 어떤 맛들이 서로 어울리는지, 반죽을 얼마나 오래 오븐에 둬야 하는지, 어떻게 평범한 것을 비범한 것으로 바꿀 수 있는지 이해하는 능력이 탁월했다.

키티는 베이커들에게, 또 요리책에서 엄청나게 많은 것들을 배우고 있었지만 이미 어느 정도 알고 있기도 했다. 어떤 재료를 어떻게 조합해야 빛을 발하는 결과를 낼 수 있는지 이해하고 있었다.

키티는 번에는 카르다몸 향신료와 오렌지, 혹은 무화과와 호두 조합이 잘 어울린다는 걸 알게 됐다. 키티는 반죽에 미소된장과 참깨를, 또는 초콜릿과 호두를 더했다. 주방을 빙빙 돌며, 가장 좋아하는 영화인 〈라따뚜이〉의 주인공 레미처럼 재료를 더하고 맛보고 반죽을 포개고 거품을 냈다. 키티가 빵을 더 많이 구울수록 빵을 기다리는 줄도 더 길어졌다.

팝업 매장으로 쓸 새로운 장소를 찾아야 했다. 필라테스 케이티가 곧 캐나다에서 돌아올 예정이었기 때문이다. 시내 중심가에 있는 와틀링턴 메모리얼 클럽 건물이 떠올랐다. 3층짜리 건물이었고 분리된 공간이 7개 정도 있었다. 보통 풍선을 띄운 생일 파티가 최소 하나는 진행되고 있었고, 밴드가 연습하는 소리나 유도나 줌바 수업을 하는 쿵쿵거리는 소리가 들렸다. 1층에는 바가 있고, 그 옆에는 늘 희미하게 김빠진 맥주 냄새가 나는 공간이 있었다. 냄새가 조금 나긴 해도, 토요일 오전에 쓸 수 있었고 크기도 완벽했다. 새로운 팝업 장소에 관한 광고는 미스 마플(영국 추리소설의 여왕 애거서 크리스티가 탄생시킨 할머니 탐정 캐릭터 — 옮긴이)에게 영감을 받아 미스터리 스타일로 하기로 했다. 우리는 커다란 갈색 용지에 감자 스탬프로 만든 오렌지를 찍은 다음 '혹시 여기?'라는 문장을 또박또박하게 썼다. 그 종이들을 와틀링턴 곳곳의 창문에 붙였다. 언제나처럼, 동네 사람들 모두 우리의 작당을 눈감아주었다. 부동산중개소(팝업 매장으로 삼기에 불가능한 장소는 아니다), 마을 공공화장실(가능성이 없진 않았다), 그리고 정글짐 옆 대기소 안에 있는 놀이용 오두막 아래(여긴 솔직히 불가능) 등 여러 곳에 '혹시 여기?'라는 종이를 붙였다. 언제나 그랬듯 밥은 이번에도 우리가 와틀링턴의 질서를 조금 깨는 걸 이해해주었다. 마지막으로 팝업 매장을 열기 일주일 전, 우리는 크고 멋지게 인쇄한 오렌지 그림에 날짜와 시간을 적고 '여기!'라고 당당하게 알리는 표지판을 메모리얼 클럽 문 앞에 붙였다.

이번에는 새로운 인원이 우리 팝업 매장에 합류했다. 앤디였다. 70대 중반인 앤디는 오랫동안 가나의 아동시설을 지원해왔는데, 이번에 우리 팝업 매장에서 자신이 집에서 구운 빵을 팔아서 시설에 후원금을 보내고 싶다고 했다. 앤디의 딸 맨디는 우리 아이들의 테니스 선생님이었다. 사실 맨디는 우리 애들뿐만 아니라 동네 아이들 대부분을 가르친 선생님이다.

앤디는 개털로 만든 스웨터를 입기로 유명했다.

스웨터에 얽힌 이야기는 이렇다. 앤디는 매년 여름에 휴가 떠나는 사람들을 위해 개를 돌봐주는 일을 했는데, 주로 커다란 시베리안 허스키를 맡았다. 개털을 빗겨줄 때마다 어마어마하게 많은 털 뭉치가 나왔고, 앤디는 그걸 그대로 버리기 아깝다고 생각했다. 그래서 개털을 실처럼 꼬는 법을 터득했고 몇 년 후 털이 충분히 모이자 누군가에게 부탁해 그걸로 스웨터를 만들어 입었다. 앤디는 팝업 매장에서는 그 옷을 입지 않았다. 대신 조심스럽게 포장한 희고 작은 빵 여섯 개를 들고 매장에 나타났다. 앤디의 빵이 가장 먼저 팔려나갔다. 이런 일은 당연히 이곳이 와틀링턴이었기에, 모두가 맨디를 알고 앤디가 하는 일을 지지해주었기에 가능했다.

메모리얼 클럽은 공간이 넓어서 정말 좋았다. 나는 하고 싶은 일이 많고도 많았고, 빵과 관련한 새로운 아이디어가 떠오르면 바로 메모하려고 항상 작은 노트를 가지고 다녔다. 빵을 구울 때마다 다른 빵에 대한 아이디어가 떠올랐다. 그렇게 해서 만들어낸 빵으로는 '기쁨의 베개(생강가루와 설탕을 덧바른 작고 통통한 사워도우 도넛)'와 '핀란드식 엉덩이(펄슈가를 뿌린 버터 브리오슈)' 같은 것들이 있었고, 그중 '헤이즐넛과 다크초콜릿 베어 클로(곰 발바닥 모양으로 생긴 페이스트리 ─옮긴이)'는 판매대에 올려놓자마자 사라지는 인기 상품이 되었다.

우리의 새로운 팝업 매장은 멋졌고, 주문 예약 물량은 감당이 안 될 정도였으며, 내 마음은 대체로 얌전히 굴었다.

소호 하우스Soho House(런던을 필두로 유럽, 북미에서 멤버십으로 운영되는 복합 문화 공간─옮긴이)로부터 전화를 받았을 때는 하늘을 날 것 같았다. 우리 고객 중에 소호 하우스의 이벤트 매니저와 아는 사람이 있었는데, 그분을 통해 우리

이야기를 전해 들었다고 했다. 소호 하우스에서는 몇 주 뒤에 옥스퍼드셔에서 개최할 행사에 팝업 매장을 열어줄 수 있냐고 물었다. 우리는 소호 팜하우스 호텔에 머물렀던 유명 인사들은 물론 그곳에 관한 모든 것을 샅샅이 구글링했다. 엄마는 우리가 이른 시간에 일을 시작해야 하므로 우리도 거기서 하룻밤 자게 해줄지도 모르겠다고 말했다. 나는 뛰는 가슴을 주체할 수가 없었다(그러나 그런 일은 일어나지 않았다).

그 주 토요일에는 소호 하우스에 가야 하니 팝업 매장을 닫는다고 공지를 띄웠고 메모리얼 클럽 사용도 취소했다. 엄마, 아빠, 아그네스 언니와 나는 동이 트자마자 차에 빵과 여러 종류의 페이스트리, 우리 로고가 인쇄된 종이봉투와 고객이 빵값을 넣을 오렌지색 캐서롤 냄비를 싣고 소호 팜하우스 호텔로 떠났다.

그런데 도착부터 삐거덕거리기 시작했다. 알고 보니 소호 팜하우스 안으로는 아무도 차를 가지고 들어갈 수 없었다. 차를 외곽에 세워두고 소호 측에서 준비한 차로 갈아타야 했다. 약간 늦에 빠진 기분이었지만, 어쩔 수 없이 근사한 차들의 행렬 옆에 진흙을 뒤집어쓴 우리 차를 세우고 짐을 다 내렸다. 기사님이 운전하는 연두색 우유 카트가 등장했다. 빵과 종이봉투가 든 상자를 끌어안고 가까스로 카트에 올라탔다. 헛간과 뜰로 이어지는 짧은 길을 따라 이동하는 동안 우리는 불안한 눈빛으로 서로를 마주 보았다. 비가 내리기 시작했다.

나무로 만든 장난감과 캔들을 파는 팝업 매장 옆에 매대를 차렸다. 준비하는 동안 날씨는 점점 더 추워졌다. 회색 가랑비가 우리의 오렌지색 깃발 위로 후드득 떨어졌다. 추워서 옷을 귀까지 끌어올린 가족들이 지나가다 말고 우리 왼편에 있는 작은 가축우리를 흘긋 쳐다보곤 했다. 엄마 양과 새끼 양 두 마리가 건초 더미 안에 행복하게 누워 있었다. 어느 순간 나도 그 안에 들어가 엄마 양 곁에 눕고만 싶었다.

아그네스 언니와 나는 수시로 레스토랑 화장실에 숨어 들어가 손 말리는 기계에 대고 더운 바람을 쐈고 혹시 유명한 사람을 만날 수 있지 않을까 하고 주변을 둘러보았다. 엄마는 연신 커피만 들이켰다.

두 시간이 지나자 바람은 훨씬 더 매서워졌다. 어미 양과 새끼 양들은 더 따뜻한 곳으로 가고 없었다. 우리는 추위에 덜덜 떨었고 비에 젖었다. 겨우 빵 세 덩이와 시나몬 번 다섯 개를 팔았는데, 그것도 지나가던 사람들이 보기에 불쌍해서 팔아준 것 같았다. 핫초코와 근사한 쿠션과 양털 깔개가 있는 따뜻한 공간이 기다리고 있는데 굳이 빵을 사려고 멈춰서는 사람은 아무도 없었다. 점심시간이 다가오자 우리는 포기해버렸다. 모든 걸 도로 우유 카트에 싣고 우리 차로 돌아가 빵과 물건들을 다시 실었다. 집으로 돌아가는 내내 우리는 아무말도 하지 않았다.

기분이 엉망진창이었다. 고급스러운 레스토랑에 다니며 빵을 사는 데는 관심조차 없는 사람들을 위해 와틀링턴을 저버린 셈이었다. 마치 그림형제의 동화 〈어부와 그의 아내〉 같았다. 어부는 아내의 설득에 따라 마법에 걸린 물고기에게 더 나은 집을 갖게 해달라고 부탁한다. 그러나 아내는 점점 더 많은 걸 원하고 끝내 두 사람은 첫 번째 집에서 가장 행복했다는 사실을 깨닫는다는, 그런 이야기 말이다.

집에 도착하자마자 나는 가져갔던 빵을 모두 포장해서 마법 캐비닛에 넣고, 번은 덮개가 있는 상자에 쟁여두었다. 그러고는 인스타그램에 빵을 가져가라고 글을 올렸다. 5분도 안 돼 시비가 짓기 시작했다. 나는 우리 집 위층에서 사람들이 캐비닛 문을 여닫는 모습을 지켜보았다.

한 시간 만에 빵은 마지막 부스러기까지 모두 사라졌다. 마법 캐비닛에는 이런 메모가 남아 있었다. "휴, 정말 다행이에요! 시댁 식구들이 왔는데, 여기 시나몬 번 맛을 보여주겠다고 약속했거든요."

나는 정말 와틀링턴이 좋다.

7
WE GET INTO
NUMBER 10

10번가로 입성

삶은 이제 균형을 찾아가고 있었다. 키티와 나는 주중에 여러 빵을 실험하
곤 했고, 사람들이 마법 캐비닛에서 주문한 빵을 가져가는 구독 서비스도
계속 이어나갔다. 매주 토요일에는 팝업 매장을 운영했다. 키티의 우울증
은 훨씬 좋아졌다. 키티는 여전히 옥스퍼드 정신건강센터에서 상담을 받고
있었지만, 센터에 방문하는 간격은 점점 벌어졌다.

키티는 어둠이 파도처럼 몰려올 때마다 빵을 만드는 과정에 집중하며 나쁜
생각을 몰아냈다. 키티는 주방에 가져다 뒀던 침낭을 걷어버렸고, 초록 식
물을 가득 채운 자기 침실로 돌아갈 수 있었다. 지난 몇 달 동안 우리를 조마
조마하게 했던 급작스러운 공포는 잦아들었고 키티의 얼굴에는 함박웃음
이 돌아왔다. 우리는 이 새로운 상태를 유지하기 위해 필사적이었고, 방 안
의 큰 코끼리(알고는 있지만 말하고 싶지 않은 문제를 일컫는 관용어구 — 옮긴이)
두 마리를 애써 무시했다.

첫 번째 코끼리는 키티의 교육이었다. 키티가 학교에 가지 않은 지도 거의
1년이 되었다. 그동안 우리는 키티가 하루하루를 무사히 보내는 데만 집중
했고, 교육은 우선순위가 아니었다. 키티의 학교는 처음부터 여러모로 우
리를 챙겨주었고 일을 잘 처리해주려 애썼다. 헌터 교장 선생님은 학교가
키티를 어떻게 생각하고 있는지, 얼마나 돕고 싶어 하는지 적은 편지를 보
내주었다. 키티가 다시 학교로 돌아올 수 있게 도울 방안이 있다면 무엇이
든 함께하겠다는 그 글을 읽으며 나는 목이 메었다. 학교에서는 키티를 위
해 따로 챙겨뒀던 학습꾸러미도 보내주었다. 우리는 역사, GCSE(중등교육

자격시험)에 필요한 시 몇 편, 생물, 수학 등 키티가 좋아하는 과목들에 편중된 학습을 했다. 근본 없는 조합이었지만 의미는 있었다. 사람들이 주로 물어보는 첫 질문은(충분히 예상할 수 있다시피) 키티가 GCSE를 치를 것인가였다. "네, 몇 과목은 칠 거예요" 혹은 "기본적인 것만 볼 거예요" 같은 대답으로 얼버무리곤 했지만, 사실 우리도 제대로 된 계획이 있는 건 아니었다.

계속 피하기만 했던 두 번째 코끼리는 내가 키티와 함께 빵을 구우며 일을 상당히 오래 쉬었고, 얼마나 더 오래 이런 상황을 지속할 수 있을까 하는 것이었다. 나는 대리로 맡는 이런저런 수업 외에는 모든 고정 수입을 포기했고 우리 가족은 온전히 케이트의 월급으로만 생계를 유지하고 있었다. 당분간은 그럭저럭 살 수 있겠지만, 아그네스가 곧 대학에 가야 할 테고, 머지않아 앨버트도 대학에 갈 터여서 모든 게 불안하기만 했다. 매주 150여 개 남짓한 빵을 만들어 팔고 있었지만, 그거로는 어림도 없었다. 그뿐만이 아니었다. 이제 우리는 위기 상황을 겨우 지나왔을 뿐이고, 앞으로는 어느 방향으로 나아가야 할지 알 수 없었다. 내가 사기꾼이 된 것 같았다. 나는 제대로 훈련받은 베이커도 아니었고 프랑스에서 숙식을 해결하며 장인 베이커에게 빵을 배운 적도 없다. 그저 딸을 돕기 위해 빵을 좀 굽는 선생이었을 뿐, 이러한 삶의 변화를 위해 무얼 계획한 적도, 시도한 적도 없었다.

내 직업의 변화는 신중히 고민하고 결정을 내린 결과가 아니라 그저 우연히 일어난 일이었다. 그리고 나는 항상 키티보다 두 걸음 뒤진 느낌이었다.

내가 제대로 생각할 수 있는 건 빵뿐이었다. 어떻게 해야 내 빵이 더 좋아질 수 있을까? 어떤 재료를 써야 서로 잘 어울릴까? 호두와 올리브? 구운 감자와 마늘? 얼마만큼 구워야 빵 껍질이 눅눅하지 않고 바삭바삭할까? 자타르는 얼마나 넣는 게 딱 좋을까? 미소된장과 참깨를 넣은 빵이 항상 가장 먼저 동나는 이유는 뭘까? 강황 바게트가 빵 도마를 노랗게 만든 주범일까? 왜 아무도 포카치아에 크랜베리를 넣는 일에 관심이 없을까? 나는 되게 좋아하는

데! 내가 빵을 생각하지 않을 때는 빵을 굽고 있을 때뿐이었다. 카망베르 치즈를 넣은 번에는 스리라차 소스를 약간 더하면 맛이 더욱 훌륭해졌다. 브라우니에 타히니 소스와 비트를 넣으면 더 끈적해지고, 치즈 마마이트 스월을 5분 동안 더 구우면 안은 부드럽고 밖은 끝내주게 바삭해졌다.

앨버트 오빠는 우리가 만든 사워도우에는 구멍이 있어서 버터가 빠져나간다고 불평했다. 나는 오빠를 위해 새로운 사워도우를 만들어냈다. 인스타그램을 훑어보다 탕종법이라는 일본의 제빵 기술을 알게 됐다. 일단 밀가루와 물을 섞어 루roux를 만든 다음 반죽에 버터와 우유를 넣은 뒤 루와 섞어준다. 어떤 작용이 일어난 건지 잘 모르겠지만, 어쨌든 탕종법으로 빵을 만들면 속살이 푹신하고 가벼워서 마치 구름을 먹는 것 같다. 이 빵에는 구멍이 없어서, 치아 자국이 찍힐 정도로 두꺼운 버터를 올려도 된다. 나는 이 빵에 앨버트라는 이름을 붙여주었다.

나는 베이킹의 세계로 완전히 빠져들고 싶었고, 더 배우고 더 노력해서 더 많은 빵을 만들고 싶었다. 얼른 나이가 들어 어른이 되고 싶어 미칠 지경이었지만 여전히 열네 살이었고, 엄마와 아빠는 내가 정규 교육 시스템에서 완전히 빠져나오게 될까 봐 두려워했다. 그래서 일단 하던 대로 계속하는 수밖에 없었다. 아빠가 선생님들이 보낸 교재를 가지고 오면, 나는 소파 위에 누운 스파키와 의자 다리를 물어뜯는 시비 사이에서 수학, 영어, 역사 문제지를 풀곤 했다. 아빠한테 들키지 않으려 노력했지만 공부를 시작하자마자 공허함이 돌아왔다. 빈칸에 알맞은 대명사를 넣고 문장의 오류를 찾아 형광펜으로 밑줄을 그으면서도 나는 이게 단순히 정규 교육을 이수한다는 것 외에 어떤 의미가 있는지 알 수 없었다. 아빠의 기분을 상하게 하고 싶진 않았지만, 학습지를 다 풀자마자 총알처럼 주방으로 달려가 양동이에서 반죽을 퍼냈다. 그제야 뒤틀리던 뱃속이 가라앉았다.

**내가 제대로 이해할 수 있는 건 빵뿐이었고,
더 하고 싶은 일은 베이킹뿐이었다.**

아빠가 우리가 나아갈 방향에 대해 확신하지 못하고 있다는 걸 알고 있었다. 아빠 없이는 나 혼자서 아무 일도 할 수 없다는 것 또한 알았다. 아빠에겐 모든 일을 가능하게 하는 초능력이 있다(아빠는 이 사실을 모르는 것 같다). 아빠는 항상 밀가루가 충분한지, 반죽기는 고쳤는지, 포장지는 더 주문했는지 확인하는 사람이다. 아빠는 거꾸로 된 백조다. 다리는 수면에서 첨벙거리고 있지만 수면 아래에서는 모든 일이 조용히 착착 진행된다.

앞으로 나아가는 가장 좋은 방법은 앞으로 향하는 거라고 아빠를 설득했다. 채드가 말한 것처럼 더 많은 장작을 패야 한다고. 그리고 우리는 이제 막 기회를 잡으려는 참이었다.

어느 토요일 팝업 매장 영업시간이 끝날 무렵, 나는 마지막 도넛 네 개를 포장하고 있었고 엄마는 가죽점퍼를 입고 오토바이 헬멧을 손에 쥔 패딩턴 곰처럼 생긴 어떤 남자와 대화를 나누고 있었다.

대화가 끝나자 남자는 엄마에게 명함을 주고는 가게의 마지막 사워도우를 들고 사라졌다. 엄마가 내게 어서 와보라고 손을 팔랑거렸다. 엄마가 흥분했다는 증거였다.

"저 사람 시내 10번지에 가게가 있대. 루바브나무라는 가게 있지, 아무도 안 가는 거기 말이야. 거길 곧 임대로 내놓을 건데, 혹시 우리가 관심 있냐고 물어봤어. 이건 저 사람 명함이야. 이름이 브렌트래."

우리는 수염에 페이스트리 조각을 매단 채 남은 소시지빵을 먹고 있는 아빠를 건너다보며 이것이 한 단계 도약하는 계기가 되리라 생각했다. 이게 우리가 가야 할 길이라는 데 나는 조금의 의심도 없었다.

우리는 가게를 낼 준비가 되어 있지 않았다. 게다가 키티를 위한 앞으로의 교육 방향도 제대로 정하지 못한 상태에서 가게를 새로 구한다는 건 합리적인 일이 아닌 것 같았다. 가게를 얻는 게 과연 효율적인지도 의문이었다. 가게 등록을 해야 할까? 계산대를 마련하고? 세금도 내고? 보험도 들어야겠지? 다시 멀리 여행이나 갈 수 있을까? 이건 다분히 내 문제였지만, 그럼 이제 나는 정말로 전일제 베이커가 되는 건가?

지금까지 내가 완전히 전통적이거나 단일한 길만 고집하며 살아온 건 아니었지만, 그래도 매 단계에 타당성이 있었고 느슨하게나마 연결성도 있었다. 일반 교육부터 특수교육, 난독증 평가, 다른 선생님들을 코치하는 일 그리고 마침내 옥스퍼드에서 학부생들을 가르치게 되기까지 교육이라는 한 줄기 실이 내가 찍어온 점들을 하나로 이어주었다. 그러나 이제는 미지의 길을 한달음에 내달리고 있었고, 내가 찍어온 점들은 거의 쓸모 없어진 느낌이었다.

번화가에 가게를 여는 건 주간 팝업 매장이나 구독 서비스를 운영하는 것과는 차원이 다른 일이었다. 쉽게 그만둘 수 없고, 한층 더 전념하게 될 것이었다. 그것이 내게는 공포로 다가왔다. 이야기를 전해 들은 몇몇 사람들도 조심스러운 반응을 보였다. '감당하기에 꽤 벅찰 텐데'가 흔한 반응이었고, '그러면 키티는 학교 숙제를 어떻게 따라가지?' 하고 물어보는 사람도 있었다. 이 질문들에 대해 생각하는 일조차 내가 아주 형편없는 부모인 것처럼 느껴졌지만, 키티의 눈에는 이미 불이 번쩍 들어와 있었다.

키티는 무언가에 확신이 들면 전력을 다했다. 키티는 우리 팝업 매장 앞에 늘어서는 긴 줄과 사람들의 놀라운 평가가 뭔가를 의미한다는 걸 알고 있었다. 가게를 여는 일이 분명 다음 단계라는 것도 알았다. 내가 혹시 모를 가능성을 거론하며 문제를 제기할 때마다 키티는 해답을 제시했다. 도토리를 까는 맹렬한 붉은 다람쥐처럼 키티는 끝끝내 나를 무너뜨리고 말았다. 아내는 가게 임대를 제안받는 순간 일이 그렇게 될 거라는 걸 알고 있었다. 브렌트는 친절하게도 3개월 임대를 제안해주었다(덕분에 그나마 불면의 밤을 보내지 않을 수 있었다). 먼저 3개월 동안 가게를 열어보고, 장사를 못 하겠다 싶으면 나갈 수 있었다. 우리는 일주일에 나흘만 가게 문을 열기로 했고, 키티는 빵을 구우며 동시에 어떻게든 교육을 이어나가기로 했다.

이 와중에 내가 생각하지 못했던 중요한 문제는 우리에게 베이커리를 차릴

돈조차 없다는 거였다. 그리고 할 일도 많았다. 루바브나무는 선물용품 가게였다. 이를테면 내일이 어버이날이란 걸 문득 깨달았을 때 어머니에게 사드릴 만한 물건들을 파는 그런 가게 말이다. 새 그림이 그려진 머그잔, 옥스퍼드 첨탑 모양 자수를 놓은 수건, 강아지 모양 금속 도어 스토퍼, 머리를 끄덕이는 여왕 인형, 카드와 풍선까지. 가게를 운영하던 앨런은 비관적이었다. "일단 가게를 찾는 사람이 없어요. 소매업을 오래 했는데, 이번 건 실수였죠."

이건 분명 긍정적인 신호는 아니었다. 게다가 그 가게에는 과한 장식용 조명이 달려 있었고, 벽에는 실용적일지는 몰라도 보기에는 썩 좋지 않은 선반이 붙어 있었으며, 바닥에 깔린 타일들은 다 벗겨져 있었다. 그렇지만 가게 뒤편에는 빵을 굽기 충분한 공간이 있었다. 주로 집에서 많은 일을 할 테지만, 집에 부엌 공간을 비워주기 위해서라도 가게에서 번과 페이스트리를 구워야 할 것 같았다. 오븐과 싱크대도 필요할 테고 물 공급도 알아봐야 했다. 보증금과 온갖 수수료 외에도 5000파운드 이상은 들 터였다.

우리가 그 돈을 마법처럼 뚝딱 만들어낼 수 없다는 게 다행스러울 지경이었다. 우리에겐 무리였다.

"크라우드 펀딩을 생각해봐야겠네." 앤드류 아저씨가 말했다. 나는 아저씨네 집에서 닭들을 보며 가게에 관해 이야기를 나누고 있었다. "먼저 사람들한테 지금 계획하는 프로젝트를 소개하고 그걸 위해 필요한 것을 얘기하는 거야. 사람들이 그 프로젝트를 지지하고 싶으면 약간의 돈을 기부하는 거지. 모든 게 온라인으로 진행돼. 내 생각엔 아주 좋은 기회가 될 것 같아."

내 옆에 서 있던 아빠의 어깨가 아래로 조금 처지는 게 느껴졌다.

집에 도착하자마자 검색을 시작했고 '킥스타터'라는 사이트를 발견했다. 완벽했다. 하고 싶은 일과 이유를 설명해 게시하고, 목표 금액과 후원자들에게 보내줄 보상을 설정하고, 약간의 기부금을 부탁하기만 하면 됐다. 목표 금액을 달성하지 못하면 돈을 받을 수 없다. 많은 요식업자가 킥스타터를 성공적으로 이용하고 있는 것 같았다. 보상으로는 가게에서 파티를 열어 맛있는 빵과 음료를 제공하면서 감사 인사를 하면 될 듯했다.

아빠는 이 시스템을 이해하지 못했다. '우리가 베이커리를 여는 걸 사람들이 왜 도와주겠어?' 아빠는 모든 일이 너무 빠르게 진행되는 데 익숙하지 않았고, 사실 나도 마찬가지였다. 우리는 몇 년을 기다려야 할지도 몰랐다. 다음 달 내내 나는 천천히 아빠를 설득했다. '다시는 이런 기회를 얻지 못할 수도 있을 거야, 누구든 미리 주문하지 않고도 가게에 들어와 빵을 살 수 있으니 구독 서비스보다 공평해(꽤 좋은 대사였다). 훨씬 많은 빵을 구워야 할 테니 내가 만들어낸 새 레시피를 모두 시험해볼 수 있을 거야(이것도 잘 먹힌 대사였다). 지금 그 가게는 잘되지 않으니 새 주인이 필요해(이건 오히려 역효과를 낳았다).' 아빠는 우리가 설정한 금액에 도달하지 못하면 이미 기부받은 돈은 다시 돌려줄 수 있고, 모금 금액에 도달하면 우리를 도운 모든 사람에게 보상을 제공할 수 있다는 점은 마음에 들어 했다.

마침내 아빠를 설득했다. 아빠는 성공할 리 없다고 생각해서 동의해준 것 같다.

나는 '킥스타터'에 올라와 있는 다른 제안들을 죽 살핀 뒤 우리가 해야 할 일들을 계획했다. 먼저 도움을 요청하는 글을 써야 했지만, 그보다는 사람들에게 미리 우리의 사연을 알릴 필요가 있었다. 내 인스타그램을 이용하면 될 것 같았다. 이제 우리는 거의 일 년 동안 빵을 구워왔고 나는 거의 매주 우리가 하는 일들을 게시물로 올렸다. 새 레시피, 아빠와 내가 자전거를 타고 배달 가는 모습, 오렌지색 폼폼 장식을 물어뜯는 시비, 아그네스 언니가 우리 모두를 그린 눈부신 그림, 아침 먹고 남은 우유로 시리얼킬러 번을 만드는 방법

등을 게시했다. 운 좋게도 팔로워가 많았고, 사람들은 친절했다. 빵을 좋아하는 많은 사람이 인스타그램을 통해 우리 가게를 알게 되고 또 찾아와주었다. 덕분에 나는 이 놀라운 빵의 세계에 속해 있는 것 같은 기분이 들었다. 내가 가장 좋아하는 우리 인스타그램 게시물은 빵으로 여러 캐릭터를 만들어 제작한 짧은 스톱모션 애니메이션이었다. 그전 해 여름에 아빠가 휴대폰으로 스톱모션 애니메이션 만드는 법을 가르쳐주려 했는데, 그때는 별로 관심이 없었다.

하지만 사람들에게 빵이 살아 숨 쉬는 모습을 보여주기에 스톱모션 애니메이션보다 더 좋은 방법은 없을 것 같았다.

킥스타터에 내걸 동영상은 최고의 작품이 되어야 했다. 주인공도! 엑스트라도! 음악도! 일단 스토리보드를 만들었다. 아이디어는 단순했다. 오렌지가 주방 창문으로 튀어 나가 집 밖으로 데굴데굴 구르다가 시비가 있는 길 위로 올라간 뒤 스파키를 만난 다음 벤치와 현관 계단을 따라 통통 튀어 우편함을 통과해 마침내 새 가게에 도착한다. 아빠는 차라리 고객 몇 명과 인터뷰를 하자고 했지만, 나는 이게 더 좋을 거라고 힘주어 말했다.

드디어 촬영 날, 시비가 계속 사라졌다가 정육점 주인 톰 아저씨한테 잡혀 왔고, 나중엔 도서관 직원들의 손에 이끌려 왔다. 결국 우리는 시비를 빼는 것으로 스크립트를 수정했다. 우리는 오렌지가 집에서 나와 통통 튀어가다 스파키의 등을 타고(스파키는 당연히 명연기를 펼쳤다) 얼마쯤 간 뒤, 마침내 스케이트보드를 타고 가게 창문 위로 굴러 들어가는 1분짜리 영상을 완성했다. 나는 잠자리에 들기 전에 킥스타터에 그 영상과 글을 게시하고, 내 인스타그램에도 올렸다.

언제나처럼 일찍 일어나 인스타그램을 확인했다. 전국에 있는 베이커들이, 심지어 전 세계에 있는 베이커들까지 우리 영상을 공유했다. 덴마크의 음식 블로거들, 호주의 페이스트리 셰프들까지. 그러다 채드와 타르틴을 공동 설립한 엘리자베스 프루잇이 자신의 인스타그램에 우리 영상을 공유하고 수천 명의 팔로워에게 나를 향한 응원을 보내준 걸 보게 됐다. 나는 엄마 아빠의 방으로 날아가 비명을 지르며 침대에 뛰어들었다.

키티가 '킥스타터'에 글을 올렸다. 그건 누군가 기부를 약속할 때마다 내가 이메일을 받게 된다는 뜻이었다. 휴대폰이 쉴 새 없이 울리기 시작했다. 가족과 친구, 동료 베이커, 우리 동네의 단골에게서도 기부 약속과 메시지가 쏟아졌지만, 기부를 약속한 사람의 절반 이상이 인스타그램으로 키티를 팔로잉해온 낯선 사람들이었다. 신문사 《i》에서는 "자신의 베이커리를 여는 15세 밀가루 소녀"라는 제목으로 1면에 키티의 이야기와 사진을 실었다. 키티는 얼마 전에 붉은색 곱슬머리를 뒤로 넘겨 짧게 잘랐는데, 늘 입는 멜빵바지에 파란색 머리띠를 한 사진 속 키티는 10대 베이커라기보다는 농업단체의 일원 같아 보였다. 그러나 효과는 아주 놀라웠다. 키티의 인스타그램 팔로워 수가 급증했고 내 휴대폰도 훨씬 자주 핑핑 울리기 시작했다.

우리는 목표 모금액을 달성하기까지 3주의 기한을 설정했다. 나는 사실 거의 승산이 없다고 봤고, 한편으론 이렇게 생각했다. '목표 금액을 다 모으지 못하는 게 오히려 나을지도 몰라.'

이렇게 마음을 다스리니 베이커리를 한다는 생각에 적응이 됐고 가게 앞을 지나갈 때마다 왠지 속이 울렁거렸던 증상도 조금 나아졌다. 그런데 우리의 프로젝트는 킥스타터에서 모금을 시작한 지 나흘 만에 목표 금액을 훨씬 넘어섰다. 이제 그 모든 일이 일어나야 했다. 키티는 하늘을 둥둥 떠다녔다. 나도 같은 기분을 느끼고 싶었지만, 이것이 우리에게 어떤 의미인지에 대해 생각하느라, 그 책임감 덕분에 나는 되려 더 차분해졌다.

생각을 정리하려 개들과 함께 몇 번의 긴 산책을 다녀오는 동안 키티는 가능한 한 빨리 가게를 열기 위해 계획을 세우고 있었다. 4월 중순에는 앨런이 이사를 나갈 예정이었고, 키티는 5월 첫 주에는 가게를 열 수 있으리라 확신했다. 이쯤 되자 나도 모든 걸 천천히 진행하겠다는 생각을 포기하고 실행 계획에 힘을 모으기 시작했다. 전기 공사(새 조명과 오븐 관련)에는 사이먼이 필요했고, 큰 싱크대를 설치해줄 배관공이 와야 할 것 같았다. 전기와 배관 모두 4월 마지막 주에 공사하기로 하고, 우리는 그 전에 한 주 동안 가게를 싹 비우고 페인트칠을 했다. 부활절 주말이 다가오고 있었다. 가족들을 설득해 도움을 받기로 했다.

브렌트가 열쇠를 건네주었다. 키티는 좋아서 방방 뛰었고, 나는 기쁜 척을 하려 애썼다. '우리 가게'라고 부를 수 있는 공간에 처음으로 들어가며 마냥 즐거워할 수 있었다면 좋았겠지만, 그 기쁨은 아마 키티만 누렸을 것이다.

키티는 빵이 담긴 나무 상자들이 높게 쌓인 모습과 먹음직한 번과 도넛과 쿠키와 브레드 스틱과 소시지롤이 그득한 가게 내부를 상상하는 것 같았다.

키티의 열정에 부응하려고 정말 열심히 노력했건만, 두꺼운 비닐 바닥재와 회색 MDF(목재) 벽에 완전히 질려버렸다. 나는 회복 중인 중독자처럼 계속 '하루만 잘 넘기자'고 중얼거렸고, 매일 새벽까지 잠을 설쳤으며, 감당할 수 없는 일을 벌였다는 공포를 아내에게 공유하지 않기 위해 안간힘을 썼다.

바닥 일을 시작하고 5분 만에 이게 우리 능력 밖의 일이란 걸 깨달았다. 우리의 상상으로는 바닥의 비닐 타일을 벗기면 예쁜 나무 바닥이 드러날 터였고, 거기에 부드러운 흰색 페인트를 칠해 완성할 계획이었다. 그러나 타일을 벗기자 더 많은 타일이 나타났다. 그리고 그 타일 아래에는 훨씬 많은 타일이 깔려 있었다. 바닥은 아주 여러 겹의 두껍고 끈적끈적한 네모 플라스틱 타일로 되어 있었다. 우리는 타일을 벗겨낸 모퉁이에 모여 앉아 아무도 아래를 내려다보지 말자고 다짐했다.

벽 작업에는 다행히 운이 조금 따랐다. 선반에서 헐거운 나사를 몇 개 발견해 앞뒤로 밀고 비튼 다음 벽에 붙은 판을 당겼더니 아름다운 결을 지닌 나무 벽이 드러났다. 훨씬 그럴듯했다. 정면 유리로 미루어 보건대, 이 가게는 빅토리아식 아니면 적어도 에드워드식으로 지은 건물이었다. 벽에 붙었던 판은 심지어 더 오래돼 보였다. 우리 집 부엌이 짙은 파란색이었기 때문에 베이커리의 색깔도 같은 색으로 정했다. 짙은 파랑이 오렌지색과 잘 어울리기도 했다. 다음 이틀 동안 우리는 벽을 다 덮을 때까지 페인트를 칠하고 또 칠했다.

우리는 돈을 기부해준 후원자들 모두에게 고마움을 표할 방법을 찾고 싶었다. 그러다 사우스월드 부두에서 아이디어를 얻었다. 장인, 장모님이 서퍽 지방을 좋아해서 우리는 자주 사우스월드 해변에서 휴가를 보냈다. 두 분은 걸으면서 새를 관찰하는 걸 가장 좋아하셨지만, 날씨가 좋지 않을 때는 부두에 갔다. 아이들은 동전을 넣고 슬롯머신을 했고, 장모님은 그 옆에 앉아서 모아오신 2펜스짜리 동전을 아이들 손에 쥐여 주셨다. 장모님은 아주 진지하셨고 마지막 동전을 다 쓸 때까지 아무도 다른 데로 가지 못하게 했다. 아내와 나는 부두를 따라 걸으며 사람들이 철책 위에 붙여둔 동판들과 거기 적힌 글을 구경했다. 슬픈 글도 있고 우스운 글도 있었다. '욕조에 게를 넣어 키우는 티즈에게.' '우리 할머니는 부두에서 크림 티를 즐기곤 했지.'

동판을 둘러보다 아내는 가게 벽에 오렌지 나무를 그리자는 아이디어를 생각해냈다. "오렌지마다 우리한테 후원해준 사람들의 이름을 쓰면 어떨까? 매드한테 부탁해볼게." 매드는 키티의 대모였고, 아내의 가장 오래된 친구이기도 했다. 그리고 멋진 화가이자 삽화가였다. "해볼게. 벽화를 그려본 적은 없지만 일단 뭘 할 수 있을지 보기나 하지 뭐." 매드가 선선히 대답했다.

매드의 벽화는 특별했다. 미리 일부 스케치를 그리긴 했지만, 전체 그림은 흰 페인트 펜으로 단숨에 완성해버렸다. 이제 가지에 수십 개의 오렌지를 매단 예쁜 나무 한 그루가 베이커리 한쪽을 차지했다. 매드는 달걀을 낳는 큰 암탉과 밀가루 포대들과 커다란 우유 통과 과일과 채소가 담긴 큰 바구니도 그려주었다. 매드가 그림을 끝내자 이번엔 내 차례였다. 나는 삐걱거리는 사다리에 올라서서 오렌지마다 사람들의 이름을 썼다. 꽤 긴 시간과 수십 자루의 펜이 필요했지만 여태 내가 했던 일 중에서 가장 만족스러운 작업이었다.

가게를 열 수 있으리라는 믿음으로
기부해준 사람들을 한 명씩 떠올리다 보니

어쩌면 일이 잘될 것 같은 기분이 들었다.

지금도 그 이름들을 볼 때마다 약간의 경외심이 든다. 아직도 처음 보는 사람이 가게로 들어와 이름을 가리키며 자기도 후원자였음을 밝히기도 한다. 이제 매장 문을 열기까지 딱 한 주 남았을 때였다. 팝업 매장 초기에 우리는 저스틴이라는 간판장이를 만났는데, 이번에도 그에게 간판을 해달라고 부탁했다. 저스틴은 오래된 나무상자를 재활용한 나무로 가게 뒷벽을 덮자는 멋진 아이디어를 냈다. 천장에는 오렌지색 전기선으로 조명을 달고 한쪽에 선반을 설치했다. 무슨 이유에선지 키티는 24시간 동안 구할 수 있는 모든 재료를 동원해 피클을 담갔고, 진한 핑크와 초록색 피클을 커다란 유리병들에 담아 선반에 올려두었다.

우리 부모님은 창고를 치우다 발견한 오래된 떡갈나무 판을 가지고 가게에 도착했다. 저스틴은 그 나무 판을 창문에 끼워 선반으로 만들어주었다. 내가 어렸을 때 가지고 놀던 장난감 기중기의 플랫폼에 빵 한 덩이를 올려 진열장 한편에 놓았고, 작업복 차림의 장난감 인형들은 크레인 곁을 지켰다. 집에서 스툴도 가져왔다. 여기저기에 그려진 오렌지 그림을 제외하면 딱히 실내 디자인이라고 할 만한 건 없었다. 우리가 좋아했던 단순한 소품들이 총동원되었다. 다 떨어져가는 펭귄북스 책들과 카부트 세일(자동차 뒤 트렁크에 물건을 내놓고 싸게 판매하는 벼룩시장—옮긴이)에서 산 녹슨 오벌틴 틴 케이스를 놓았고, 장모님의 오래된 장난감 강아지가 문지기로 자리 잡았으

며, 무겁고 긴 앞머리에 검은색 부츠를 신은 약간 무서워 보이는 여자아이
가 그려진 빅토리아풍 그림을 벽에 걸었다. 사람들은 마법 캐비닛을 시작
했을 때처럼 물건을 가져다주기 시작했다. 옆 중고품 가게에서는 1950년
대식 오렌지색 저울을 몇 개 가져다주었다. 친구 헬렌은 홈프라이드 브랜
드에서 만든 밀가루 인형인 프래드 가족을 문간에 가져다 놓고 갔다.
나는 가게 앞에 놓을 나무틀에 문구를 적었다.

'우리는 세 가지 재료로 빵을 만듭니다.
밀가루, 물, 소금.
아, 그리고 하나 더. 시간.'
아내는 네 번째 단어가 '사랑'이 아니어서
다행이라고 말했다.

개업 하루 전, 사이먼이 새로운(그리고 예산을 한참 초과하게 한) 오븐 로프코
에 전선을 연결해주었고, 배관도 모두 완비했다. 이제 드디어 일이 일어날
모양이었다. 그러나 솔직히 말하자면 나는 그때도 여전히 이 모든 사태를
조금은 부정하고 있었고, 생각도 많았으며, 가게도 제대로 된 모습을 갖추
려면 아직 먼 것 같았다.

마침내 일이 일어날 참이었고 나는 준비가 되어 있었다. 아빠가 가게 준비를
끝내는 동안 나는 화려한 시작을 위해 첫날 구울 빵을 계획했다. 팝업 매장에
서 판매하던 것보다 훨씬 많은 빵을 구워야 할 터였다. 모든 종류의 사워도우
(무화과와 호두, 바삭한 양파와 구운 감자, 치즈와 할라페뇨), 포카치아, 페스토와 초
리조를 넣은 브리오슈 번, 피스타치오와 다크초콜릿 스월, 크림이 듬뿍 든 파
스테이스 데 나타까지. 이건 시작에 불과했다. 일찍 일어나야 했다. 새벽 네
시 반에 알람이 울렸고 스파키는 내 침대에서 내려가려 하지 않았다.

나는 밀가루가 묻은 빨간색 멜빵바지를 입고 (오렌지색 멜빵바지는 마침내 낡아서 버렸다) 주방으로 내려가 아빠와 함께 묵묵히 일을 시작했다.

아빠는 커피로 충전했고, 나는 아드레날린 연료로 나를 채웠다. 첫 빵 50덩이를 만든 뒤에는 아빠한테 뒷일을 맡기고 페이스트리를 만들기 위해 가게로 갔다. 아침 여섯 시에 조용한 시내를 걸어 내려가다 정육점 '캘넌'을 열고 있는 톰과 케브를 만났고, 시청 아래 '언더크로프트'에서 채소를 진열하는 안젤라와도 인사했다. 완전한 소속감을 느꼈다. 나는 가게 문을 열고 안으로 들어갔다.

타이머를 설정해둔 터라 오븐은 이미 뜨거웠다. 아빠와 나는 펌프 스트리트 베이커리에서 영감을 받아 새로운 에클스 케이크 레시피를 연구 중이었는데, 그 빵을 처음으로 오븐에 구울 예정이었다. 반죽은 냉장고에 하룻밤 넣어뒀더니 아주 촉촉한 상태였다. 광나는 새 로프코에 반죽을 밀어 넣으려는데 왁스 종이에서 반죽이 미끄러져 오븐의 선반에 떨어졌다. 버터가 많이 함유된 페이스트리가 뜨거운 돌에 들러붙으며 연기가 위로 치솟았다. 10초 뒤, 세상에서 가장 시끄러운 화재 경보가 울리기 시작했다.

나는 오븐을 끄고 주변에 있던 아빠의 모자들을 집어 들고는 카운터 위로 뛰어 올라가 화재 경보기에 대고 있는 힘껏 흔들었다. 알람은 꺼지지 않았다. 버튼을 눌렀다. 역시 꺼지지 않았다. 소리가 너무 시끄러웠다. 나는 아빠에게 전화해서 그냥 말없이 경보기 소리를 들려주었다. 4분이라는 긴 시간이 흐른 뒤 아빠의 자전거가 문 앞에 나타났다. 우리 사이에는 연기가 자욱했다.

우리는 경보음이 귓전에 웽웽거리는 가운데 신호등을 몇 개나 무시해가며 집으로 돌아왔다. 나는 울지 않으려 안간힘을 썼다. 우리는 구워야 하는 페이스트리를 모두 다시 챙겨 집으로 가지고 왔다. 가게에서 오븐을 쓰기는 너무 겁이 났고 시간이 얼마나 부족한지는 생각하지 않으려 애썼다.

놀랍게도 페이스트리 반죽에는 조금도 이상이 없었다. 언제나처럼 아빠가 내 기분을 살피며 말했다. "우린 해낼 수 있어, 하지만 서로 힘을 합쳐야 해." 아빠와 내가 빵을 구우며 진땀을 빼는 동안 엄마와 앨버트 오빠와 아그네스 언니는 필요한 물건을 모두 가게로 실어 날랐다. 가게는 열 시 반에 열 계획이었다. 우리는 열 시 15분에 마지막 쟁반에 빵을 담았고, 10번지까지 뛰어갔다. 엄마가 얇은 오렌지색 리본을 걸어둔 가게 문 앞에 길게 줄지어 선 사람들이 모두 내게 손을 흔들고 있었다.

왜 벌써 가게 안이 사람들로 꽉 찼는지 이해할 수 없었다. 그러다 문득 상황을 파악하게 됐고 이번에도 울지 않으려고 노력했다.

아빠의 친척들이 한 명도 빠짐없이 깜짝 파티를 위해 도착해 있었다. 할머니와 할아버지, 폴과 벤, 올리 삼촌, 루 고모와 다섯 명의 사촌들까지. "우리 모두 도와주러 왔어." 세 살짜리 조카 조가 자기 손에 닿는 첼시 번에서 건포도를 빼내기 시작했다. 나는 빵을 사러 들른 진짜 손님들이 들어올 자리가 없을까 봐 걱정하면서 모두와 포옹했다. 그때 팝업 매장에서 늘 우리를 도와주시던 엄마 친구 루시 아주머니가 도착했다. 아주머니는 머리에 오렌지 폼폼을 꽂고는 단번에 모든 일을 진두지휘하기 시작했다. 사촌들은 집에 가서 남은 물건을 가져오거나 시비와 스파키를 산책시키고, 할머니는 돈을 받고, 삼촌들은 포장을 맡았다. 할아버지는 줄 정리를 맡았고, 루 고모는 커피를 사러 갔다.

마침내 '영업 중' 간판에 불을 켰다.

다음 한 시간 동안 거의 250명 정도의 손님들이 우리의 작은 가게를 방문했다. 그러고는 영업 종료였다. 지금도 그때 일이 제대로 기억나지 않는다. 웅웅거리는 소음과 잡담하는 소리, 축하한다는 인사, 그리고 아빠와 내가 '감사합니다'라고 수없이 말했던 것만 희미하게 생각날 뿐이다. 이렇게 우리 가게가 탄생했다.

8
BERTHA

우리 냉장고 버사

이제 우리는 가게를 갖게 됐다. 가게는 매주 수요일부터 토요일까지 문을 열었고 화요일은 준비하는 날, 일요일과 월요일은 쉬는 날이었다. 매번 길게 늘어선 줄로 하루를 시작했고, 매일 빵을 다 팔아치웠다. 처음 몇 주 동안은 목이 부러질 것처럼 맹렬한 속도로 일한 기억밖에 없다. 아침 여섯 시에 일어나 바로 주방으로 달려간 뒤 냉장고에서 반죽을 전부 꺼내 오븐에 밀어 넣고(두 번째 로프코는 가게에서는 전혀 작동시킬 수 없어서 집 주방으로 도로 가져왔다), 번을 반죽하고, 번을 굽고, 도넛을 기름에 튀기고, 서로의 발에 걸려 넘어질 뻔하고, 개들에게 걸려 넘어질 뻔했다. 그러고는 빵을 차에 싣고 가게까지 전속력을 다해 내달렸고, 다시 돌아와 전 과정을 반복했다.

주방은 늘 난장판이었고, 내가 가게에서 빵을 파는 동안 키티는 다음 날 팔 빵을 준비했다. 아그네스와 앨버트도 틈날 때마다 도왔고, 아내는 출근하기 전에 식기세척기에 그릇을 넣어주고 싱크대와 선반과 테이블에 묻은 반죽을 긁어냈다. 그러나 오렌지 베이커리는 어디까지나 나와 키티의 일이었다. 키티는 이 일이 꼭 맞았고, 나는 그럭저럭이었다. 우리는 어떻게 해낼 수 있을지 제대로 생각도 해보지 않고 업무량을 네 배나 늘려버렸다.

키티는 좋아하는 일을 할 때면 듀라셀 건전지의 토끼 같다. 키티의 에너지라면 디드콧 발전소를 돌리고도 남을 것이다. 나는 교실에 앉아 있는 데 더 익숙한 쉰한 살의 아저씨였다. 가게를 열고 셋째 주에는 내 남동생 벤이 구조요원으로 와주었다. "우리 괜찮아, 진짜로." 이렇게 말하자 벤은 바로 내가 괜찮지 않다는 걸 감지했다. 벤은 런던에서 하는 프리랜서 일의 일정을 조정했고 금요일 오전마다 우리 가게를 봐주기로 했다. 덕분에 나는 숨 쉴 여유가 생겼고, 토요일 판매를 위해 평일보다 두 배는 더 많은 빵을 구워야 하는 금요일 준비에 집중할 수 있었다. 나보다 다섯 살 어린 벤은 친절하고 재미있는 사람이다. 자기가 아이들의 삼촌임을 매우 진지하게 받아들여서 항상 조카들을 위한 멋진 선물을 들고 온다. 외모는 나랑 비슷하게 생겼다(콧수염은 없지만). 벤의 도움은 내게 생명줄이 되어 주었다. 벤은 선반을 다시 정리했고 가게에 대한 모든 걸 기본부터 파악하려 애썼다.

빵에 이름을 붙이는 일은 늘 어려웠다. 키티가 매번 새로운 종류의 빵을 구웠고, 한번 구운 빵은 다시 굽지 않았기 때문이다.

기본적으로 매일 굽는 빵들, 예컨대 흰 사워도우(이름은 '와틀링턴'), 갈색 사워도우('역사빵'), 탕종법으로 만든 부드러운 흰 빵('앨버트'), 치즈 스트로, 시나몬 번을 제외하면 매일 똑같이 준비하는 메뉴는 없었다. 가게를 열게 된 후로 키티는 창의력의 봇물이 터진 듯했고 계속 다른 빵을 구워냈다. 지금도 키티가 빵 이름을 급히 갈겨 쓴 라벨들이 서랍 가득 들어 있는데, 그걸 훑어보노라면 고고학 창고를 발견한 기분이다. 블루베리와 아몬드 스콘, 피칸과 초콜릿과 메이플시럽을 넣은 스월, 브륄레 브리오슈, 무화과와 덴마크산 염소젖 치즈 등 빵과 재료 이름이 낡은 동전처럼 난무했다. 모든 메뉴가 성공적이었던 건 아니다. 한번은 키티가 그레타 툰베리가 후원하는 자선단체를 돕고 싶다며 지구를 본뜬 초록색과 파란색이 섞인 쿠키를 구운 적이 있다. 일명 '지구 쿠키'는 맛은 있었지만, 꼭 구석에서 몇 달 동안 썩은 곰팡이처럼 보여서 그냥 실험에만 그쳤다.

키티가 같은 빵을 한두 번 이상 만들지 않아서 생기는 다른 문제도 있었다. 손님들이 가게에 와서 "지난주에 사 간 라즈베리 페이스트리 주세요. 그거 진짜 맛있었거든요"라고 요청하면 우리는 그 빵이 언제 다시 나올지 모르겠다, 어쨌든 지금은 없다고 말하며 사과를 하곤 했다. 키티는 바라는 맛이 나올 때까지 빵을 굽고 또 구웠다. 그렇지만 일단 원하는 맛이 나오면 기억에만 남기고 다른 빵으로 넘어가곤 했다. 어떤 손님은 아직도 키티가 만든 마멀레이드와 치즈 번을 사러 온다. 키티는 그런 빵을 만든 적 없다고 주장하고, 손님은 분명 먹었다고 주장한다.

키티가 주방에서 빵을 만드는 동안 나는 가게에서 어떻게 해야 늘어나는 고객들의 수요를 따라잡을 수 있을지 고민했다. 더 많은 빵을 굽기 위해 바네통과 나무 상자와 양동이를 샀지만 아직 해결하지 못한 큰 문제가 남아 있었다.

사람들은 아침에 빵을 굽기 위해 몇 시에 일어나느냐고 묻곤 한다. 이때 대답하기 어려운 이유가 바로 사워도우 때문이다. 사워도우는 만드는 과정은 복잡하지만, 아침에는 늦잠을 자도 되는 빵이다. 사워도우를 만드는 마지막 단계는 냉장고에 반죽을 넣고 부풀기를 기다리는 일이다. 반죽을 낮은 온도에서 천천히 부풀리면 유산균(이게 사워도우에 신맛을 부여한다)이 작용하면서 빵의 맛은 더 깊어진다. 즉 더 많은 사워도우를 만들어내려면 더 큰 냉장고가 필요하다는 뜻이다. 우리에겐 냉장고가 두 대 있었는데, 하나는 장모님 댁에서 공수해온, 아내가 어릴 때 스누피 스티커를 붙이며 놀던 아주 오래된 냉장고였고, 다른 하나는 전부터 우리 집에 있던 냉장고였다. 그런데 몇 년 동안 큰 역할을 담당해온 스누피 냉장고가 흔들리기 시작했다. 이제 우리에게는 더 크고 더 효능 좋은 냉장고가 필요했다. 그러나 새 냉장고는 너무 비쌌기에 나는 당장 이베이를 살피기 시작했다. 운 좋게도 키더민스터에 있는 어떤 식품 판매점에서 큰 양문형 냉장고를 400파운드 정도에 팔고 있었다. 이 정도면 새 제품의 반값 정도였다. 완벽했다. 입찰 마감을 몇 시간 남겨두고 내가 낙찰을 받았다.

그러나 뒤늦게 깨닫게 된 것들이 있었다. 먼저 키더민스터는 내가 생각했

던 것처럼 키들링턴 근처에 있는 게 아니라 버밍엄 반대편에 있는 마을이었고, 차로 세 시간 거리였다. 게다가 나는 급한 마음에 냉장고 크기도 제대로 확인하지 않았다. 그냥 우리 집에 있는 냉장고들과 얼추 비슷하려니 생각했다. 비가 유리창을 사정없이 때리는 어느 참혹한 월요일 오후, 용달차 기사님 두 분이 냉장고를 실어왔다. 기사님들은 처음부터 냉장고를 차에 싣느라 엄청나게 고생을 했으며, 중간에 심각한 교통체증으로 M5번 도로에 갇혀 있었고, 배달지를 가게로 착각해 닫힌 오렌지 베이커리 앞에서 한참이나 기다렸다고 했다. 내가 휴대폰을 확인했을 때는 이미 부재중 전화가 열다섯 통이나 걸려온 뒤였다. 분위기가 좋을 리 없었다.

"그럼 이걸 어디에 들여놔야 하는 겁니까?" 주차를 마친 기사님이 물었다.

"따라오세요." 내가 현관으로 걸어 들어가며 말했다.

아무도 따라오지 않는 것 같아 뒤를 돌아보았다. 기사님은 도끼눈을 하고 문틀을 바라보고 있었다.

"일단 와서 물건을 좀 보세요. 이 냉장고는 여기로 못 들어가요." 기사님이 용달차의 셔터를 올렸다. 바퀴 하나가 비틀려 비뚜름한 각도로 서 있는, 크기가 거의 작은 방 정도 되는 어마어마한 회색 냉장고가 보였다.

"그렇겠네요." 내가 중얼거렸다.

"그렇다니까요." 기사님이 거들었다.

냉장고를 집 안으로 들여놓을 방법을 필사적으로 궁리했지만, 그중 어느 것도 당장 가능해 보이지 않았다. "우선 차고에 넣어둬야겠네요." 내가 제안했다. 기사님이 우리 차고를 힐끗 보더니 담배에 불을 붙였다. "저기도 안 될 겁니다."

냉장고의 크기를 정확히 재보았다. 세워서는 어렵겠지만, 혹시 옆으로 눕히면 들어가지 않을까? 나는 차고 문을 올렸다. 빵 구울 공간을 마련하기 위해 주방에서 빼낸 모든 물건이 차고를 빽빽이 차지하고 있었다. 키티는 작은 물건들을 꺼내고 나는 큰 물건들을 빼기 시작했다. 용달 기사님들은 비를 피하기 위해 도로 차로 들어가 못마땅한 표정으로 우리를 내다보았다.

그렇게 마침내 냉장고를 넣을 만한 공간을 마련했다. 기사님들은 마지못해 차에서 내려 냉장고를 끌어 내렸고 우리는 힘을 모아 포장도로 위로 냉장고를 밀어 차고에 도착했다. 하나, 둘, 셋을 외치며 간신히 냉장고를 옆으로 눕힌 다음 차고로 어렵사리 밀어 넣었다. 기사님들은 지친 기색이 역력했으나 냉장고는 딱 맞게 들어갔다. 이걸 다시 옮길 수나 있을지 걱정스러웠지만, 어쨌든 들여놓긴 해서 다행이었다. 그 순간은 마치 우리만의 됭케르크(영국군과 프랑스군이 2차 대전 당시 포위망을 좁혀오는 독일군을 피해 위급한 탈출 작전을 펼쳤던 곳 — 옮긴이)같았다.

고생한 기사님들에게 현금을 건네고 차고 문을 닫았다. 비와 땀에 젖고, 기진맥진하고, 화도 났지만 이상하게 행복했다.

그 후 며칠 동안 계속 갈팡질팡했다. 되파는 게 최선일까? 냉장고를 옆으로 눕히다가 커다란 자국이 생겼는데, 과연 이런 물건을 사고 싶어 할 사람이 있을까? 나는 냉장고를 이리저리 재고 또 쟀다. 만약 (어떻게든) 이걸 정원으로 끌고 올 수만 있다면, 경첩을 떼어낸 뒷문으로 통과시킬 수 있을 것 같았다. 문제는 냉장고를 정원까지 어떻게 옮기는가였다. 집을 통과하지 않고는 정원에 갈 수 없었다. 강인한 근육과 기발한 아이디어가 필요했지만, 나는 둘 다 부족했고 애초에 이런 결정을 내린 것이 부끄러웠다.

우리와 이웃으로 사는 건 여러모로 상당히 피곤한 일이었다. 우리는 잠깐 냉장고 좀 쓰게 해달라, 밤중에 오븐을 쓰게 해달라고 요구하는 이웃이었고, 이웃들은 틈만 나면 펄쩍 뛰어 도망가는 우리 집 개들도 붙잡아줘야 했다. 이쯤 되면 우리와 연을 끊는 게 편하게 사는 방법이 아닐까 고민할 만도 한데, 이번에도 그들은 우리를 도와주었다. 옆집의 앤터니는 우리에게 자기네 집 진입로를 통하면 담장 울타리를 내리고 냉장고를 정원으로 옮길 수 있을 거라고 말했다. 맞은편에 사는 조와 앤디는 미국에서 공부를 마치고 돌아온 아들 트리스트럼을 빌려줄 테니 함께 그 괴물 같은 냉장고를 옮겨보라고 했다.

케이티가 외출한 어느 일요일 오전에 일을 거행하기로 했다(우리는 케이티에게 아직 냉장고를 제대로 보여주지 않았고, 나는 아내가 제대로 진상을 파악하기 전에 그걸 집에 들여놓고 싶었다). 나와 키티, 트리스트럼과 앨버트는 차고에서 냉장고를 끌어내 도로 위에서 밀고 당겨가며 앤터니 집 옆의 울퉁불퉁한 진입로로 끌고 올라갔다. 그리고 울타리를 낮추고 냉장고를 어찌어찌 통과시켰다. 드루이드교(고대 켈트인의 종교 — 옮긴이)의 사제들이 웨일스 산맥에서 스톤헨지를 가져올 때의 느낌이 이랬을까. 우리는 나무 널빤지를 활주로로 이용했고, 나는 한쪽 끝에서 안간힘을 쓰며 모든 걸 떠받치는 인간 제물이 된 것 같았다.

불리한 요소들이 이번에도 빠짐없이 등장했다. 또다시 비가 내리기 시작한 것이다. 풀밭은 미끄러웠고, 울타리를 낮추자마자 시비가 도망가 버렸다. 아주 작은 잔디밭에 긴 참호 자국을 남기며 우리는 냉장고를 뒷문으로 가져갔다. 문틀의 나무가 쪼개지는 것도 아랑곳하지 않고 마침내 냉장고를 통과시켰고 나무 바닥을 가로질러 구석으로 끌고 갔다. 선이 뒤에 붙어 있어서 냉장고를 벽에 딱 붙일 수는 없었다. 세워놓고 보니 주방 창문의 절반이 가려졌다.

냉장고 플러그를 꽂고 불안한 마음으로 전원을 올려보았다. 잠시 아무 일도 일어나지 않더니 곧 전원이 들어왔고, 불길한 소리가 계속해서 들렸다. 하필 이 혼란스러운 시점에 케이티가 집에 도착했고 갑자기 등장한 타이타닉 크기의 시끄러운 냉장고와 망가진 잔디와 부서진 뒷문과 도망친 개와 반쯤 가려진 우울한 유리창을 아무 말 없이 하나하나 확인했다. 결혼생활 중에 몇 번 없었던 위기의 순간이었다.

케이티가 냉장고를 볼 때마다 낮게 으르렁대긴 했지만, 버사는 한동안 역할을 잘 해냈다. 버사는 정말로 너무 커서 반죽을 다 넣어도 자리가 한참 남았다. 우리는 미리 만들어둔 페이스트리를 버사에 넣어둔 덕분에 아침에 소중한 시간을 벌 수 있었고 더 많은 일을 할 수 있었다. 그러다 여름 더위가 찾아왔다. 6~7월로 접어들면서 우리는 반죽을 더 차갑게 보관하기 위해 버사의 온도를 계속 낮췄다. 온도가 낮아질수록 버사는 더 시끄러워졌지만, 밤마다 침대에 누워 버사가 꿍꿍대는 소리를 듣고 있노라면 오히려 안심이 됐다. 그러던 어느 날 아침, 알람 소리에 눈을 떴는데 사방이 고요했다.

버사가 멈춘 것이다.
나는 키티와 나란히 서서
두려움에 떨며 냉장고 문을 열었다.
안에서 폭발이 일어나 있었다.

이제 냉장을 멈추고 단열 장치가 된 버사 안에서 반죽들은 바네통 위로 탈출해 냉장고 내부 전체를 뒤덮고 있었다. 이때 키티가 곤경에서 벗어날 방법을 찾아냈다. 전에 인스타그램에서 비슷한 문제를 겪은 베이커를 봤던 걸 떠올린 것이다. 키티는 바네통에 가까스로 매달려 있는 반죽을 끄집어낸 다음 단단하게 둥글렸다. 이제 다시 부풀리는 작업을 해야 했다. 키티가 이 일을 하는 동안 나는 페이스트리를 만들기 시작했다. 그날은 가게를 한 시간 늦게 열긴 했지만 어쨌든 빵의 절반 이상은 구해낼 수 있었다.

나는 저녁 내내 냉장고를 붙들고 뚝딱거리고 여기저기를 찔러보고 전원을 켰다 껐다 했지만(내가 기계에 관해 할 줄 아는 건 이게 전부였다) 버사는 요지부동이었다. 방문 수리기사를 불렀지만 나와 비슷한 시도를 하더니 계단을 오르내리며 그저 한숨만 쉬었다. 좋은 징조가 아니었다. "두 가지 문제가 있어요. 냉장고가 너무 낡은 데다 부품을 교체하기도 어려워요. 이탈리아 제품이라 부품을 구하기도 거의 불가능하거든요. 설령 부품을 교체한다 해도 다른 곳이 또 말썽을 일으킬 가능성이 아주 큽니다."

"그렇다면…" 나는 '그러나 방법은 있습니다' 같은 대답을 기다렸으나 더 이상의 해결책은 없었다.

우리는 앨버트의 도움을 받아 어찌어찌(주로 분노의 힘이었던 것 같다) 버사를 주방 밖으로 끌어내 좁은 잔디에 세워두었다. 이 과정에서 이미 버사를 들여놓을 때 쪼개졌던 뒷문의 문틀이 더 쪼개졌고 앨버트는 손가락 관절을 또 다쳤다. 버사를 마침내 주방에서 꺼낸 데 안도하던 케이티는 이 고철을 치우기 위해 또 어마어마한 비용이 든다는 얘기를 듣고 다시 짜증을 냈다.

어쩔 수 없이 그 뜨거운 여름 내내 버사는 우리의 작은 잔디밭에 놓여 있었다. 그래도 장점이 있다면, 엄청나게 큰 버사가 사라지니 주방이 전보다 훨씬 넓게 느껴졌다는 것이다.

멋진 고객 한 분(고마워요, 엠마)이 우리를 구하사, 버사보다 크기는 훨씬 작지만 훨씬 신형인 냉장고를 빌려주었다. 대신 매일 밤이 아닌 아침에 페이스트리를 만들어야 했지만, 이 정도는 감수할 수 있었다. 여전히 케이티에게 잔소리를 듣기는 했어도 케이티가 정원에 나가거나 창밖을 볼 때만 어떻게든 넘기면 됐다. 그리고 마침내, 사람을 불러 냉장고에서 가스를 빼내고 모터를 가져가게 했다. 버사의 본체는 우리가 전동 그라인더로 직접 잘라서 용달차를 불러 쓰레기장에 가지고 가서 버려야 했다. 버사를 샀던 구매비와 배송료, 수리비, 해체비, 운송비에 케이티의 짜증까지 생각하면 차라리 새 냉장고를 사는 게 더 나았을 거 같다. 값비싼 교훈으로 삼아야 할까? 글쎄.

가게를 열고 가장 좋은 점은 손님들과 수다를 떨 수 있다는 거였다. 가게에 오는 손님들은 모두 대화하는 걸 좋아했고 곧 단골도 생겼다. 매일 타파웨어 통을 들고 오는 로스트롬 씨에게는 카르다몸 오렌지 번을 가득 담아드렸다. 로스트롬 씨는 80대이신데 번을 아주 많이 드셨다. 프랑스 사람들이 양파에 대해 해박하듯 스웨덴 사람인 토머스도 시나몬 번에 대해 아주 잘 알았다. 그는 빵을 유심히 보고는 자기 입맛에 딱 맞는 빵을 귀신같이 고르곤 했다. 모녀지간인 로나와 데이지는 늘 빵 하나를 나눠 먹겠다고 주장하다가 결국 하나씩 먹곤 했다. 아일랜드 사람 뮤리얼은 소다빵을 사러 왔다(소다빵은 아일랜드에서 많이 먹는다).

한번은 아빠가 실험적으로 소다빵에 당밀을 넣어보았다. 뮤리얼의 남편이 들어와서 아빠를 옆으로 불러냈다. "난 60년 동안 소다빵을 먹어왔는데, 이 얘기는 해야겠어요." 아빠는 큰 칭찬을 들으리라 기대하며 가슴을 쫙 펴고 짐짓 태연한 척했다. 뮤리얼의 남편은 단호히 말했다.

"소다빵에는 당밀 같은 거 절대 넣지 말아요."

아빠는 두 번 다시 소다빵에 당밀을 넣지 않았고, 아직도 그때의 기억이 상처로 남아 있다.

타이 치 닉은 아들이 셋인데, 아이들이 조각 피자를 너무 많이 먹어치워서 일일이 계산하기 힘들다며 늘 나중에 한꺼번에 계산했다. 제스는 내가 참 좋아하는 손님인데, 항상 조스를 등에 업고 키트를 옆에 끼고 오곤 했다. 키트는 우리 가게로 걸어오는 내내 큰 소리로 수다를 떨었지만, 일단 안으로 들어와 초콜릿과 호밀 쿠키 더미를 마주하면 무아지경에 빠져 아무 말도 하지 않았다. 쫙 붙는 라이크라를 입고 자전거로 와틀링턴 언덕을 오르다 약간 상기된 얼굴로 가게에 들어오는 사이클리스트들도 있었다. 그들은 징이 박힌 신발을 신고 딱딱거리며 들어와 소시지롤이 놓인 곳으로 직행했다. 우리는 강아지 손님들도 언제든지 환영했다. 개들은 바닥에 떨어진 부스러기를 핥아먹곤 했다. 우리는 털북숭이 친구들을 위해 개 전용 사워도우 비스킷을 내놓았다.

매 시간대에 다른 손님들이 가게를 찾았다. 메모리얼 클럽의 요가 수업이 끝나는 오전 열 시에는 항상 활기 넘치고 유연한 여성 손님들이 나타나 마마이트 치즈 스월 혹은 푹신한 앨버트빵을 쓸어 담아 갔다. 직장인들은 잠시 컴퓨터에서 눈을 뗄 수 있는 오후 열두 시에 자타르와 페타치즈 혹은 베이컨, 달걀, 토마토, 양파를 넣어 만든 샌드위치를 사곤 했다. 자기가 좋아하는 앨버트빵이 다 팔렸다고 하면 발을 쾅쾅 구르는 남자가 있었는데 우리는 그에게 룸펠슈틸츠킨(독일 민화에 나오는 캐릭터. 화가 나서 발을 구르다 마룻바닥이 꺼졌고 거기에 발이 끼어 뺄 수 없었다는 이야기 — 옮긴이)이라는 별명을 지어주었다.

우리 가게에서는 아무도 서두르지 않았고 가끔 낯선 사람들끼리도 잡담을 나누곤 했다.

오렌지베이커리는 내 머리를 진정시키고 마음을 안심시키는 장소다. 나는 이곳에서 내가 무슨 일을 하는지 정확히 알고 있었고, 조금도 불안하지 않았다. 정말 행복한 곳이었다.

9
GRASS PESTO
잡초 페스토

빵을 많이 구우면 구울수록 나는 새로운 재료에 목말랐다. 우리는 옥스퍼드 카울리 로드에 있는 몇몇 가게에서 다양한 재료를 구할 수 있었다. '서울 플라자'에서 미소된장과 미역, 볶은 검은깨를 샀고, 타히니 소스와 구운 붉은 고추와 할바(깨와 꿀로 만드는 터키 과자—옮긴이)는 마로크 델리에서 살 수 있었다. 나는 새로운 맛을 탐험하는 걸 좋아해서 어떤 손님이 우리 지역에서 나는 야생 마늘 이야기를 해주었을 때는 그걸로 페스토를 만들어보고 싶었다. 브리오슈 롤스에 쓰면 완벽할 것 같았다.

아빠와 나는 그 손님이 알려준 대로 낡은 나무 바구니를 움켜쥐고 산등성이로 출발했다. 길이 선로로 바뀌기 전에 오두막이 나오는데, 거기를 지나면 왼편에 마늘밭이 있다고 했다. 시비와 스파키를 데리고 갔기 때문에 우리가 마늘을 발견하기 전에 애들이 먼저 냄새를 맡을 것 같았다. 과연 오두막을 지나자 바로 옆에 연한 초록색 풀이 자란 좁다란 밭이 있었다. 몇 움큼 뽑아서 가방에 넣고 집으로 돌아왔다. 잎을 다 씻고, 호두를 볶고, 파르메산 치즈를 잘라서 모두 반죽기에 넣었다.

페스토 색깔이 참 묘했다.
개구리처럼 밝은 초록색이었다. 나는 앨버트빵을
한 조각 구워서 빵 위에 페스토를 발랐다.

맛이 역겨웠다. 아무래도 잡초로 페스토를 만든 모양이었다.

이번에는 사지가 좋은 야생 마늘이 있는 곳을 알려주었다. 사지는 자기가 자란 곳에서 조금 더 가면 있는 피시힐이라는 곳에 가보라고 했다. 사지가 살았다는 교회 옆 큰 집을 지나 계속 언덕 위를 올라가니 과연 짙은 초록색 무더기에 희고 작은 꽃이 핀 야생 마늘이 수북했다.

"엄마가 수프에 넣을 잎을 따오라고 해서 늘 여기 오곤 했지. 향만 내면 되니까 잎 몇 개만 따오면 되는데 우린 늘 한 아름 따서 집에 돌아갔어. 지금 돌아보면 정말로 잎이 필요했다기보다는 엄마가 우리한테 부지런한 습관을 길러주려고 일부러 그랬던 것 같아." 사지가 카펫처럼 깔린 흰 꽃들을 향해 팔을 휘휘 저으며 말했다.

"야생 마늘이 이렇게 많다는 건 여기가 오래된 삼림지대라는 뜻이야. 사람들은 적어도 1000년 동안 이곳에서 야생 마늘을 캤을 거야."

"다들 처음에는 모르고 다른 풀도 같이 뽑았겠죠?" 내가 물었다.

"아니, 안 그랬을걸." 사지가 대답했다.

야생 마늘 페스토 스윌은 끝내주게 맛있었다.
빵을 먹어본 사람들이 다른 것도 빵에 넣어보라며
갖가지 재료를 가져오기 시작했다.
결과는? 훌륭했다.

수전 포더비는 정원에서 키운 루바브를 가지고 왔고, 조는 포카치아에 넣을 로즈메리 다발을 몇 개나 가져왔으며, (토요일이면 가게 앞에 줄을 서서 기다리는 동안 늘 책을 읽는) 폴은 여러 종류의 배를 가져다주었다. 가게가 닫혀 있으면 사람들은 마법 캐비닛에 물건을 넣어두었다. 나중에 열어보면 주말농장에서 뽑아 온 진흙 묻은 비트가 몇 봉지 들어 있거나, 미소된장과 깨빵에 넣으면 딱 좋은 온실에서 키운 매운 고추 다발이 들어 있곤 했다. 간혹 가져다 놓은 사람의 이름이 메모로 남아 있을 때도 있었고, 그냥 웃는 얼굴만 그려져 있기도 했다.

우리가 모두의 도움으로 베이커리를 열게 된 과정은 사람들에게 어떤 영감을 주었던 것 같다. 점차 더 많은 사람이 우리 가게에서 자신이 생산한 물건을 팔 수 있을지 물어보았다. 서퍽 남서쪽에 있는 마을 클레어에 사는 마틴은 토요일마다 손으로 직접 생산 날짜를 적은 희고 예쁜 오리 알과 나무에서 딴 호두를 바구니에 넣어 가져온다. 매튜 집안의 삼 형제인 바너비, 올리, 에디는 늘 아주 이른 시간에 엄마와 함께 가게로 온다. 그들은 스토크 탤미지라는 아주 작은 마을에서 농사를 짓는데 세 형제에게는 각자 관리하는 벌통이 있다고 한다. 매튜네 꿀은 자연 그대로라 신선하고 맛이 좋다. 고객들은 지역에서 직접 재배한 그 꿀이 알레르기 완화에도 도움이 된다고 했다. 우리도 매튜네 꿀을 빵에 사용하기 시작했다. 매튜네 꿀단지에는 양봉 복장을 한 세 형제의 멋진 사진도 붙어 있다.

솔직히 베이커리를 시작하기 전에는 환경에 대한 인식이 거의 없었다(낡은 경유 차를 타고 돌아다녔던 게 부끄럽다).

우리 지역에서 생산한 재료로 빵을 만드는 건
이제 우리에게 매우 중요한 일이 되었다.
가장 저렴한 대안이 아니라 우리가 사는 동네에서
생산된 것들을 쓰는 게 옳다고 생각한다.

소시지 + 빈스

우리는 이웃 마을 방목장에서 나온 달걀을 사용한다. 그곳에서는 닭들이 그날 낳은 달걀을 구할 수 있는데, 원하는 만큼 달걀을 퍼 담은 다음 비치된 냄비에 돈을 넣고 가져오면 된다. 나와 키티는 아주 오랫동안 그 농장에서 사람을 본 적이 없다. 우리는 닭들이 직접 농장을 관리하다가 겨울에는 바베이도스섬에 있는 별장으로 휴가를 떠나는 게 아닐까 상상하곤 했다.

우유는 전부 근처에 있는 레이시 농장에서 가져오고, 밀가루는 80킬로미터 반경 이내 농장에서 키운 곡물만 취급하는 완티지 웨섹스 제분소에서 공급받는다. 그러니까 우리가 쓰는 밀가루는 우리 집에서 얼마 떨어지지 않은 곳에서 재배하고 빻은 것이다. 웨섹스 제분소도 우리처럼 아빠와 딸인 폴과 에밀리가 운영한다는 사실을 알게 되자 그곳이 더욱 좋아졌다.

키티와 내가 가장 죄책감을 느낄 때는 '망한 빵'을 처리해야 할 때였다. 처음에는 오븐에 너무 오래 놔뒀거나 가운데가 폭삭 꺼졌거나 지나치게 바삭거리는 빵들을 모아 음식물 쓰레기통에 버렸다. 그러나 그럴 때마다 항상 좀 슬프고 죄책감이 들었다. 게다가 작은 음식물 쓰레기통에 망한 빵을 다 밀어 넣기도 불가능했다. 그러다 헨리라는 손님이 자기네 집 뒤뜰에서 탄수화물을 너무 좋아하는 덩치 큰 돼지 두 마리를 반려동물로 키우고 있다고 했다. 헨리 가족은 고기를 먹지 않는 비건이다. 우리는 돼지 친구들 소시지와 빈스를 만나러 갔다.

매주 일요일 키티와 나는 차에 망한 빵을 큰 밀가루 봉지에 가득 담아 브릿웰 힐에 있는 헨리네 집으로 갔다. 집 뒤편 정원 끝에는 건조하지 않은 볏짚을 높이 세워 만든, 세상에서 가장 깔끔한 돼지우리가 있었다. 차 트렁크를 열고 기다리자 어기적거리는 소리와 함께 소시지와 빈스가 나왔다. 크고 털이 많은 검은색 돼지 소시지와 빈스는 목이 너무 굵어서 아래를 겨우 내려다보았다. 두 돼지는 그르렁거리며 우리가 가져간 빵을 흡입하기 시작했고, 키티는 막대기로 돼지들의 등을 살살 긁어주었다. 헨리네 식구들이 얼마나 고마워하던지 우리는 망한 빵을 그냥 쓰레기통에 넣을 때보다 백만 배는 더 기뻤다.

여름이 끝나가고 있었고, 우리가 베이커리를 시작한 지도 석 달이 넘어갔다. 크라우드 펀딩에 참여해준 사람들에게 보답할 시간이었다. 우리는 9월의 셋째 주 일요일을 감사 파티의 날로 정했다. 주민센터 직원인 크리스티나에게 도서관 뒤 작은 공원으로 쓰이는 방목장을 몇 시간 빌릴 수 있을지 물어보았다. 우리가 모두에게 줄 수 있는 것으로 가장 좋겠다고 생각한 건 집에서 만든 피자였다. 우리는 피자를 굽고 앨버트 오빠와 아그네스 언니가 깨끗한 손수레에 피자를 싣고 집에서 공원까지 달리면 될 것 같았다.

아빠와 나는 피자 토핑을 정하느라 고민에 고민을 거듭했다. 토마토 10킬로그램을 사서 천천히 끓인 다음 24시간 동안 숙성시켰다. 그런 다음 레이시네 우유로 모차렐라 치즈를 만들어보려 노력했다. 유튜브 선생님들의 영상을 계속 보면서 시도했다. 유장(젖 성분에서 단백질과 지방을 빼고 남은 액체—옮긴이)을 거의 끓을 때까지 가열한 다음 장갑 낀 손으로 작은 응유 덩이를 쥐고 유장에 넣는 과정을 연습했다. 몇 번이나 손이 델 뻔하고 서야 우리는 모차렐라는 전문가에게 맡기기로 했다. 그래도 덕분에 리코타 치즈를 만드는 법을

알게 되었다. 끓이거나 손 델 염려 없이 그냥 응유 봉지를 면직물 안에 밤새 놔두기만 하면 됐다. 피자 토핑으로는 얇게 썬 갈릭 포테이토와 로즈메리와 리코타 치즈를 올렸다. 피자가 약간 베이지색이어서 걱정했는데 맛은 끝내줬다.

우리는 두 살배기 아들 윌리엄과 함께 시나몬 번을 사러 온 간판장이 저스틴과 감사 파티 이야기를 나눴다. 저스틴은 남는 '망한 빵'으로 피자와 함께 마실 맥주를 만들어보겠다고 제안했다. 그는 술을 많이 만들어보았고 눅눅해진 빵으로 맥주를 만드는 법에 관한 연구도 제법 했다고 했다. 아주 좋은 생각 같았다. 저스틴은 갈색 맥주 병에 붙일 오렌지 베이커리 라벨 스티커도 디자인해주었다. 파티 전까지 맥주를 발효시킬 시간도 충분했다. 소시지와 빈스가 먹을 양이 줄어들어 애처로운 표정을 지었지만 애써 외면했다(애들이 워낙 통통해서 크게 미안하지는 않았다). 우리는 저스틴에게 빵 한 자루를 주었고, 그는 곧 일에 착수했다.

킥스타터를 통해 우리를 후원해준 사람 모두에게 메일로 초대장을 보냈다. 반드시 오겠다고 답장을 보내온 사람은 몇 명뿐이었고, 얼마나 많은 사람이 올지 알 수 없었다.

파티를 여는 일요일에는 모두가 깜짝 놀랄 만큼 갑자기 날씨가 더워졌다. 엄마는 바닥에 깔 낡은 담요와 쿠션을 한 아름 안고 방목장까지 왔다 갔다 뛰어다녔고, 사촌 데이지도 도와주러 왔다. 아빠와 내가 오븐에 피자를 굽는 동안 데이지와 엄마는 긴 접이식 테이블에 맥주병과 잔, 닥치는 대로 모은 접시를 세팅했다.

아빠와 내가 방목장에 도착했을 때는 백 명 정도가 잔디에 앉아 피자 조각과 저스틴의 맥주병 혹은 우리가 집에서 만든 엘더베리 음료를 들고 있었다. 아그네스 언니와 앨버트 오빠는 마침내 텅 빈 손수레 옆에 앉아 있었고 엄마는 손으로 부채질을 하며 《헨리 스탠더드》에서 온 기자가 신문에 실을 사진을 찍으러 올 때가 됐다며 서두르라고 재촉했다.

우리가 걸어 올라가자 사람들이 박수를 치기

시작했다. 아빠는 뒤집은 양동이에 올라서서
모두에게 와주셔서 감사하다고 인사를 했고
엄마를 보며 당신이 없었다면 우리가 이 자리에
있을 수 없었다는 이야기를 했다.
그러고는 더 이상 아무 말도 하지 않았다.
목이 메는 듯했다.

아빠가 양동이에서 내려와 내 옆에 와서 섰다. 엄마가 아빠에게 맥주를 건넸
고, 《헨리 스탠더드》 기자가 우리의 사진을 찍었다.

10
ULLA BREAD
울라 할머니와 호밀빵

새 학기가 시작되는 그해 9월에 키티는 옥스퍼드의 NHS 정신건강센터와 멀어지기로 했다. 키티는 공황발작과 슬픔을 막아내는 데 필요한 것들(빵 굽기, 가족, 개 산책, 일상생활)을 찾아냈고, 혹시 그런 증상이 나타나도 전처럼 속수무책으로 떨고만 있지는 않았다. 키티는 자기에게 더 친절해지는 방법을 알아냈을 뿐 아니라 다시 행복해질 수 있다고 조금씩 믿기 시작했다. 우리는 키티의 이런 징후가 점점 더 뚜렷해질 때까지 그렇다는 사실조차 모르고 있었다.

첫째, 키티의 웃음이 되돌아왔다. 눈가에 주름이 잡히고 온몸이 흔들릴 정도로 깔깔거리던 웃음이 돌아온 것이다.

키티의 인스타그램에는 그해 가을 키티가 강에 뛰어드는 사진이 있다. 그리 따뜻하지도 않은 날이었다. 씩씩하던 어릴 적 키티의 모습이 보였다.

두 번째 지표는 소음이었다. 전에 키티는 묵묵히 일하는 걸 더 좋아했지만 이젠 늘 음악과 함께한다. 데이비드 보위, 닉 케이브, 플레이밍 립스가 우리 베이커리의 플레이리스트를 주로 차지한다. 때마침 키티는 팟캐스트를 발견하기도 했다. 일하며 들을 수 있는 팟캐스트는 키티에게 안성맞춤이었다. 키티의 멜빵바지에는 늘 휴대폰이 들어 있었고 거기서는 늘 정체를 알 수 없는 목소리가 스톡홀름 신드롬이나 부디카 여왕의 일생 또는 모르몬교의 기원 같은 내용을 들려주곤 했다. 키티는 하나의 주제에 관심을 가지면 그에 관한 모든 정보를 조사하며 깊이 파고들었다. 덕분에 키티는 대중적인 교양 지식에 대해서는 잘 몰라도 전문적인 분야에 관해서는 의아할 정도로 해박한 지식을 갖고 있다. 키티는 〈마스터 마인드〉 같은 퀴즈쇼의 일반상식 분야와는 결코 잘 맞지 않을 것이었다.

키티가 다음에는 어떤 주제에 관심을 가질지, 그것들이 서로 어떤 연관이 있는지는 결코 예측할 수 없다. 키티는 때로 보정속옷 브랜드 '스팽스'를 창시한 기업가이자 대단한 스토리텔러인 세라 블레이클리에 대해 이야기했고, '실패하는 방법'을 강조한 작가 매트 헤이그에 관해 말하기도 했다. 가끔은 1630년대 네덜란드의 튤립 파동과 20세기 후반의 '닷컴버블'이 얼마나 비슷한지 물어 나를 곤혹스럽게 한 적도 있었다. 키티는 빵을 굽는 일 말고는 아무것도 할 수 없었던 시간을 보상이라도 하려는 듯 각종 지식과 정보를 마구 집어삼켰고, 일하면서도 어떤 이슈에 관해 궁금한 것이 생기면 바로 내게 질문을 퍼부었다.

그해 9월에는 내게도 두 가지 뚜렷한 변화가 생겼다. 첫째는 키티의 교육에 대한 죄책감을 떨쳐버렸다는 것이다. 아내와 나는 키티에게 맞지 않는 전통적인 교육 방식을 더는 강요하지 않기로 했다. 나중을 위해서라도 교육을 받게 하는 게 낫지 않을까, 결정을 내리는 순간까지도 고민이 됐다. 만일 키티가 베이킹을 그만두고 다른 일을 하려는데 학위도 자격증도 하나 없다면 어떻게 먹고살 수 있을지 걱정이 됐기 때문이다. 키티가 아직 열다섯 살밖에 되지 않았는데 너무 큰 결정을 하도록 내버려둔 것에 대해 훗날 두고두고 후회하지는 않을지 곱씹었다. 그러나 키티가 지금 배우는(아니, 정보를 먹어치우는) 방식을 보니 아이를 다시 수학·영어 자격시험과 A레벨의 세계로 돌려보내는 게 더욱 내키지 않았다. 게다가 키티는 그런 것에는 조금도 관심이 없었다. 결국 우리는 키티를 학교로 돌려보내겠다는 생각을 접었다. 키티가 셋째 아이라는 사실이 우리를 좀 더 느긋하게 만들기도 했다. 아그네스와 앨버트는 주류 교육을 받았으니까. 그래서 우리는 어떤 과격한 주장은 하지 않기로 했다.

이제는 키티가 조금 다른 길을 선택했다는 사실을 받아들이고 그게 잘 풀리기를 바라기로 했다.

키티가 심한 아픔을 겪으며 우리 가족들 역시 큰 상처를 입었다. 겨우 벼랑 끝에서 한 발짝 물러난 상태인데 키티에게 맞지 않는 평범한 길을 고집하며 아이를 다시 위험에 빠뜨릴 수는 없었다.

결정을 내리는 데는 키티의 옛 학교 선생님들 두 분이 큰 도움을 주셨다. 두 분은 감사하게도 매주 시간을 내 우리 집에 와서 키티가 궁금해하는 것들에 관해 이야기해주었다. 재키 오라일리 선생님은 영어와 작문을, 젠 힉스 선생님은 역사, 특히 고대 그리스사를 맡았다. 키티는 엄격한 커리큘럼을 따르지 않아도 되니 자유로웠고, 재키와 젠 선생님도 진도와 상관없이 키티가 원하는 만큼 깊이 파고들며 배울 수 있도록 가르쳐주었다. 우리는 여기에 수학만 조금 보탰다. 기하학이나 이차방정식 같은 추상적인 과목보다는 살아가다 만날 수 있는 경제 문제에 더 초점을 맞췄다.

키티가 다른 길을 선택했다는 걸 받아들인 것처럼, 나도 교직에 복귀할 가능성이 낮다는 사실을 인정해야 했다. 베이킹은 더 이상 딸을 돕는 방편이 아니라 내 새로운 직업이었다. 이제 어설프게 기웃거리는 걸 멈추고 과감히 뛰어들어야 했다. 밤마다 '내가 이 일을 계속하는 게 맞나?' 하고 걱정하던 중에 아내가 내 고민을 넘겨받았다. 아내는 잠옷을 입고 침대 맡에 서서 지금의 생활이 내게 아주 잘 맞는 이유를 조목조목 짚어주었다. 나는 가르치는 일을 즐겼지만, 자신에게 꽤 가혹하게 굴었다. 나는 종종 수업과 나를 동일시했고 만족할 만큼 잘 해내지 못하면 스스로 쓸모없는 사람처럼 느끼곤 했다. 나는 베이커로서도 자신에게 혹독했지만, 만회할 기회가 훨씬 더 많았다. 오히려 이제는 실패로부터 배울 수 있다는 사실에 감사했다. 베이킹(그리고 베이커리를 운영하는 것)을 하며 창의력을 마음껏 발휘해볼 수 있었고, (인정하진 않았지만) 여러 요구사항을 처리하고 모든 일을 때맞춰 끝내는 작업을 즐기고 있었다. 아내는 일장 연설을 끝내며 반박 불가능한 결론을 내려주었다. 베이킹이 나를 행복하게 한다는 거였다.

몇 주 후 친구들과 저녁 식사를 함께했다. 친구들은 얼마 전에 유언장을 작

성했다며 우리 부부에게 증인이 되어달라고 했다. 증인 서류를 쓰며

나는 처음으로 내 이름 옆 직업란에 '베이커'라고 적었다. 기분이 좋았다.

엄마 아빠가 누군가에게 내가 아프다거나 학교에 가지 않는다거나 우울증에 걸렸다는 이야기를 하면 사람들은 종종 그게 다 소셜미디어 때문이라고, 그게 사람을 힘들게 한다고 말하곤 했다. 그러나 인스타그램은 늘 나를 도와주었다. 내 인스타그램 피드는 빵과 베이커리와 요리사와 레시피와 요리 도구와 재료로 가득했고, 그 모두가 나를 기죽게 하는 게 아니라 얼른 아픈 걸 회복하고 밖으로 나가 베이킹에 관해 더 많은 걸 배우고 싶게 했다. 세상에는 내가 집에서 머리만 싸매고 있기에는 너무 아쉬운 멋진 일들이 많이 벌어지고 있었다. 내가 편안한 곳에만 머문다면 닿지 못할 일들이었다. 그러다 여름에 한 번 더 인스타그램 덕분에 멋진 경험을 하게 됐다.

코펜하겐에 초대를 받은 것이다. 인스타그램은 나를 움직이게 했다.

몇 달 전에 덴마크의 기자인 라스무스 씨가 자기 여자친구 인스타그램을 통해 오렌지 베이커리를 봤다면서 인터뷰를 하러 와도 되겠냐고 물었다. 그는 덴마크의 BBC로 불리는 'DR'이라는 매체에서 일하고 있었다. 라스무스는 부드럽고 까만 북유럽식 호밀빵을 가지고 왔고, 우리는 인터뷰를 하며 다 같이 그 빵을 먹었다. 나는 그에게 이런 북유럽식 호밀빵을 꼭 만들어보고 싶다고 얘기했다.

그러던 8월의 어느 날 갑자기 내 인스타그램 팔로워 수가 급증했다. 모두 덴마크 사람들이었다. 'DR' 인터뷰 기사가 나간 것이었다. 기사에는 내가 북유럽식 호밀빵을 만들고 싶다고 한 말도 담겨 있었다. 정말 많은 덴마크 분들이

빵 만드는 법을 알려주고 싶다, 초대할 테니 배우러 오라는 메시지를 보내주었다. 그중 가장 맘에 들었던 메시지는 열두 살 니콜라스의 것이었다. "우리 울라 할머니는 세상에서 가장 맛있는 호밀빵을 만들어. 우리는 코펜하겐 바로 옆에 살고 있어. 여기로 와서 우리랑 지내면서 할머니한테 빵 만드는 방법을 배우면 어때?"

나는 아주 어릴 때부터 『우리 집에 놀러와Come Over to My House』라는 동화를 좋아했다. 책 내용은 오렌지색 머리카락을 지닌 한 소년이 전 세계에 있는 여러 종류의 집을 탐방하는 것이다. '어떤 집은 네모이고, 어떤 집은 둥글다. 세상에는 온갖 종류의 집이 있다.' 소년은 또래 아이들과 함께 수상 가옥, 텐트, 샬레(주로 스위스 산간 지방에 있는 지붕이 뾰족한 목조 주택—옮긴이), 성에서 머무른다. 그리고 어디를 가든 항상 목욕을 했다. 코펜하겐에 사는 니콜라스와 울라 할머니를 방문하는 건 『우리 집에 놀러와』의 현실판이었고, 나는 깊이 생각하기도 전에 그냥 '응, 가고 싶어'라고 대답하고는 저가 항공사의 항공편을 알아보았다.

나는 베이커리와 집을 잠시 떠나도 괜찮을 방법을 찾아야 했다. 일요일부터 화요일까지 다녀온다면 베이커리를 여는 데는 지장이 없었다. 코펜하겐에 가면 어떨지, 어떤 경험이 될지 몰라서 속이 울렁거렸지만, 애써 걱정을 눌렀다. 3주 후 우리는 코펜하겐 공항에 도착해 호밀빵 장인인 울라 할머니와 니콜라스의 가족들을 만났다. 75세의 울라 할머니는 팅커벨처럼 몸집이 작았고 짧은 흰머리에 검은색 안경을 끼고 계셨다. 할머니는 니컬라스 가족의 차를 타고 집으로 가는 내내 나를 보며 미소 지으며 고개를 끄덕여주셨다. 나는 스트

레스로 속이 울렁거려 말도 못하고 있었고, 아빠는 내 옆에 앉은 남자아이들(영어를 정말 잘했다)과 영국과 덴마크 과자 맛이 어떻게 다른지 대화를 이어나갔다.

니콜라스네 집은 아주 희고 아주 네모난 모양이었다. 아빠는 누군가의 안내를 받아 정원을 보러 갔고, 울라 할머니는 내 손을 꼭 잡고 나를 주방으로 데려갔다. 나는 갑자기 공황발작을 일으킬 것 같았다. 아빠가 보이지 않자 체온이 상승하고 호흡이 가빠졌다. 울라 할머니는 영어를 하지 못했지만 내가 어떤 상태인지 정확히 아는 것 같았다.

울라 할머니는 내 옆에 서서 어깨를 맞추고는 스타터와 회색 호밀을 섞어놓은 크고 흰 볼에 내 손을 부드럽게 밀어 넣어주었다.

손에 반죽의 익숙한 촉감이 느껴지자 다시 호흡이 느려지기 시작했고 불타오르던 뺨의 열도 서서히 식었다. 울라 할머니는 반죽에 씨앗과 맥주를 넣더니 양손 엄지손가락을 안으로 접고 네 손가락을 세웠다. 이게 반죽하는 특별한 방법인 것 같아 열심히 따라 했는데, 알고 보니 이제 반죽을 여덟 시간 동안 휴지시켜야 한다는 뜻이었다.

니콜라스의 가족들은 점심시간이 되자 우리를 덴마크식 오픈 샌드위치의 세계로 안내했다. 마치 냉장고에 든 재료들을 모조리 꺼낸 다음 얇은 호밀빵에 작은 음식 탑을 쌓는 것 같았다. 재료 중에는 확실히 알아볼 수 있는 것(달걀, 햄, 샐러드용 채소)도 있었고, 알 것 같은 것(청어 절임)도 있었으며, 전혀 알 수 없는 것(베스테르보텐 크렘, 크림치즈와 간 파테로 만든 분홍색 벽돌 같은 것)도 있었다. 아빠와 나는 니콜라스 가족들이 하는 대로 빵 위에 재료를 쌓았다. 나는 완성한 샌드위치를 집어 들고 한입 베어 물려고 했으나 아빠의 헛기침 소리가 들려왔다. 그제야 나는 모두 나이프와 포크를 이용하고 있다는 사실을 깨달았다. 오픈 샌드위치를 슬쩍 다시 내려놓는데 나를 보고 환하게 웃고 있는 울라 할머니와 눈이 마주쳤다.

니콜라스네 가족은 모두 친절로 무장한 사람들이었다. 니콜라스와 형 프레데리크는 우리에게 코펜하겐 구경을 시켜주려고 수업까지 빼먹었다. 학교에 가야 하지 않느냐고 물었더니 '영국인 베이커들을 만난다'고 하니 다들 어서 가보라고 했단다. 우리는 근처 아이스크림 가게부터 가보았다. 거기엔 상상할 수 있는 세상의 모든 맛이 있었다. 나는 초콜릿과 땅콩버터 맛을 골랐어야 했는데 휘핑 머랭을 올린 키라임 파이 맛을 고르고 말았고 아직까지도 그 일이 후회로 남아 있다. 그러나 가게에서 추천해준 흑설탕 맛을 고르지 않은 건 정말 잘한 일 같다.

그런 다음엔 내가 인스타그램에서 몇 달 동안이나 봐왔던 믿을 수 없이 멋진 '하트 바게리'에 갔다. 오랫동안 온라인 스토킹을 해온 터라 나는 그곳의 모든 베이커들을 알아볼 수 있었다. 니콜라스와 프레데리크의 엄마가 미리 하트 바게리에 연락해 대단한 추종자가 한 명 갈 거라고 말해준 덕분에 나는 분장실에 초대받은 열성 팬처럼 바로 계산대 안쪽으로 들어갈 수 있었다. 베이커들은 내게 거품이 올라온 반죽 양동이를 보여주었고, 위층으로 데려가 저장 선반도 보여주었다. 거기에 마마이트 냄비가 많아서 깜짝 놀랐다. 탈리아도 거기서 만났다. 탈리아는 손에 버터 시트 두 장을 들고 있었고, 완벽한 영어로 말을 걸었다(서섹스 출신이니 놀랄 것도 없었다). 탈리아는 내게 빵 굽는 방법에 관해 모두 말해주었고, 자기가 만든 마마이트 블론디(그래서 마마이트 냄비들이 그렇게 많았다)를 내게 건넸다. 그 맛에 푹 빠진 나는 집에 도착하자마자 내 나름의 마마이트 블론디 레시피를 만들어 메뉴 계획에 추가했다. 끝으로 우리는 인어공주 동상을 보러 갔는데, 동상은 놀랄 만큼 자그마했다.

사실 나는 집과 내 침대를 벗어나 어떻게 잠을 잘지 걱정이 태산 같았다. 그러나 아빠가 곁에서 코를 고는데도(아니 어쩌면 코를 골아서) 나는 잘 잤다. 코펜하겐을 떠나는 날, 울라 할머니는 아침 식사로 전통적인 북유럽식 진수성찬을 준비해주셨다. 레몬을 넣은 버터밀크, 거기에 넣을 다크초콜릿과 작은 아몬드 비스킷이 있었고, 울라 할머니가 야심차게 준비한 덴마크식 죽 '욀레브뢰드'도 있었다. 할머니는 호밀빵과 맥아 맥주, 버터, 더블크림을 넣어 만든 욀레브뢰드 위에 갈색 설탕을 뿌려 내게 자랑스럽게 내밀었다. 니콜라스는 욀레브뢰드를 안 먹는다고 했고, 프레데리크는 욀레브뢰드를 받아든 나를 보며 터져 나오려는 웃음을 참고 있었다.

욀레브뢰드는 꼭 도배 풀을 섞은 종이 반죽처럼 보였다. 울라 할머니가 나를 보고 있어서 먹지 않을 수 없었다. 내가 한 그릇을 싹 비우자 할머니는 기뻐서 손뼉을 쳤다.

코펜하겐에 있는 동안 울라 할머니는 호밀빵에 관한 모든 것을 가르쳐주었다. 호밀빵을 만드는 데는 이틀이 걸렸고, 우리가 영국으로 돌아가야 할 시간에 딱 맞춰 빵이 완성되었다. 비행기를 기다리는 동안 배낭 안에 넣은 호밀빵의 온기가 등으로 전해졌다. 울라 할머니의 가족들은 아마 모를것이다. 그들 덕분에 내가 일상을 벗어나도 공황발작을 일으키지 않을 수 있다는 걸 깨달았으며, 나아가 큰 자신감을 얻었다는 사실을. 우리는 울라 할머니한테 배운 레시피로 호밀빵을 만들어 '울라브뢰드'라는 이름을 붙여서 오렌지 베이커리에서 판매했다. 그리고 나는 코펜하겐과 깊고 깊은 사랑에 빠져버렸다.

인스타그램은 키티에게 더 큰 세계가 있다는 걸 알려주고, 그 세계에 속할 수 있는 길도 열어주었다. 또한 우리가 방법을 모르고 헤맬 때마다 도움을 주기도 했다.
그해 가을 이상하게도 우리 빵들이 조금씩 납작해지기 시작했다. 맛은 여전히 좋았기 때문에 고객들은 아무도 눈치 못 챈 듯했다. 그러나 키티와 나는 여름 내내 폭신폭신하고 통통했던 빵 사진을 보며 왜 갑자기 빵 모양이 변하는지 몰라 애간장을 태웠다. 기술에는 아무런 변화가 없었기에 재료들을 점검했다. 스타터는 아주 생기가 넘쳤고 이상이 없었다. 그렇다면 밀가루가 문제일까? 우리는 웨섹스 밀을 아주 신뢰했지만, 혹시나 시프턴 밀에서 수입한 것과 어떤 차이가 있을지도 모른다는 생각에 그곳에서 밀가루를 주문해 빵을 만들어보았다. 결과는 거의 똑같았다. 차이가 있더라도 아주 미미한 정도였다(아마 빵들이 우리의 죄책감을 이해했는지도 모른다). 다음으로는 로프코에 혐의를 두었다. 그동안 한 번의 고장도 없이 쉴 새 없이 작동해왔으니 힘이 많이 빠졌는지도 모를 일이었다. 우리는 로프코 두 대를 깨끗하게 청소하고 창문들을 더 오래 열어두고 오븐 밑에 물을 넣어가며 이렇게 저렇게 해봤지만 달라진 건 없었다.

마지막으로 키티는 인스타그램에 자문을 구했다.

키티는 제일 좋아하는 베이커 다섯 명에게 납작한 사워도우 사진을 찍어 보냈다. 그들은 모두 같은 답을 보내왔다. "겨울 준비를 하지 않았군요."

우리 반죽이 너무 차가웠던 게 문제였다. 우리는 한 번도 바뀌는 계절에 맞춰 대량으로 빵을 만들어 본 적이 없었기에 겨울 준비에 대해서는 아무것도 몰랐다. 그러나 스타터는 차가운 반죽을 감당하지 못해 애를 먹고 있었다. 사워도우는 정말 변덕스러워서 가끔은 전혀 알 수 없는 이유로 맛과 모양을 바꾼다. 우리는 겨울 준비에 들어갔다. 스타터를 덜어내고 미지근한 물을 부었다. 발효하는 시간을 더 늘리고 냉장고 온도도 조금 올렸다. 서서히 빵의 예전 모습이 되돌아왔다. 아니, 오히려 전보다 더 포실포실 살아났다. 이제야 안심이 됐고, 키티와 나는 자신감을 되찾았다. 어려움을 극복하고 다시 앞으로 나아갈 수 있게 되자 마음이 든든했다.

그해 가을에는 납작해진 빵과 더불어 또 다른 문제가 닥쳤다. 이번 건 해결하기가 훨씬 더 어려웠다. 바로 시비였다. 아무리 애타게 훈련을 시켜도 시비는 우리를 보란 듯이 앞서나갔다. 시비를 감당하는 일이 점점 어려워져 우리는 전전긍긍했다. 고양이 스머지는 시비에게 너무 시달려서 아그네스의 침실을 떠날 생각을 하지 않았고, 그래서 아그네스의 침대 옆에 배변판을 둬야 했다. 고양이 오디는 한밤중이 될 때까지 밖에 있다가 밤중에 우리 침실 창문으로 뛰어 들어와 내 등에 기대 눕곤 했다. 시비는 바람결에라도 고양이 냄새를 맡으면 번개처럼 달려들어 고양이들을 궁지로 내몰았다. 시비는 또 현관문만 열렸다 하면 밖으로 부리나케 달아났는데, 이걸 말릴 방법이 없었다. 빵 배달차가 도착할 때마다 우리는 시비를 방에 넣고 문을 꼭 닫아둬야 했다. 산책할 때도 어려움은 이어졌다. 잠시라도 목줄을 풀었다가는 온 동네를 헤매야 했다. 우리는 시비를 유인할 수 있게 주머니에 훈제 닭고기를 넣어갔다. 산책길에서 시비는 거의 매번 바람같이 사라졌고, 우리는 언덕 위로 빠르게 사라져가는 작고 검은 점을 향해 목이 쉬도록('시비!!!') 소리를 질렀다. 그사이 스파키는 내 옆에서 간식을 먹으며 행복하게 산책을 즐겼다. 그래서 우리는 밖에 나갈 때마다 시비의 목줄을 계속 짧게 쥐고 있는 수밖에 없었는데, 그건 모두에게 못 할 짓이었다.

우리는 인터넷으로 개 훈련에 관한 모든 조언을 습득했다. 기본적으로 시비는 사냥개 기질을 지닌 워킹테리어 종으로, 일단 어떤 냄새를 맡으면 무엇도 이 아이를 막을 수 없었다. 그러던 10월의 어느 날 사건이 발생했다. 키티와 나는 매주 수요일과 목요일에 가게를 봤고, 금요일에는 벤이 맡아주었다. 우리는 가끔 영업을 시작하기 전 일찌감치 빵을 구워놓고 잠깐이라도 개들을 산책시켜주곤 했다. 10월의 그 어느 수요일도 그랬다. 그날은 날이 화창했고, 빵은 통통했으며, 시나몬 번은 진열창 높이 쌓였다. 우리는 가게 문을 열기 전에 개들과 함께 30분이라도 걸으려고 와틀링턴 힐로 차를 몰고 갔다. 차에서 내리자마자 시비가 몸을 비틀더니 쉽게 목줄을 벗어버렸다. 그러고는 키티와 나를 흘낏 보더니 숲과 오소리 굴을 향해 내달렸다. 언제나 말을 잘 듣던 스파키도 곧장 시비를 따라갔다.

20분 동안이나 가시덤불 사이를 헤맨 끝에 마침내 멀리서 개 짖는 소리가 들려왔다. 시비와 스파키는 땅굴 깊이 내려가 있었다. 10분 후면 가게 문을 열어야 해서 우리는 막 출근하려는 케이티에게 전화를 걸어 상황을 설명했다. 케이티는 얼른 가게로 달려가 앞치마를 둘렀다. 한 시간 뒤 우리는 여전히 언덕 위에서 서성이고 있었지만, 시비와 스파키는 보이지 않았다. 내 전화기가 울렸다. 케이티였다. 아내가 불길하고 다급한 목소리로 말했다. "앨, 얼른 가게로 와야 해. 누가 당신을 만나려고 와 있어." 나는 누가 와 있다는 건지 의아했지만 2차 세계대전 지하조직의 암호를 전달하는 사람처럼 속삭여 대답했다. "지금 못 가. 개들이 아직 오소리 굴에 있거든."

케이티가 다시 말했다.
"개들은 일단 두고 당장 이리 와."
그러고는 분명한 목소리로 덧붙였다.
"환경 위생 담당관이 검사하러 왔단 말이야."

나는 일단 키티에게 개들 찾는 일을 맡겨두고 당장 차를 몰아 가게로 갔다. 손님들이 열 명이나 줄을 서서 기다리고 있었다. 케이티는 가게 안에서 빵을 봉지에 넣으며 약간의 억지웃음을 짓고 있었다. 그 옆에는 키가 작고 눈빛이 매서운 여자분이 웃음기 하나 없는 냉정한 얼굴로 클립보드를 든 채 모퉁이에 서서 케이티를 지켜보고 있었다.

나는 비지땀을 흘리며 숨을 헐떡였고, 두 손은 오소리 굴을 파느라 꼬질꼬질했다. 여자는 나와 악수도 하려 하지 않았다. 우리는 가게에 딸린 작은 뒷방으로 함께 들어갔고, 여자는 그곳을 천천히 둘러보았다. 나는 싱크대에 손을 넣어 문지르면서 위생 담당관의 눈을 통해 상황을 파악해보려 애썼다. 방은 깨끗하면서도 어지러웠다. 키티와 나는 원래부터 잘 치우는 성격이 아니었고 방에는 베이커리에 꼭 필요하다고 보기 어려운 것들이 선반 높은 곳까지 쌓여 있었다. 키티가 초등학생일 때 발표를 잘해서 받은 커다란 칭찬 카드와 공부하다가 대충 꽂아둔 수학책 몇 권이 눈에 들어왔고, 왜 거기 있는지 이유를 알 수 없는 2펜스짜리 동전이 든 항아리들, 처음 팝

업 매장을 홍보할 때 썼던 오렌지색 폼폼 상자들, 고객이 그려준 키티 그림과 오렌지색 스카프 따위가 있었다. 나는 닥치는 대로 조금씩 치워가며 잡다한 물건들 틈에서 담당 직원에게 보여줘야 할 서류를 조심스럽게 끄집어올렸다. 나는 오전 내내 잃어버린 개들을 찾느라 이렇지, 보통은 이렇지 않다며 초조하게 중얼거렸고 위생 담당 직원은 아무 말 없이 체크리스트만 살폈다.

앞으로 어떤 걸 더 주의해야 할지 짤막하게 알려준 뒤 직원은 떠났다.

다시 차를 몰아 언덕 위로 가보니 키티는 스파키를 겨우 붙잡아두고 있었다. 그러나 시비는 어디에도 보이지 않았다. 나는 마지막으로 가장 깊은 굴에 대고 시비의 이름을 목 놓아 외쳤다.

갑자기 어디선가 나타난 시비가 꼬질꼬질한 몰골로 숨을 헐떡이며 뛰어와 내 품에 안겼다.
"시비!"
내 얼굴을 핥는 녀석을 떼어내며 이름을 불러주자 시비는 다시 잽싸게 오소리 굴로 돌아가버렸다.

시비는 결국 사냥개 본능을 충실히 따르는 것뿐이었고 그런 시비를 단념시키려 하는 게 더 잘못된 일인 것 같았다. 만약 장인 장모님의 간병인인 잰이 없었다면 우리는 시비와 계속 살았을 것이다. 그러나 시비는 잰을 아주 좋아했고, 잰은 시비를 통제할 수 있었다. 잰은 점점 더 자주 우리 집에 놀러와 시비를 돌봐주겠다며 데려갔다. 시비가 새로운 가족을 찾을 수 있던 것도 모두 잰 덕분이었다. 잰의 이웃은 집에서 기르는 늙은 개의 친구가 되어줄 어린 개를 찾고 있었다. 그 집은 정원이 넓어서 시비가 땅을 파헤치는 걸 개의치 않았고, 가족들이 모두 시비와 사랑에 빠졌다. 시비를 보낼 날이 다가오자 우리 가족은 더없이 슬퍼졌다. 시비를 데리고 마지막 산책을 하던 중 개 훈련사이자 우리의 크라우드 펀딩 후원자인 샘과 우연히 마주쳤다. 샘은 우리를 안심시켰다. "가끔 개와 가족이 맞지 않은 경우가 있어요. 그럴 땐 어느 쪽에도 좋지 않은 생활을 꾸역꾸역 이어나가는 것보단 다른 집으로 보내주는 게 훨씬 나아요."

시비는 이제 우리와 살지 않지만, 시비가 잘근잘근 씹던 의자 다리와 고장 낸 지퍼 등은 그대로 남아 시비를 기억하게 한다. 이제 고양이들은 다시 아래층으로 거처를 옮겼고 시비가 길로 냅다 뛰어나갈까 봐 늘 닫아두던 현관도 열어놓는다. 가끔 시비가 꾀죄죄한 얼굴을 삐죽 내밀고 있는 사진을 볼 때면 그 말썽꾼이 그리워 마음이 아프다. 그러나 시비가 잘 맞는 가족을 만나게 되어 기쁘기도 하다. 시비는 지금도 분명 오소리 꿈을 꾸고 있을 것이다.

11
KRISTIAN AND CHRISTMAS

크리스티안과 크리스마스

키티의 상태가 점차 나아지자 우리가 베이커리를 하며 불러온 무질서에 대한 가족들의 인내도 서서히 바닥을 드러냈다. 현관문을 통과하려면 복도에 잔뜩 쌓인 밀가루 포대를 요리조리 피한 다음 거대한 마마이트 냄비와 달걀 상자를 지나야 했다. 주방 캐비닛은 물론 창문, 바닥, 심지어 세탁기에도 마른 반죽이 붙어 있었다(반죽이 건조기에 들어가면 작고 딱딱한 검은 공으로 변해서 어디든 들러붙는다). 특히 케이티와 아그네스는 반죽이 자꾸만 타이츠에 달라붙어서 스트레스가 이만저만이 아니었다. 게다가 여전히 우리 집에는 식사를 할 수 있는 식탁조차 없었다. 케이티는 출근할 때마다 혹시 바지에 밀가루가 묻어 있을까 봐 신경질적으로 옷을 탈탈 털어냈다. 앨버트는 차를 내려 마실 때가 아니면 주방에 절대 들어가지 않았다.

케이티는 우리에게 주방을 원상복구하라는 최후통첩을 내렸다. 우리는 빵을 구울 다른 장소를 찾아야 했다.

케이티는 적어도 크리스마스에는 시나몬 번 때문에 끈적거리지 않는 테이블과 의자에 앉아 제대로 된 식사를 하고 싶어 했다. 새로운 장소를 물색해보았지만, 지금 내는 가게 임대료 외에 더 큰 지출을 감당하기는 어려웠다. 그나마 무리를 해서라도 얻을 만한 곳은 춥고, 어둡고, 환경이 좋지 않았다.

키티와 내가 매일 아침 여섯 시에 외딴 산업단지에 있는 공기도 통하지 않는 컨테이너에서 일해야 한다고 생각하니 너무 우울했다. 해결책을 낸 사람은 키티였다. 키티는 전에 인터넷의 바다를 헤엄치다가 작은 집을 직접 짓는 방법에 푹 빠진 적이 있었다. 우리 집 옆에 쓰레기통을 내놓는 작은 공터가 있었는데, 키티는 거기 바닥이 콘크리트로 덮여 있으니 거기에 빵 굽는 공간을 만들면 어떻겠냐는 묘안을 내놓았다. 나는 온라인으로 쉽게 살 수 있는 구조물을 찾기 시작했는데, 이번에도 키티가 나보다 빨랐다. 키티는 찰리를 만났고, 이어서 크리스티안을 만났다. 그러고는 늘 그렇듯 저절로 결정이 나 버렸다.

어느 날 찰리는 우리 가게에 와서 혹시 아르바이트 자리가 있냐고 물어보았다. 찰리는 카디프대학교의 학생이었는데, 진로를 바꾸기 전에 1년 동안 제빵 훈련을 받았다고 했다. 제빵 기술은 어디에서나 대체로 비슷하기 때문에, 일단 한번 배워두면 어디서든 일할 수 있고 엄청나게 멋진 레시피를 만들어낼 수도 있다. 이게 베이킹의 좋은 점이다. 찰리의 아버지는 우리의 '망한 빵'을 처리해주는 돼지 친구들 소시지와 빈스의 주인이다. 찰리는 방학을 맞아 집에 와 있을 때 가끔 우리를 도와줬고, 그의 친구 크리스티안도 소개해주었다. 크리스티안은 당시 템스강 근처 건설 현장에서 일하고 있었는데, 오래된 나무로 근사한 통나무집을 만든 적이 있다고 했다. 두둥! 재활용 자재로 베이커리를 지으면 될 것 같았다. 찰리가 내게 크리스티안의 전화번호를 알려주었다. 아빠가 너무 많은 질문을 쏟아내기 전에 크리스티안에게 직접 와서 그 공간을 보라고 했다.

크리스티안은 내가 구운 초콜릿 브리오슈를 먹으며 베이커리를 만들 계획을 세웠다.

크리스티안은 빡빡 민 머리에 턱수염을 길렀고, 와틀링턴 위를 끊임없이 맴도는 새떼와 빨간 연을 그린 타투를 했으며, 항상 한쪽 귀 뒤에 연필을 꽂고

다녔다. 그는 자기 집에 오래된 문짝을 비롯해 그간 비축해둔 자투리 나무가 꽤 많다고 했다. 바로 다음 주부터 미니 베이커리를 짓기 시작했다. 크리스티안은 템스강에서 일하는 틈틈이 맹렬한 기세로 작업을 했고 금방 구조물의 모양이 갖춰지기 시작했다. 정말 멋졌다. 크리스티안은 천재였다.

엄마 친구 한 분이 오래된 농장을 물려받았는데, 거기에 창문과 목재가 가득 쌓여 있다며 둘러보고 쓸 만한 게 있으면 실어가도 좋다고 해주셨다. 6주 만에 빵을 구울 베이커리 공간이 완성됐다. 버려진 문짝을 동원해 철제 지붕과 연결되는 옆면을 만들었고(문 두 짝에는 아직도 열쇠가 달려 있다), 한때 축사에서 쓰던 미닫이문은 베이커리의 창고 문으로 쓰기로 했다. 폐업한 술집에서 가져온 나무 데크를 정원까지 이어지게 깔았고, 외바퀴 손수레 반쪽으로 계단을 만들었다. 아빠와 내가 초록색으로 페인트칠을 하고 나니 거의 완성되었다. 이제 남은 건 오븐을 들여놓는 일이었다.

이때쯤 나는 사랑하는 우리의 로프코 오븐들이 늘어나는 수요를 감당할 수 없으리란 걸 깨달았다. 한 번에 빵 20덩이를 구울 수 있는 제대로 된 '데크오븐'이 필요했다. 나는 데크오븐 사진을 자세히 살펴보았다. 거대한 직사각형 금속에 문 여는 레버가 달려 있었다. 사이즈를 확인하니 새로 지은 미니 베이커리에 꼭 맞을 것 같았다. 데크오븐 한 대만 있으면 훨훨 날 수도 있을 것 같았다. 아빠를 설득해내야 했다.

나는 절대 더 큰 오븐을 원하지 않았다.
키티와 내가 이번처럼 격론을 벌인 경우는
거의 없었다.

내 요지는 왜 그렇게 모든 일을 서두르느냐는 것이었다. 데크오븐은 너무 비싸고, 크고, 우리에게 꼭 필요하지도 않았다. 부모로서 내가 왜 이런 논쟁에서 이기지 못하는지 알 수가 없었다. 베이커리에 관한 대화를 나눌 때 키티와 나는 아빠와 딸이 아니라 사업 파트너였기 때문일 것이다. 키티의 모토는 '준비, 발사, 조준'이고(정말 이런 식이다), 나는 최대한 모든 변수를 고려해보자는 쪽이었다. 키티는 노련한 변호사처럼 자기주장을 폈다. 게다가 이번에는 비용을 감당할 방법까지 생각해두었기에 말을 더 들으려 하지 않았다. 키티는 봄에 오렌지 베이커리를 열 때 더키에게 중고 베이커리 장비를 마련하려면 누구를 찾아가야 할지 물어본 적이 있었다.

더키는 베이킹계의 슈퍼히어로로 같은 존재인
빔 씨를 알려주었다. 키티는 인스타그램에서
빔 씨를 찾아내 메시지를 보냈다.

그는 다음 주에 근처로 올 일이 있다며 우리를 만나러 오겠다고 했다. 그의 본명은 앤드류 나이팅게일이었고, '미스터 빔'이라는 가족 사업체를 운영하고 있었다. 그들은 새 사업을 시작하는 사람들을 자립할 수 있게 돕는다는 자부심을 지닌, 마음이 넉넉하고 통 큰 사람들이었다.
앤드류는 우리와 함께 정원에 앉아서 그가 지금까지 일궈온 많은 프로젝트와 우리가 알아두면 좋을 사람들에 관해 이야기해주었다. 대화가 끝나갈 무렵 앤드류는 자기 작업장 뒤편에 오래된 데크오븐이 몇 대 있는데 나중에 가게를 확장하게 되면 기꺼이 가져가서 쓰라고 대수롭지 않게 말했다. 나는 그때 우리에겐 데크오븐까진 필요하지 않을 것 같아서 그저 미소를 지으며 고개만 끄덕였고 '엄청나게 고맙지만 불가능한' 일로 그 제안을 분류해두었다. 그러나 물론 키티는 그때의 대화를 잊지 않았고, 새로운 베이커리를 짓게 되자 곧바로 빔 씨에게 연락해 아직도 그때 말한 데크오븐을 한 대 줄 수 있는지 물어보았다. 빔 씨는 아주 흔쾌히 좋다고 말해주었고, 결국 나도 키티의 부단한 설득에 굴복해버렸다.

우리 집은 로프코의 전기 수요도 겨우 감당하고 있었다. (장차 나를 무지하게 괴롭힐) 데크오븐은 3상 전기가 필요한, 로프코와 차원이 다른 괴물이었다. 대체로 일반 가정에서는 조명과 난방을 위해 단상 전기를 사용한다. 그러나 많은 전력을 사용하려면 3상 전기가 필요하다. 이를 위해선 완전히 새로운 동력 시스템을 설치해야 하는데 우리의 낡고 오래된 집에서는 이걸 감당하기 어려웠다. 정말 많은 사람이 우리 집에 와서 새 오븐을 어디에 두면 좋을지 꼼꼼히 살펴보았지만, 모두 고개를 절래절래 저으며 돌아갔다. 마치 새로운 달 착륙 지점이라도 찾는 기분이었다.

우리가 그나마 시도할 수 있는 건 바닥을 깊숙이 파내거나, 드릴을 이용하는 무시무시한 방법뿐이었다. 게다가 우리의 전기공급업체 SSE는 가정용 전력 공급 체계를 베이커리 공간에 어떻게 연결해야 할지 모르겠다고 했다. 그러나 나는 이미 키티에게 설득당했고, 이제 데크오븐의 잠재력을 알아버렸으며, 공짜로 한 대 얻게 된 마당에 이대로 포기할 수는 없었다.

2주 후 SSE 직원과 통화를 하던 중 암호가 풀리듯 돌파구를 찾게 됐다. SSE 직원이 무심한 목소리로 물었다.

"그 베이커리 헛간이 집과 분리되어 있나요?"

"네." 내가 대답했다.

"그럼 전력을 따로 공급하면 되겠네요."

그거였다. 전기선은 여전히 집을 통과해야 했지만 가정용 퓨즈를 통하지는 않았다. 이번에도 우리의 전기기사 사이먼이 전기선의 경로를 고안해냈다. 현관 벽을 타고 주방으로 연결한 다음 뒷문을 통과해 베이커리로 빼내오면 되는 거였다. 금세 분위기는 활기를 되찾았고, 순식간에 일이 진행됐다. 파헤쳐진 포장도로에 특수한 계기 상자가 매설되었다. 비단뱀처럼 두꺼운 전기선이 집을 감쌌지만, 어쨌든 급조하고 완성하긴 했다.

키티는 빔 씨에게 연락을 했고, 바로 그다음 주에 앤드류의 남동생이 두 명의 멋진 도우미들과 함께 우리 집에 도착했다. 그들은 그 거대한 데크오븐을 우리 집의 작고 구불구불한 모퉁이를 지나 베이커리 안으로 무사히 들여놓을 방법을 정확히 계산해냈다. 그해 초 우리는 그 경로대로 냉장고를 집에 들이는 데 완전히 실패했는데, 이들은 별일 아니라는 듯 쉽게 해냈다. 오븐을 설치하는 동안 키티는 크리스피 치즈를 넣은 튀긴 양파 토스트와 차를 준비했다. 오븐을 들여놓으니 우리가 뚝딱뚝딱 만든 홈메이드 베이커리도 빛이 났다. 아내는 크리스마스 전에 주방을 되찾은 기쁨 덕분에 두꺼운 구렁이 같은 전기선이 집을 관통한다는 사실을 눈감아주었다.

지난 크리스마스에 나는 끔찍한 상태였다. 가능하면 크리스마스가 빨리 지나가기를 바랐다. 하지만 이제는 완전히 다른 느낌이었다. 새로이 빵 굽는 공간을 마련했고, 사랑하는 오렌지 베이커리도 있었다. 작은 것 하나까지 모두 감싸 안고 싶었다. 가족들도 다 들떴다. 우리 엄마는 원래 그다지 감상적인 편이 아니지만(엄마는 내가 아는 사람 중에 유일하게 돌고래를 좋아하지 않는 사람이다), 12월에는 특히 기분이 좋았다. 게다가 새로 주방까지 되찾게 된 엄마는 올해 크리스마스를 아주 멋있게 보내고 말겠다며 전의를 불태웠다.

먼저 한 해를 돌아보는 카드와 울 양말로 만든 어드벤트 캘린더가 벽에 걸렸다. 이 양말 캘린더는 우리가 어렸을 때 이웃들이 떠준 빨간색과 초록색 양말들을 긴 줄에 매달아 만든 것이다. 우리는 양말 안에 1페니짜리 사탕을 넣어두고 12월 1일부터 24일까지 크리스마스를 기다리며 매일 하나씩 그 사탕을 꺼내 먹는다. 양말들은 오래되기도 했고, 쥐 가족의 습격이라도 받았는지 발가락 부분이 다 뜯겨나가서 사탕을 넣으면 바로 쏟아져 내렸다. 어드벤트 캘린더는 우리의 전통이었고, 따라서 올해에도 등장해야 했다. 비록 뜯긴 양말을 스테이플러로 고정해야 했지만.

12월 19일이 지나서야 우리는 크리스마스트리를 마련했다. 그것도 진흙 길을 차로 한참 달려 음침한 할아버지 농부가 전나무를 키우는 농장에 가서 구해왔다. 엄마는 이렇게 하는 게 덜 상업적이라고 했다. 이게 무슨 뜻이냐면, 우리가 거기 도착했을 즈음에는 작고 볼품없는 나무가 딱 한 그루 남아 있었고, 우리는 군말 없이 그걸 차에 싣고 왔다는 얘기다. 그러나 어쩐지 엄마는 우리가 운이 좋아서 그 나무를 구해올 수 있었다고 여긴다.

트리가 왔으니 이제 장식을 시작했다. 엄마는 이야기가 있는 장식품을 고집한다. 아그네스 언니가 플라스틱 구슬로 만든 울새, 머리가 잘린 천사, 할머니가 자기 아버지(나의 증조할아버지)와 함께 손으로 바람을 일으키며 놀았을 유리알과 그 외의 장식품들, 그리고 마지막으로 나무 꼭대기에 자리할 은빛 새가 등장한다. 은박지를 뭉쳐 그 위에 분홍색 깃털을 대충 붙인 이 새는(눈은 단추다) 엄마가 네 살 때 만든 거라고 했다.

우리가 지금보다 어렸을 때는 서로 더 예쁜 것을 골라 장식하겠다고 싸우곤했지만, 지금은 트리 꼭대기에 은빛 새가 경건하게 놓이는 장면을 가만히 앉아 지켜본다. 마지막으로, (이때 늘 최악의 상황을 상상하는 아빠는 식은땀을 흘린다) 진짜 초를 잘라 나뭇가지에 매단다.

크리스마스이브가 되면 엄마는 나무에 매단 초에 불을 붙이고, 우리는 모두깜깜한 거실 계단에 앉아서 독일어로 '고요한 밤'을 부른다(아빠는 우리가 옆집 나무까지 홀라당 태워 먹는 건 아닌지 전전긍긍하고 우리는 아무도 독일어를 몰라서 대충 노래를 부른다). 그런 다음 안으로 들어가 선물을 개봉한다. 크리스마스가 아니라 크리스마스이브에! 엄마 쪽 가족은 독일계가 섞여 있는데 거기서는 크리스마스이브에 선물을 푼단다. 이벤트는 여기서 끝나지 않는다. 저녁으로 스위스식 감자와 치즈 요리인 라클렛을 먹고(왜냐하면 인생에서 가장 성대한 식사를 하기 전에 치즈로 위장에 막을 형성하면 좋기 때문이다), 억지로 일찍 잠자리에 든다. 엄마가 우리 침대 위에(역시나 쥐가 물어뜯은) 크고 빨간 양말을 가져다놓아야 하는데 우리가 너무 늦게까지 깨어 있으면 안 되기 때문이다.

크리스마스에는 분위기가 약간 차분해진다. 우리는 엄마 아빠의 침대 위에서 양말을 개봉하는데 발가락 부분에는 항상 귤과 호두가 들어 있다.

어렸을 때는 엄마의 부모님과 함께 크리스마스를 보냈다. 외할머니와 외할아버지, 아빠까지 모두 침대 위에 앉아 양말 안에 든 선물을 개봉하는 의식을 치렀다. 아빠는 크리스마스 아침을 침대에서 장모님과 함께 보낸 것에 아직도 트라우마가 있다고 얘기한다. 그다음에는 이웃인 쇼 가족과 진흙 걷기 전통에 참여해야 하고, 여왕님의 연설에 어떤 단어가 등장할지 내기를 하는 복잡한 게임을 한다. 아빠는 크리스마스에는 무조건 크고 토실토실한 칠면조 요리를 고집한다. 매년 우리는 칠면조가 너무 뻑뻑하다며 투덜대지만, 거위나 햄으로 타협하지는 않는다.

아무튼 우리에겐 많은 크리스마스 전통이 있다.

올해 나는 키티가 케이티의 크리스마스 유전자를 모조리 물려받았다는 사실을 깨닫게 되었다. 사실 나는 크리스마스에 딱히 큰 감흥이 없는 사람이라(통통한 칠면조 요리는 제외하고) 베이커리에 호랑가시나무 가지를 걸고 민스파이나 조금 만들자고 제안했다. 그러나 키티는 생각이 달랐다. 12월 초가 되자 가게는 영화 〈엘프〉 속 장면과 비슷해졌고, 나는 상황을 통제해보려는 시늉조차 할 수 없었다.

와틀링턴은 12월에 진가를 발휘하는 동네다. 시내의 작은 크리스마스트리에 조명이 켜지고, 밥은 주민센터 옆에 어마어마하게 큰 가문비나무 트리를 세운다. 안젤라의 가게에는 엄청난 양의 방울양배추와 함께 밤과 파스닙 채소가 진열된다. 안젤라네 가게 직원들은 요정 모자를 써야 한다. 협동조합 유리창은 퀄리티 스트리트와 로지즈에서 진열한 물건으로 가득 차고, 약사는 솜과 압박붕대를 창문에 붙이며 산타클로스가 작은 언덕을 오르는 장면을 만든다.

키티는 꼬마전구에 많은 돈을 투자했는데, 덕분에 우리 베이커리는 타디스(BBC 드라마 〈닥터후〉에 등장하는 타임머신—옮긴이)처럼 반짝반짝 빛이 났다. 우리는 안젤라에게 오렌지를 한 상자 사서 정향나무로 과일에 구멍을 낸 다음 피라미드 모양으로 잘 쌓아 선반 위에 놓았다. 가게 진열장에는 예수 탄생 장면을 연기하는 다양한 플레이 모빌들을 놓았고 천장에는 수백 개의 종이 눈송이를 매달았다. 조명가게에서 케이블카 두 대가 오스트리아 산림을 가로지르는 장면이 그려진 조명을 샀는데, 그 케이블카 그림에 각각 '오렌지'와 '베이커리'라고 썼다.

이번에도 기증품이 줄을 이었다. (오리지널 홈프라이드 밀가루 인형을 줬던) 헬렌은 말린 오렌지 껍질과 구리선으로 작은 별 장식을 만들어주었고, 줄리엣은 문 전체를 뒤덮을 만큼 커다란 초록색 리스를 만들어줬다.

그리고 우리는 빵을 만들었다. 키티는 새 데크오븐을 설치하고 난 뒤로 더욱 열과 성을 다했다.

초코칩과 오렌지 제스트를 넣고 바삭하게 구워 아몬드를 뿌린 미니 파네토네, '테리의 초콜릿오렌지(오렌지 모양의 영국 초콜릿 ― 옮긴이)'로 속을 채운 도넛, 쫀득한 토피 브라우니, 베이컨과 피칸 스월, 브랜디에 절인 말린 과일로 속을 채운 에클스 케이크, 민스파이 크루아상 스월이 매대 자리를 두고 경쟁을 벌였다. 사워도우 같은 식사빵 옆에는 칠면조와 크랜베리 소스, 방울양배추 코울슬로를 넣어 만든 크리스마스 디너 샌드위치와 스틸턴 치즈, 붉은 양파 처트니를 넣은 할라빵이 함께 놓였다.

크리스마스이브가 되자 거리가 들썩거렸다. 우리 가게 앞으로 빵을 기다리는 줄이 늘어섰고, 가게 맞은편의 정육점도 미리 주문해둔 칠면조를 가져가려고 기다리는 사람들로 가득 찼다.

우리 가족도 전부 가게에 나와 일을 도왔고 점심시간 무렵에는 빵 부스러기 하나 없이 다 팔렸다. 케이티는 다음날 도착할 장인 장모님을 맞기 위해 (그리고 그날 밤 독일어로 캐롤을 부를 장소인 계단을 청소하기 위해) 아그네스와 앨버트를 데리고 집으로 갔다. 나는 그제서야 지난 2주 동안 밤마다 마음속으로 외고 또 외우던 중요한 일을 하지 않았다는 걸 깨달았다.

깜박하고 칠면조를 주문하지 않은 것이다.

나는 우리에 가두지 않고 방목해서 키운 칠면조 고기가 매일 정육점으로 상자째 도착하는 것을 보고도 무슨 이유에선지 예약을 미리 하지 않았다. 나는 당장 그쪽으로 건너가 길게 줄을 서 있는 사람들에게 양해를 구한 뒤 톰의 팔을 그러쥐었다.

"혹시 칠면조 남는 거 있을까?"

"아니. 전부 다 예약됐는걸." 톰이 내게 슬픈 표정을 지었다.

협동조합으로도 달려가봤지만 칠면조는 없었다. 나는 집에 가서 그 소식을 알렸다. 양말에 넣을 선물을 포장하던 케이티는(나는 산타클로스는 선물을 포장하지 않는다고 주장해왔다) 칠면조를 먹는 게 자기네 전통이 아니어서인지 전혀 애석해하지 않았다. 만약 내가 라클렛 치즈를 구해오지 못했다면 얘기가 달랐을 것이다. 의외로 이 소식에 가장 아쉬워한 사람은 앨버트였다.

칠면조 고기를 구하는 데 쓸 시간도 남아 있지 않았다. 케이티와 나는 그날 저녁 주민센터 앞에서 열리는 캐럴 콘서트를 위해 뱅쇼를 만들 계획이었기 때문이다. 게다가 산더미 같은 치즈 스트로도 만들어야 했다. 캐럴 콘서트는 와틀링턴의 브라스 밴드가 개최하는데, 몇 해 동안은 전쟁기념관 앞에서 공연했으나 마을버스가 지나다니는 길 바로 옆이라 사람들이 많아지면 위험할 수 있었다. 그래서 올해는 밥의 제안으로 주민센터 앞에서 한 시간 동안 교통을 통제하고 콘서트를 열기로 했다. 밤에 '깜짝 손님'이 방문할 거라는 글이 적힌 캐럴 콘서트 포스터가 마을의 모든 가로등에 나붙었다.

춥고 청명한 저녁이었다. 우리는 베이커리 바깥에 큰 뱅쇼 항아리와 치즈와 파프리카 스월을 쌓아두었고, 사람들이 점점 더 많이 모여들었다. 밥은 내게 300명 정도가 먹을 만큼 준비하면 좋겠다고 했는데, 이미 오후 여섯 시에 최소 그보다 두 배는 더 많은 인원이 주민센터 근처로 몰려들었다. 크리스마스 분위기가 달아올랐고, 캐럴이 흘러나온 지 몇 분 만에 뱅쇼는 동이 났다. 나는 급히 협동조합에서 레드와인을 사서 집으로 달려가 뱅쇼를 만들었다. 아그네스와 앨버트는 다시 뱅쇼를 냄비째 주민센터 앞으로 가지고 가서 키티와 케이티가 사람들에게 나눠주고 있는 뱅쇼 항아리에 쏟아부었다. 우리 모두 지칠 대로 지친 일곱 시경, '다섯 개의 금반지' 노래의 마지막 후렴구가 점점 커지다가 딱 멈추더니 멀리서 종소리가 들려왔다.

그때 모퉁이에서 조랑말이 끄는 이륜마차를 탄 산타클로스가 나타났다. 잠깐이었지만 정말로 동화 같은 순간이었다. 그러나 다시 보니 그는 우리 마을에 사는 유명 배우였다. 산타는 어딘가 불편해 보였는데, 말 때문인 것 같았다. 경찰들이 타는 훈련받은 말도 사람 많은 곳에 가면 불안해하는데 조랑말이 이런 군중에 익숙하지 않은 건 당연했다. 산타클로스가 자리에서 일어나자 큰 환호성이 터져 나왔는데, 그 역시 상황에는 도움이 되지 않았다. 배우 산타가 고삐를 채자, 아이들과 함께 있는 가족들 사이로 그대로 전진할 뻔하던 조랑말이 겨우 멈춰 섰다. 산타클로스는 조랑말이 다시 달리기 전에 얼른 선물을 나눠줬고 호호호 너털웃음을 지었다. 톰 크루즈도 하라고 했으면 두 번 생각했을 묘기였다.

끈적끈적한 뱅쇼 항아리를 차에 집어넣고 테이블을 닦은 뒤 집으로 향했다. 메시지가 왔다는 휴대전화 알림이 떴다. 정육점의 톰이었다. '캐비닛을 열어봐.' 현관에 도착해보니 마법 캐비닛 맨 아래 칸에 약간 찌그러진 큰 상자가 있었다. 그 위에 날려 쓴 글씨가 보였다. '어떤 손님이 가지러 오지 않았어!'.

칠면조였다.

12
DODO
우리 차 도도

그해 12월에는 새로운 베이커리 공간뿐 아니라 다른 것도 등장했다. 바로 우리 베이커리 밴이다. 처음 가게를 열 때만 해도 집에서 가게까지 빵을 어떻게 운반할지 제대로 생각해보지 않았다. 집에서 가게까지는 걸어서 4분 거리였지만 손에 무거운 걸 잔뜩 들고 걷기에는 너무 멀었다. 우리는 몇 가지를 시도해보았다. 보도보다도 폭이 넓고 바퀴가 약간 찌그러진 초록색 중고 카트는 밀고 가는 게 너무 힘들었다. 그나마도 다섯 번이나 왔다 갔다 해야 했다. 더군다나 아침에 오래 빵을 굽고 나면 허리가 휠 지경이었다. 우리는 빵을 상자에 담아 우리의 낡은 차에 아슬아슬하게 실은 뒤 가게로 천천히 이동하곤 했다. 대니시 페이스트리와 마마이트 치즈 스월이 몇 번 뭉개지고 나서야 우리는 적당한 베이커리 밴을 사야겠다고 생각했다.

내가 밴 모델을 구글링하고 있을 때 갑자기 광고 하나가 튀어나왔다. 동글동글하고 이상하게 생긴 밴, S 카고였다(반복해서 중얼거려보면 꼭 '에스카르고'처럼 들려서 재밌다). 이 밴은 1980년대 후반부터 1990년대 초반에 닛산에서 생산한 차다. 자동차의 차대는 다른 차들과 비슷하지만, LA에서 활동하는 일본의 타투이스트가 본체를 디자인했다. 그 타투이스트는 현재의 S 카고 디자인을 포함해 약간 이상한 복고풍의 디자인 시안을 몇 가지 제시했다고 한다. 이 밴은 딱 8000대 정도만 제작됐고, 《비즈니스 위크》에서 꼽은 '지난 50년간 만들어진 자동차 중 가장 못생긴 모델' 50위 안에 드는 불명예를 얻었다(정확히는 13위였다). 내가 팝업 광고에서 본 S 카고 밴은 버밍엄의 어느 하역장에 있었다. 앨버트와 함께 그곳으로 가보았다.

엔진의 힘이 헤어드라이어 정도 되는 차였다.
후진할 때는 미안하다는 듯 삑삑 소리를 냈고
거대한 앞 유리는 하늘에 닿을 듯 휘어 있어서
우스꽝스럽기 짝이 없었다. 달리 말해 완벽했다.

밴이 우리 집에 도착하자마자 저스틴에게 차에 오렌지 베이커리 로고와 커다란 오렌지를 그려달라고 했다. 크리스티안은 밴 트렁크에 빵 상자를 알맞게 넣을 수 있도록 나무로 선반을 만들어주었다. 키티는 인스타그램에 S 카고의 이름을 공모했고 '마고 더 S 카고', '골칫거리 앤'이 치열하게 순위를 다툰 끝에 결국 '도도'로 선정되었다. 도도는 아주 훌륭하다. 어느 쪽으로 가든 방향 전환이 잘 된다(항상 매우 느리다). 도도를 타면 마치 엄청난 전문가가 된 것 같은 느낌이 드는데, 동시에 영화 〈노디〉에 나오는 장난감 나라에 사는 주인공이 된 것 같기도 하다.

1월 초에는 짧은 휴식을 취하면서 시스템을 재정비할 시간을 가졌다. 이제는 우리는 매일 너무 많은 메뉴를 준비했고, 반죽하고, 빵을 굽고, 진열하고, 가게에서 손님을 맞느라 쉴 새 없이 허덕거려야 했다. 일과는 점점 더 늦게 끝났다. 일주일에 하루는 벤이 일을 도와주었지만, 그것만으로는 부족했다.

우리를 구해준 사람은 '가게 케이티'였다(이제부터는 그냥 케이티라 쓸 테니 부디 필라테스 케이티나 혹은 아내 케이티와 혼동하지 마시길). 가게 케이티와 케이티의 가족은 구독 서비스를 하던 초창기 때부터 우리의 고객이었다. 갓 구운 빵을 건네면 케이티는 언제나 빵을 들어 올려 향을 음미하곤 했다. 케이티의 부모님은 1970년대에 식료품점을 운영하셨는데, 그래서 케이티는 신선한 빵을 보면 어린 시절로 돌아가는 것 같다고 했다.

가게 케이티는 일주일에 이틀 오전에 가게를 봐주기로 했다. 케이티는 차분하고 빵에 대해 모르는 게 없는 최고의 조력자였다. 나는 매일 아침 아홉 시에 빵을 가득 실은 도도를 몰고 달팽이처럼 천천히 가게로 갔다. 빵을 내려놓고 다음 빵을 실어오기 위해 다시 집으로 출발할 때에는 이미 가게 케이티와 손님들의 긴 줄이 나를 기다리고 있었다. 케이티는 내가 따로 설명하지 않아도 어떤 빵을 싣고 왔는지, 빵 안에 어떤 재료가 들었는지 단번에 알았다. 키티가 어떤 생각으로 빵을 만드는지 파악한 케이티는 번에 오렌지 껍질이 들어가면 카르다몸도 포함돼 있으리란 걸 알았다.

벤은 매주 금요일마다 런던에서 옥스퍼드 지하철을(가끔은 버스를) 타고 가게로 와줬다. 벤과 가게 케이티는 환상의 복식조였다. 가게 케이티는 벤이 가게를 볼 때 찾아와서 빵에 이름표를 붙이거나 가격을 매기는 새로운 시스템에 대해 조용히 의논하곤 했다. 새로운 시스템이 예전의 카오스적인 방식보다 훨씬 낫긴 했지만, 키티나 나나 그 시스템을 잘 관리하지는 못했다. 그러나 두 사람은 무한한 인내심을 발휘해주었다. 벤은 사람들의 이야기를 잘 들어주어서 금요일만 되면 벤을 보러 오는 단골들도 생겼다. 어쩌다 벤이 오지 못한 날에는 그를 만나러 온 손님들에게 사과하곤 했다. 금요일 점심에는 우리만의 즐거운 한때를 보냈다. 일을 마친 나와 벤과 키티, 그리고 재택근무를 시작하게 된 케이티 넷이 식탁에 둘러앉아 수프와 남은 빵을 먹어치웠다. 우리는 가끔 토요 신문에 실리는 사람들이 된 것처럼 인터뷰 놀이를 하기도 했다. 신문을 보면 늘 흰 소파에 앉은 사람들이 꽃 한 다발이 놓인 테이블에서 점심을 먹으며 인터뷰를 하지 않는가. 점심을 다 먹고 나면 벤은 그다지 하얗지 않은 소파로 가서 벽난로에 불을 피웠다. 런던에서 새벽녘에 출발한 벤은 넷플릭스를 보며 꾸벅꾸벅 졸았고, 스파키는 불이 붙는 걸 보고 기뻐하며 벤의 옆에 누웠다.

나는 우리가 손수 만든 베이커리 공간이 정말 좋았다. 안에 들어가면 편안하고 보호받는 느낌이었고, 문을 닫으면 반죽과 이스트와 마마이트와 초콜릿 냄새가 나를 감쌌다. 이 공간도 금세 잡동사니로 꽉 차버렸다. 선반에는 'CRUST'라는 단어에서 빠져나온 두꺼운 금색 알파벳 모형과 납작한 모자를 쓰고 멜빵 바지를 입은 아빠를 본뜬 뜨개 인형, 내가 만든 영상에 등장했던 작은 피규어들을 넣어둔 그릇이 줄지어 놓여 있다. 사람들이 연필이나 물감으로 그려서 혹은 인쇄해서 보내준 오렌지 그림들도 많다. 창문 옆 벽에는 아빠가 좋아하는 출처를 알 수 없는 오래된 흑백 결혼식 사진이 붙어 있다. 신랑 신부가 누군지 모르겠지만, 신부가 너무 불행해 보여서 우리는 그녀가 멀리 떠나면 좋겠다고 말하곤 한다.

아빠와 나는 좁은 베이커리 공간에서 베이커리 댄스를 추며 바쁘게 돌아다닌다. 우리는 가운데 있는 거대한 테이블과 오븐, 반죽기, 가게 벽장 사이를 날렵하게 지나다닌다.

나는 가게에 머물며 손님들과 수다를 떨던 일상이 그리웠지만, 베이커리 헛간에서는 여러 가지 실험에 집중할 수 있으니 괜찮았다. 이번에도 다시 채드를 생각하며 장작을 벨 준비를 했다. 먼저 나는 치즈 토스트 샌드위치를 메뉴에 추가하고 싶었다. 아빠가 치즈 전문가였으므로(스파키와 엄마 다음으로 아빠의 평생 사랑은 치즈다) 아빠에게 조언을 구했다. 우리는 인스타그램에서 치즈가 살살 녹아내리는 토스트 게시글을 모두 뒤졌고, 곧 런던에 있는 토스트 샌드위치 가게 순례 계획을 세웠다. 완벽한 토스트 샌드위치의 세계에 빠질 준비 완료.
어느 일요일 아침 우리는 빨간 이층버스인 옥스퍼드 튜브에 올랐다. 빅토리아역에 도착해서는 런던 공공 자전거를 타고 버러마켓을 향해 출발했다. 오후 다섯 시에 집으로 가는 버스에 다시 올라탔을 때는 버스 기사님에게 인사할 힘도 없을 지경이었다.

열심히 메모하며 총 다섯 개의 치즈 토스트 샌드위치를 먹어보았고(당분간은 일절 먹고 싶지 않다), 우리가 만들고 싶은 토스트 샌드위치가 무엇인지 알게 되었다.

일단 치즈 자체가 중요했다. 나는 네틀비드라는 근처 마을을 좋아했다. 정확히는 이 마을의 이름이 좋았다. 네틀비드라는 말을 들으면 항상 그림 형제의 동화들이 떠오른다. 어릴 때 내 친구들은 무지개 마법 동화책을 모았는데 나는 엄마한테 그림 형제의 책을 전부 읽어달라고 했다. 그 이야기들은 유니콘이나 작은 장난꾸러기 요정과는 거리가 한참 멀었다. 똑똑하고 힘센 여자 주인공들이 등장하는 게 좋았고, 때로 마녀를 오븐에 넣는 그레텔이나 늑대의 배를 가르고 새끼를 구하는 엄마 염소처럼 잔혹한 면을 지닌 캐릭터도 좋았다. 그러나 내가 가장 좋아한 이야기는 『여섯 마리 백조』였다. 공주는 사악한 계모 때문에 백조로 변한 여섯 오빠를 구출하고 자신도 살아남기 위해 쐐기풀로 셔츠를 뜬다. 차를 타고 네틀비드를 지나갈 때마다 그 이야기가 생각났다. 공주는 막내 오빠의 셔츠를 완성할 시간이 부족해 반쪽만 만들 수 있었고 그래서 막내 오빠의 한쪽 팔은 백조의 날개로 남게 된다. 아빠가 네틀비드에 유명한 유제품 제조공장이 있으니 거기 가서 치즈를 알아봐야겠다고 했을 때 이 이야기가 떠올랐고 그곳이 바로 좋아졌다.

매우 추운 2월의 어느 아침에 로즈를 만났다. 로즈는 어떻게 2세대에 걸쳐 건지종 젖소를 키워왔는지 말해주었다. 로즈는 우유로 세 가지 치즈를 만들고 근처 마을의 이름을 본 따 치즈 이름을 지었다. '하이무어 치즈'가 우리 토스트 샌드위치에 안성맞춤일 거라며 치즈의 귀퉁이를 잘라 먹어보게 해주었다.

다음 주부터는 매일 점심으로 토스트 샌드위치를 만들어 먹었다. 앨버트빵이 토스트 샌드위치를 만들기에 완벽한 빵이라는 걸 깨달았다. 앨버트빵은 크기도 딱 좋고, 치즈가 흘러내릴 구멍이 없으며, 빵에 이미 우유와 버터가 들어

있어서 구우면 껍질이 갈색으로 변하며 바삭바삭해졌다. 하이무어는 정말 진한 치즈라서 조금 더 잘 흘러내리게 하기 위해 부드러운 체더치즈를 넣어 섞었다. 그리고 쪽파와 머스터드, 스리라차 소스 한 방울을 아주 은밀하게(사실 그렇게까지 은밀하진 않다) 혼합했다. 우리는 거대한 토스트 샌드위치 기계를 샀고 어느 금요일에 그걸 베이커리로 옮겼다.

처음 시도해본 결과, 기계에 기름이 배지 않게 종이를 깔아야 한다는 사실을 알게 됐다. 그러지 않으면 화재 경보가 울린다. 두 번째로 알게 된 것은 토스트 샌드위치를 만드는 데 시간이 꽤 걸린다는 점이다. 미리 많이 만들어두어야 줄이 길어지지 않았다. 세 번째로 알게 된 것은 모두가 우리의 치즈 토스트 샌드위치를 좋아한다는 사실이었다.

다음 실험 메뉴는 쿠키였다. 내가 사랑하는 터키식 쿠키 초콜릿 할바 타히니와 진저너트를 만드는 법은 터득했지만, 나는 더 멀리 가보고 싶었다. 내 생각에 진정한 쿠키 마스터는(쿠키 몬스터 아니고) 크리스티나 토시였다. 나는 크리스티나를 인스타그램으로 계속 지켜봤고 그가 쓴 요리책들도 빠짐없이 읽었다. 크리스티나 덕분에 내가 좋아하는 것을 골라 쿠키로 만들면 된다는 자신감을 얻었다. 내가 좋아하는 것은 스니커즈 초코바였다.

매주 토요일에는 엄마 아빠와 함께 일한다. 빵을 다 팔고 나면 문을 닫고 함께 가게를 청소하고, 아빠는 정육점 톰 아저씨에게 가서 남은 빵과 소시지를 교환해 온다. 집으로 돌아가면 앨버트빵을 잘라 케첩과 마요네즈와 머스터드를 듬뿍 바른 다음 구운 소시지와 토마토를 올려 완벽한 소시지 샌드위치를 만들어 먹어치운다. 그러고는 항상 스니커즈 초코바를 디저트로 해치운 뒤 주방에 있는 침대(주방에는 누구나 침대를 둬야 한다)나 바깥 베란다에 놓인 아주 오래되고 낡은 안락의자에서 모자를 눈 위로 끌어내리고 20분짜리 낮잠을 청한다.

오전에는 누텔라 스월과 캐러멜이 든 짭조름한 도넛을 판매하지만, 토요일 점심에 아빠가 원하는 건 스니커즈 초코바와 낮잠뿐이다.

나는 아빠를 위해 초콜릿, 땅콩, 롤로초코릿 하나를 넣어 스니커즈 쿠킷을 만들기로 했다(그러나 아빠는 여전히 가게에서 산 스니커즈 초코바를 고집한다).

크리스티나 덕분에 나는 훨씬 과감하게 향신료를 쓰게 됐다. 예컨대 첼시 번에는 얼그레이 차에 푹 담근 건포도를 넣는데, 이번에는 스모키한 향을 내기 위해 얼그레이 차에 가람 마살라를 섞어보았다. 브리오슈 번에는 자타르 허브를 넣었고, 모닝빵 위에는 카르다몸을 살살 뿌렸다. 아주 통통하고 만족스러운 내 빵들은 기꺼이 다양한 맛을 받아들였다.

크리스마스에 〈로지와 함께 사과주를Cider with Rosie〉이라는 영화를 본 뒤 나는 사과주와 강렬한 체더 치즈, 호두를 넣어 '로지빵'을 만들었고, 빈센트 반 고흐에게 영감을 얻어 해바라기씨와 꿀을 넣은 '빈센트빵'을 만들었다(아빠는 빈센트빵에 잘린 귀를 넣었다는 다소 썰렁하고 이상한 농담을 했는데, 이 농담 때문에 아무도 불쌍한 빈센트를 사 가지 않았다. 아빠는 이 사실을 깨달을 때까지 계속 잘린 귀 얘기를 했다). 아빠가 잘린 귀 농담을 포기하자 빈센트빵은 더 유명해졌다.

엄마랑 나는 토요일마다 아빠가 속사포처럼 내뱉는 말들로 빙고 게임을 했다. 매주 조금씩 바뀌긴 했지만 대략 이런 식이었다. 아빠가 "강아지는 언제나 환영합니다, 개들은 가게의 진공청소기니까요, 하하"라고 말하면 1점, "유혹의 선반에서 나온 거라면 뭐든 괜찮지요?"라고 하면 2점, 빵이 다 팔린 텅 빈 선반을 보고 있는 늦게 온 손님들에게 "메뚜기 떼가 다녀가는 바람에"라고 말하면 5점을 딸 수 있다. 내 최고기록은 총 30점이었다.

내가 가장 좋아하는 빵인 '해피빵'을 만난 것도 바로 이 무렵이었다.

햄프씨드 오일(CBD 오일)이 사람들에게 인기를 끌게 되면서 타이 치 닉은 우리 마을에 햄프씨드 오일을 파는 가게 '레이즈드 스피릿'을 열었다. 코코넛이나 코코아 맛이 가미된 오일을 팔았는데, 한번은 집에서 먹어보라며 우리에게 오일 몇 병을 가져다주었다. 여느 때처럼 바쁘게 돌아가던 어느 날 아침, 도넛을 만들려고 놔둔 반죽 한 통이 눈에 띄었다. 나는 반죽을 다른 통에 옮겨 담고 거기에 캐러멜을 듬뿍 넣어 구운 다음 초콜릿과 햄프씨드 오일을 따뜻하게 데워 빵에 발라 맛보았다. 이 빵은 다음 날 아침 오렌지 베이커리에 진열대에 올랐다. 그리고 다음 날 아침에도, 그다음 날에도 해피빵은 어김없이 등장했다. 당밀 도넛처럼 두껍고 통통한 빵에 햄프씨드 오일을 살짝 뿌린 해피빵은 이렇게 탄생했다.

날이 점점 더 추워졌고 손님들은 가게 앞에 계속 줄을 섰다. 손님들에게 뜨거운 커피를 무료로 제공하고 싶었다. 라떼와 플랫화이트와 핫초코를 파는 길 아래 '그래너리 카페'의 영업을 방해하지 않으려면 단순한 걸 내놓아야 했다. 이때 우리의 이웃 지니 할머니가 해답을 내놨다. 할머니는 혼자 사시는데, 늘 거리로 보행기를 밀고 나와 사람들을 만나 수다를 떠신다. 할머니의 아들 닉은 폴란드에서 아내와 딸(리틀 지니)과 살고 있고, 몇 달에 한 번씩 지니 할머니를 만나러 온다. 닉은 그때마다 항상 우리 빵집에 들른다. 그는 바르샤바에서 커피 사업을 하고 있는데 이번에 오렌지 베이커리만의 커피콩을 따로 블렌딩해서 제공해주었다. 심지어 모카마스터에서 나온 커피 머신까지 보내주었다. 그 커피 머신을 가게 모퉁이에 설치했다. 이제 우리는 줄을 서서 기다리는 손님들에게 신선하고 향긋한 커피를 제공할 수 있었다. 아침에 우유까지 넣어줄 정신은 없어서 블랙커피만 제공했지만, 공짜 카페인을 나눠주는 것만으로도 사람들을 추운 곳에서 기다리게 한다는 죄책감을 조금은 덜 수 있었다.

이렇게 좁은 반경 안에서 우리에게 필요한 모든 것을 얻을 수 있다니, 아빠와 나는 와틀링턴에 점점 더 큰 고마움을 느꼈다.

어느 주말, 아빠는 낡은 유리 진열장을 가져와 푸른색 페인트로 칠한 뒤 상단에 '로컬 가게만을 이용합니다'라는 문구를 썼다. 진열장 안에는 우리가 재료를 구하는 모든 업체를 보여줄 수 있는 (심사숙고해서 고른) 플레이 모빌을 진열했다. 안젤라, 톰, 로즈를 닮은 캐릭터 모형과 파일톤의 달걀과 집 근처 레이시 농장에서 가져온 우유병을 넣어두었다(진짜 우유를 넣으면 금방 상할 거 같아서 물에 흰색 물감을 풀어서 병에 채웠다). 진열장은 우리 가게 유리창 앞에 세워두었다.

어느 날 아침 잔뜩 구운 시나몬 번을 가지고 가게로 들어가는데 가게 케이티가 가짜 우유를 담은 유리병을 카운터로 옮겨 놓은 게 보였다. 다시 진열장 안으로 가져다 놓으려는데 케이티가 말했다. "아 누가 커피에 우유 좀 타달라기에 그거 썼어."

나는 입을 떡 벌리며 대답했다. "맙소사 이거 물에 물감 섞은 건데!"

가게 케이티가 그렇게 당황한 모습을 본 건 그때가 처음이었다. 케이티는 얼굴이 벌게진 채 커피 컵에 대고 구역질하고 있는 사람을 찾으려고 길을 내려다보았다. 우리는 끝내 그 사람을 찾지 못했다.

13
MAN THE
BARRICADES
바리케이드와 공짜빵

로컬 가게만 이용하는 일은 우리가 미처 상상도 하지 못한 방식으로 중요해졌다. 코로나19가 전 세계를 휩쓸었기 때문이다. 광산의 카나리아 역할을 한 사람은 벤이었다. 벤은 큰 보험회사에서 프리랜서로 일하고 있었는데, 갑자스레 회사를 그만두게 됐다. 더 이상 런던에서 영업을 위한 가정 방문을 할 수 없게 되면서 회사에서 직원을 감축했기 때문이다. 그래서 벤은 우리 가게에서 풀타임으로 일하게 됐고 오래 지나지 않아 와틀링턴에도 바이러스가 창궐했다. 코로나19로 인한 첫 전면 봉쇄 조치가 발표되었다.

와틀링턴은 마치 이 순간을 기다리기라도 한 듯 침착하게 움직였다. 마치 과거 전쟁 때 국내에 남아 있었던 사람들의 역사적 모습을 지켜보는 듯한 느낌이었다. 시내의 모든 가게가 동참해서 격리된 사람들에게 무엇을 어떻게 배달할지 함께 계획을 세웠다. 언제라도 도움이 필요한 사람을 도울 수 있게 모든 거리에 관리인이 배치됐다. 어떤 날에는 지방자치단체에서 가게로 찾아와 만약 마을이 일시적으로 전면 봉쇄되면 우리 빵집에서 얼마나 많은 빵을 구울 수 있는지 물어보는 비현실적인 순간도 있었다.

앨버트는 금요일에 A 레벨 시험을 보기 위해 나갔다가 갑자기 모든 게 멈춰버려서 학교에 가지 못했고 당연히 시험도 치지 못했다. 나는 기숙사에 있는 아그네스를 데려오기 위해 브리스틀로 갔다. 방에 있는 짐들을 거의 그대로 둔 채 아그네스는 언제 다시 돌아올지 모를 학교를 떠나 집으로 왔다. 아내 케이티는 오프라인보다 온라인 미팅의 세상에 더 오랫동안 머물러야 했고, 자선단체 '매기의 집'에 격리된 수천 명의 암 환자를 도우러 갈 때나 겨우 컴퓨터 앞에서 벗어나는 것 같았다.

사방에 불안과 공포가 자욱하게 깔려 있었다. 키티와 내가 할 수 있는 건 더 많은 빵을 만드는 일 뿐이었다.

그것만이 우리가 해야 할 일 같았다. 우리에겐 필요한 모든 게 다 있었다. 웨섹스 제분소에서 밀가루를 계속 공급받았고, 달걀부터 우유까지 모든 재료가 문간에 당도했다. 가게가 너무 작았으므로, 우리는 사회적 거리두기를 위해 진입로에서 빵을 팔기로 했다. 우리는 오랫동안 모직 담요로 덮어두었던 병원용 카트를 집에서 가져왔다. 가게 문 앞에 놓은 카트는 바리케이드 역할을 했고(그러나 〈레미제라블〉보다는 시트콤 드라마 같은 분위기였다), 가판대로도 완벽했다. 계산도 창문 너머로 했기 때문에 손님도 우리도 모두 안심할 수 있었다.

가게 분위기는 완전히 달라졌다. 전에는 가게가 늘 북적거렸고 사람들의 수다 소리 때문에 귀가 아플 지경이었다. 이제는 한 번에 한 사람씩, 그것도 보호 시스템을 갖춘 출입구로만 들어올 수 있어서 마치 고해성사실 같았다. 손님들은 최신 코로나 소식을 짧게 웅얼거린 다음, 날씨라도 이만하기 다행이라는 데 동의하며 빵을 주문한 뒤 (우리는 사람들의 사기를 북돋우기 위해 최소 빵 하나는 덤으로 드렸다) 뒤에 있는 사람에게 고개를 끄덕이며 조심스럽게 멀어졌다. 우리는 가게 케이티가 계속 손님을 응대하는 일도 안전하지 못하다는 걸 인정해야 했다. 케이티가 마지막으로 근무하는 날 모두 눈물을 글썽거렸다.

봉쇄 조치 이후 첫 몇 주는 제대로 기억도 나지 않는다. 시내와 마을 전체가 두려움에 압도된 듯한 이상한 분위기였다.

보통 때 우리 마을은 작은 개를 데리고 다니는 나이 많은 부인들과 스쿠터를 탄 젊은이들과 자전거를 탄 10대 아이들로 활기가 넘쳤다. 그러나 이제는 영화 〈치티치티 뱅뱅〉에서처럼 모두 가리개를 내리고 문을 걸어 잠갔다. 거리에서 누군가를 만나면 화들짝 놀라며 집 안으로 들어가야 했고 인사를 건네는 일조차 부담스러워졌다. 협동조합에서는 복잡한 일방통행 시스템을 시행하기 위해 수프 캔을 길에 잔뜩 쌓아 교통을 통제했다.

우리는 새로운 시스템으로 일을 재편했다. 아그네스와 앨버트가 집에 머물며 일을 도와주었기 때문에 가능한 일이었다. 먼저 앨버트는 격리 중인 사람들에게 빵을 배달하는 일을 맡았다. 앨버트는 내가 종잇조각에 마구 날려 쓴 메모를 어떻게든 해독해내 검고 큰 다이어리에 옮겨 적었고 누구에게 무엇이 필요한지 확인했다. 매일 아침 앨버트는 필요한 빵을 골라 자기의 오래된 빨간 폭스바겐 차에 싣고 배달을 시작했다. 아그네스는 집에만 머물러 있어야 하는 지니 할머니를 돌봤다. 지니 할머니는 아홉 시 정각이 되면 아그네스에게 전화해 《타임스》 한 부와 필요한 물건을 알려주었고, 아그네스는 지니 할머니네 집 문 앞까지 물건을 배달해주고 할머니가 괜찮은지 확인했다. 매일 아침 아그네스가 노크하면 지니 할머니는 문을 열고 어김없이 "오늘 아주 예쁜 셔츠를 입었구나" 같은 얘기를 해주었다. 덕분에 아그네스는 종일 기분이 좋았다.

아그네스는 아침에 가게로 출근해 빵을 팔았다.
키티와 나는 빵을 굽고 또 굽고, 또 구웠다.

아그네스는 새로운 트렌드를 발견했다. 손님들이 우리 가게에서 밀가루도 판매하는지 물어보기 시작한 것이다. 그러면 아그네스는 기꺼이 작은 봉지에 밀가루를 담아 건네주었다. 그다음에는 사워도우 스타터를 팔라는 요청이 쇄도하기 시작했다. 키티가 레시피를 인스타그램에 올렸는데, 똑같이 따라 해보고 싶다는 폭발적인 반응이 이어졌다. 손님들에게 스타터를 수도 없이 나눠주었지만, 아무리 많이 만들어도 수요를 따라잡을 수 없었다. 그때 키티가 스타터를 건조한 뒤 팩으로 만들어 판매하자는 아이디어를 떠올렸다. 키티는 기름이 배지 않는 종이 위에 스타터를 놓고 햇볕에 말린 다음 작은 커피 그라인더에 넣어 (과열되면 1분마다 멈춰가며) 분쇄했다. 우리는 이 귀한 알갱이들을 작은 갈색 봉투에 담아 판매했다. 내친김에 키티는 건조된 스타터와 밀가루를 섞어 '마법 브레드 믹스'를 만들었다. 이것만 있으면 누구나 집에서 빵을 구울 수 있다. 마법 브레드 믹스는 선반에 올릴 새도 없이 팔려나갔다.

베이커리 바깥에 늘어선 줄은 점점 더 길어졌고, 스트레스도 엄청났다. 전에도 늘 손님들은 줄을 서서 기다리곤 했지만, 격리와 사회적 거리두기가 진행되며 마을 사람들 모두가 집에 있다 보니 빵을 사려는 사람들이 훨씬 늘어났다. 줄은 메모리얼 클럽을 지나 구불구불 이어졌다.

가장 붐비는 날은 토요일이었다. 와틀링턴에 사는 모든 사람이 일주일 동안 필요한 물건을 사는 날이었기 때문이다. 때로는 거리 전체가 하나의 긴 줄처럼 보일 때도 있었다. 사람들은 협동조합과 정육점 앞으로 길고 긴 고무줄처럼 줄을 섰고, 우리 가게에서도 작은 창문을 통해 한 사람씩 빵을 주문하다 보니 다들 거의 한 시간 이상을 기다렸다.

사람들이 빵을 사기 위해 기다리는 모습을 보자 얼른 그들에게 뭔가를 먹이고 싶다는 생각이 치솟았다.

어느 토요일 아침, 녹인 초콜릿을 넣은 부드러운 브리오슈 퍼프를 엄청나게 많이 만들어 갈색 종이봉투에 하나씩 넣었다. 그런 다음 아빠가 가죽끈을 매달아준 나무 쟁반에 그 빵들을 모조리 담아 끈을 목에 건 뒤 길게 줄 서 있는 사람들에게 다가가 한 봉지씩 나눠주었다. 나는 사람들이 기다리는 시간이 조금이라도 덜 지겹기를 바랐다. 다음 주에는 줄 서 있는 손님들에게 생강 설탕을 바른 작은 도넛을 나눠주었다. 그러다가 이게 이제는 토요일의 특별행사가 되었다. 오렌지 베이커리 앞에 줄을 서는 손님들은 모두 내가 빵을 나눠주는 시간을 기다린다. 토비라는 꼬마는 내가 나무 쟁반에 빵을 담아 줄을 따라 걸어 내려오면 신이 나서 깡충깡충 뛰었고, 빵을 받으면 좋아서 손뼉을 쳤다. 덕분에 오래 기다리는 사람들에게 조금은 덜 미안해졌고 기분이 좋아졌다.

모두에게 빵을 나눠주는 일은 봉쇄 기간 동안 내게 큰 힘이 되었다. 돌이켜보면 아빠와 내가 왜 빵을 두 배나 더 많이 만들어야 하는 이 일을 시작하게 됐는지 잘 기억나지 않지만, 당시에는 그 일을 하는 데 어떤 의문도 없었다. 전에 우리 빵집은 수요일부터 토요일까지 영업을 했지만 이젠 월요일과 화요일에도 문을 열게 되었다. 그러다 보니 쉬는 날이 하루도 없었다.

나는 빵 만드는 일에 너무 집착하고 있었다. 8월이 되어 5개월 만에 처음으로 쉬게 되었는데, 나는 내가 약간 고장이 났다는 걸 깨달았다.

그간에는 아드레날린이 나를 계속 지탱해 주었기 때문에, 2주 동안 일을 멈추자 몸이 가라앉으며 피로가 엄습했다. 에너지를 분출하지 않으니 마음도 소용돌이에 휩싸였다. 그 감정이 이렇게 빨리 돌아올 수 있다는 게 무서웠다. 빵을 굽기에는 너무 지쳤고 몸은 만신창이가 되었지만, 막상 침대에 누워 있자니 마음에 금이 가는 것 같았다. 어떤 것에도 집중할 수 없었다. 다시 공황 상태에 빠졌고 숨이 턱턱 막혔다. 피곤했지만 잠도 잘 수 없었다.

빵에 대한 내 마음의 욕구와 휴식에 대한 내 몸의 욕구 사이에서 균형을 찾아야 했다. 베이킹을 멈추는 게 너무 고통스러워서 차라리 계속하고 싶었지만, 그러다간 결국 완전히 망가져버릴 게 뻔했다. 엄마는 틈날 때마다 침대에 함께 누워 내가 해답을 찾을 수 있게 도와주었다. 나는 나를 잘 돌봐야 빵도 계속 구울 수 있다는 걸 이해해야 했다. 엄마는 직접 그런 말을 들려주기보다는, 내가 스스로 느끼고 노력해서 해결할 수 있도록 얘기를 들어주었다(어떨 때 엄마는 그러다 스르륵 잠이 들었다). 나는 내 뇌에서 어떤 일이 일어나는지만 겨우 파악하고 있었고(그러려고 노력했고), 어떤 현명한 해답을 찾지는 못했다.

내겐 베이킹이 전부였고, 내가 존재하는 이유였다. 그러나 무언가에 이렇게 완전히 의존하는 건 안전하지 않았다. 내게 베이킹 외에도 다른 무언가가 필요하다는 걸 알고 있었다.

완벽한 해결책은 없지만 도움이 되는 일들은 있었다. 훌륭한 사람들의 이야기를 들려주는 팟캐스트 듣기, 덴마크어 배우기(나는 코펜하겐에 살며 '하트 바게리'에서 일하는 꿈을 꾼다), 욕조에서 〈쿵푸 팬더〉 보며 만두 먹기 등. 사소하지만 꾸준히 하려고 노력했던 것들이다.

14
THE SCOUTS
내 강아지 스카우트

키티가 뒷걸음질치고 있다는 걸 나는 눈치채지 못하고 있었다. 키티가 내 옆에 있는 일상에 너무 익숙해져서, (록 밴드 프로클레이머스의 노래에 맞춰 베이커리 주위를 돌면서 재잘재잘 떠들고, 반죽을 덜어내고, 빵을 성형하고, 냉장고를 채우고, 오븐에 빵을 구우며) 키티가 흔들리고 있다는 것을 까맣게 몰랐다.

마침내 8월에 잠시 쉬어가기 위해 멈춰 섰고, 그때서야 나는 아이가 얼마나 지쳤는지 알 수 있었다. 가슴이 미어졌다.

꼬박 다섯 달 동안 우리는 새벽 여섯 시(토요일에는 다섯 시)에 일어났고 매일 빵을 굽고 팔고 치우느라 저녁까지 일했다. 키티는 일이 많을수록 더 열심히 매달렸고, 나는 키티 옆에서 빵 굽는 일이 좋았다. 그러나 키티는 잠깐 손에서 일을 놓자마자 무너져버렸다. 나는 부모로서 열여섯 살 딸을 보호하는 데 완전히 실패했다고 느꼈다.

이 일을 계기로 우리가 무엇을 하고 있는지, 혹시 내가 어린 자식의 노동력을 착취해 돈을 버는 빌 사이크스(『올리버 트위스트』에서 아이들을 학대하는 피도 눈물도 없는 강도단의 리더—옮긴이) 같은 인물은 아닌지 의심해보게 되었다. 늘 그렇듯 죄책감에 빠져 허우적대는 나를 구해준 사람은 아내였다. 케이티는 실용주의자적인 감각으로 이렇게 쐐기를 박아주었다. 키티는 베이커리 덕분에 회복할 수 있었고 베이커리가 없었다면 우리는 첫 난관에서 결코 빠져나오지 못했을 거다. 우리가 베이킹을 시작하는 데 도움을 주긴 했지만, 일에 모든 에너지를 쏟지 않도록 관리하는 건 키티의 몫이어야 한다. 우리가 어떻게든 키티가 무너지지 않도록 막았어야 했다고 생각하고 죄책감을 느끼는 건 오히려 키티의 자율권을 뺏는 일이다. 우리가 항상 키티의 기분을 책임질 수는 없고, 키티의 기분을 '더 좋게' 하거나, 심지어 '행복하게' 만드는 일도 우리의 몫일 수는 없다. 케이티는 더욱 참신한 비유를 들어 이렇게 표현했다.

키티는 세계 최고의 자동차 경주대회
포뮬러원에 참가한 레이싱 선수고
우리는 키티의 정비 담당자다.
만약 키티가 너무 빨리 달리다 트랙에서 탈선하면
그건 키티의 책임이다.
우리는 차가 잘 달릴 수 있게 도움을 줄 뿐,
핸들을 잡은 건 키티다.

나는 내 위치인 피트(레이싱 도중에 급유, 타이어 교체 등을 하는 곳―옮긴이)로 돌아와 우리의 경주 전술을 찬찬히 따져보았다. 약간의 변화를 감행할 필요는 있었다. 첫 번째로 살펴야 할 부분은 근무 시간이었다. 우리가 빵을 굽는 베이커리 공간이 집 바로 옆에 붙어 있으므로 키티와 나는 조금이라도 쉬는 시간이 생기면 바로 달려가 빵을 굽거나, 다른 작업을 시작하거나, 하다못해 청소라도 하곤 했다. 이동 거리가 짧아 효율적이긴 했지만, 쉬는 시간과 일하는 시간을 구분 짓기 어려웠다. 우리는 하루를 끝내는 방법과 한 주를 마감하는 방법을 배워야 했다.

두 번째 문제는 너무 협소한 장소였다. 물론 키티와 나는 우리의 작은 베이커리 헛간에 너무나 잘 적응하고 있었다. 우리는 숨을 흡 들이마시며 아슬아슬한 틈으로 서로를 지나쳤고, 쟁반을 들고 움직일 때면 한 명은 팔을 위로 뻗고, 한 명은 아래로 뻗어 부딪치지 않게 했다. 그러나 정말 좁긴 했다. 키티와 나 외에 한 명이라도 더 들어오면 고요히 탭댄스를 추며 조금씩 움직여야 했다.

키티를 조금이라도 쉽게 하려면 다른 베이커를 구하는 것 외에는 다른 방법이 없었다. 물론 키티에게는 베이킹이 전부였으나, 우리는 키티가 홀로 미래로 나아가기 위한 준비를 할 때 다시 예전처럼 아프게 되는 건 아닐까 두려웠다. 키티는 이미 자기가 나아갈 다음 단계를 진지하게 알아보고 있었다. 예컨대 다른 베이커리에서 잠깐 무급 인턴으로 일하며 새로운 기술을 배우는 일 같은 것들을. 그러나 그건 우리가(아니 사실은 내가) 키티 없이 가게 운영을 감당할 수 있을 때나 생각해볼 수 있는 문제였다. 2년새 오렌지 베이커리는 우리 가족에게 딱 맞는 사업이자 중요한 수입원이 되었기에 단 며칠이라도 빵집을 닫을 여유가 없었다.

답은 명확했다. 비록 지난 일 년간 우리는 우리가 지은 베이커리 헛간에서 많은 일을 해왔고 그곳을 사랑했지만, 빵을 구울 만한 다른 장소를 찾아야 했다. 일과를 마치고 문을 닫을 수 있는 곳, 한 사람 혹은 두 사람을 더 고용해서 함께 일하며 계속 성장을 도모할 정도의 규모가 있는 곳이 필요했다. 어쩔 수 없이 선택지를 살펴보기 시작했다.

먼저 이웃에 사는 농부이자 조용하고 너그러운 존에게 베이커리로 삼을 만한 공간이 있는지 물어보았다. 존은 매년 건초 더미가 가득 쌓인 헛간에서 가족 추수감사절 예배를 주관했다. 트랙터는 헛간 바깥에 일렬로 죽 세워져 있었고, 헛간 울타리 안에 있는 동물들도 예배를 참관했다. 어느 해에는 '크고 작은 모든 생명체'라는 노래를 부르는데 고환이 엄청나게 큰 거대한 황소가 옆에 서 있어서 노래에 집중하기 힘들었던 적도 있다. 존은 우리를 작업장 옆에 있는 커다란 헛간으로 데려갔다. 전력이 충분하고 물도 잘 나왔으며 천장도 높고 멋있었다(황소는 없었다). 나쁘지 않을 것 같아서 꽤 오랫동안 이것저것 가늠하며 공을 들였는데, 그 시대에 지어진 많은 농장 건물들처럼 그곳도 지붕이 석면으로 되어 있었다. 콤바인 수확기를 보관하기에는 완벽한 곳이었지만, 음식을 만드는 공간으로 쓰기에는 적합하지 않았다. 헛간 안에 따로 문이 달린 밀폐된 베이커리를 짓는 것도 고려해봤지만, 키티마저 그러면 너무 일이 복잡해진다고 고개를 저었다.

다음으로 가본 곳은 근처 공단에 있는 다목적 공간이었다. 전에도 그곳을 고려해본 적이 있었다. 집에서 몇 킬로미터 정도 떨어져 있고 가격도 적당했으며 흠잡을 데 없이 깨끗했지만, 어쩐지 우리를 좀 우울하게 만드는 곳이었다.

그렇게 몰개성적이고 공기도 통하지 않는 곳에서는 일하고 싶지 않았다. 키티는 빵들도 그곳을 좋아하지 않을 거라고 확신했다.

계속 눈을 돌리다 보니 반경이 점점 넓어졌다. 그러다가, 진부한 표현이지만, 등잔 밑이 어둡다는 사실을 깨달았다.

우리는 세 아이가 세 살, 다섯 살, 일곱 살이던 13년 전에 런던의 셰퍼드부시에서 와틀링턴으로 이사를 왔다. 케이티는 새로 둥지를 튼 가족으로서 이웃들과 안면을 트고 잘 지내보고자 아이들을 가능한 모든 활동에 다 참여하게 했다. 키티는 메모리얼 클럽에서 발레 수업을 들었고(잠깐 다니다 말았다), 아그네스는 학교 강당에서 아일랜드 춤을 배웠으며, 앨버트는 중심가 뒤편에 있는 오래된 스카우트 건물에서 비버 활동(보이 스카우트)을 했다. 앨버트는 매주 그룹의 리더이자 비버 단원들을 매우 사랑하는 친절한 중년 부부가 진행하는 모임에도 마지못해 참석해야 했다. 앨버트는 '다음 주에는 제발 앨버트 비버에게 따뜻한 옷을 입혀 보내주세요'라거나 '비버들은 이제 자기 신발 끈 정도는 묶을 줄 알아야 해요' 같은 글이 적힌 메모를 들고 집에 돌아왔다.

앨버트는 한 학기 동안 활동하다 결국 비버 단원 배지를 반납했고, 대신 맨디(개털 점퍼를 입는 앤디의 딸)에게 테니스를 배웠다. 유니폼을 입지 않아도 되고, 그룹 활동이나 매듭 꼬기 수업도 없어서인지 앨버트는 첫날부터 테니스를 좋아했다. 테니스 코트 옆 스카우트 건물에서는 늘 비버 단원들이 이런저

런 활동을 하는 게 보였고, 리더 부부가 불을 피우려고 시도하는 열네 명의 어린 소년들을 제지하느라 애를 쓰는 소리가 들리곤 했다. 스카우트 리더 부부가 은퇴한 뒤로 그곳은 조용해졌다. 비버 단원들은 새 공간을 이용하게 됐고, 온갖 오락 시설이 있는 새로운 곳에서 마음껏 뛰어다녔다. 옛 스카우트 건물은 이제 아무도 찾지 않는 곳이 되었고 약간 우울해 보였다. 담쟁이덩굴이 창문을 타고 올랐고 지붕의 슬레이트는 점점 더 많이 떨어졌다.

스카우트 건물은 자선단체에서 운영하는 메모리얼 클럽의 소유였고 특별한 용도 없이 방치되다가 새 회원들이 위탁관리자가 되면서 그곳을 되살리기로 했다. 사라는 위탁관리자 중 한 명이었다. 사라는 레크리에이션 센터에서 (내 눈에는) 인정사정없는 훈련소를 운영하는, 다재다능한 사람이다. 그는 우리에게 스카우트 건물이 베이커리로 완벽할 것 같다며 권해주었다. 키티와 함께 그곳을 보러 갔다. 문을 열자 비버 단원들이 방금 그곳을 떠난 것 같은 느낌이 들었다. 아직도 남자아이들의 땀 냄새가 나는 듯했고 여러 매듭이 꽂혀 있는 거대한 나무판 옆에는 낡은 깃발이 쌓여 있었다.

쪼개진 창틀은 썩었고, 가천장은 아래로 푹 처져 있었으며, 덮개 없는 조명은 눈이 부셨다. 이곳이 전에 어떤 모습이었는지 떠올리며 얼마나 큰 공사를 거쳐야 할지 그려보았다. 막막한 기분이었다. 키티는 집으로 가자마자 대형 냉장고와 싱크대 두 대, 커다란 작업대, 세 칸짜리 데크오븐까지 들인 꿈의 베이커리를 그려보았다.

메모리얼 클럽은 정말 관대했다. 몇 번의 밀고 당김 끝에 메모리얼 클럽은 우리가 장기 임대를 하면 기본적인 리모델링을 해주기로 했다. 지붕 수리뿐 아니라 창문 교체, 3상 전기 설비까지 알아봐주겠다고 했다. 우리는 내부만 채워 넣으면 되는 거였다.

그럼에도 앞으로의 과정들이 무섭게만 느껴졌다.

스카우트 건물과 가게 임대료를 감당하려면 수입이 지금의 거의 두 배가 되어야 했다. 이는 우리가 적어도 5년은 어마어마한 빚을 갚으며 베이커리에 묶여 있어야 한다는 뜻이었다. 하지만 이번 기회를 잡지 않으면 결코 규모를 키울 수 없을 것 같았고, 키티가 매일 빵을 만드는 고역에 덜 시달리면서 잘하는 일(창의적인 베이킹)에 매진하게 할 수 없을 것 같았다. 우리는 마음을 정하고 임대 계약서에 서명했다.

이즈음 나는 욕조에서 〈쿵푸팬더 2〉를 닳도록 돌려보고 〈쿵푸팬더 3〉(전작에 비해 실망스러웠다)로 넘어갔다. 가을이 되자 다시 기분이 나아지고 있음을 느꼈다. 아빠가 혼자서 모든 걸 다 할 수는 없었다. 아빠는 말은 안 했지만 '내가 정녕 공황장애와 싸우느라 수시로 냉장고 안에 얼굴을 집어넣어야 하는 십 대와 계속 일을 해나갈 수 있을까?'라는 고민을 하고 있을 터였다.

내 끔찍한 불안은 점점 커지는 베이커리 일 때문이 아니었다. 오히려 그것만이 나를 살아 있다고 느끼게 했다. 내 불안의 근원은 무섭고도 서늘한 외로움의 늪에 대한 공포였다. 나를 사랑하는 사람들에게 둘러싸여 있는데도 여전히 마음속은 공허하고 외로우니 나도 나를 이해할 수 없었다.

지난 2년 동안 나는 주로 가족과 오렌지 베이커리의 손님들만을 만났다. 아그네스 언니와 앨버트 오빠는 그 누구보다 나를 많이 웃게 했지만 그건 내 나이 또래 친구들과 나누는 우정과는 달랐고, 이제 그 애들과는 영영 멀어진 것 같았다. 그러나 이런 감정을 느낀다고 해서 내가 그들을 찾아 나서지도 않았다.

가끔 빵과 가족을 향한 내 사랑이 과하다는 생각이 들었다. 그러나 내게는 그러고도 남는 사랑이 더 있었고, 그걸 어디에 쏟아야 할지 몰랐다.

해답을 준 건 스파키였다. 스파키는 누가 뭐라 해도 아빠의 개였다. 스파키는 그 어떤 사람보다 아빠를 사랑하고, 아빠도 스파키에 대해 말할 때면 리처드 커티스(〈노팅 힐〉, 〈러브 액츄얼리〉 등을 만든 영화감독 ─ 옮긴이) 영화의 주인공처럼 절절한 목소리가 된다. 스파키는 물론 나머지 가족도 좋아하지만, 아빠를 위해서라면 자기 목숨을 바쳐 불어나는 개울이나 성난 황소와도 싸울 거다.

우리 가족은 이미 시비 때문에 큰 고생을 한 터라 새로운 강아지를 들이자고 설득하는 게 어려울 것 같았지만, 나는 조심스럽게 새로운 가족이 될 강아지를 알아보기 시작했다. 작지만 너무 작지는 않고, 양치기이되 사냥꾼은 아니며(그러므로 오소리 굴에는 기어 내려가지 않을 만하며), 여왕(다른 왕실 사람이 아닌 오직 여왕)을 변함없이 깊이 사랑하는 엄마에게 매력을 발산할 수 있으며, 우리 가족 최고의 휴양지인 웨일스 출신이면 좋을 것 같았다. 답이 한곳으로 향했다. 바로 웰시코기였다.

나는 한 달 내내 웰시코기를 검색하느라 시간 가는 줄 몰랐다. 카디건 코기와 펨브로크 코기의 차이점(꼬리가 길거나 짧음), 코기를 훈련하고 관리하는 방법, 코기를 입양할 곳 등을 샅샅이 조사했다. 웰시코기에 관한 주요 정보와 인터넷에서 찾은 최고로 예쁜 사진들과 강아지에 관한 모든 일은 내가 처리하겠다는 서약을 넣어 짧은 파워포인트를 만들었다. 엄마 아빠는 쉽게 마음을 정하지 못했다. 강아지를 들이는 일은 여전히 불안한 우리의 상황에 혼란을 가중하는 일처럼 보였다.

거기다 엄마 아빠는 우리가 시비를 다른 곳으로 보내는 큰 아픔을 겪고도 거기에서 아무것도 배우지 못한 건 아닐지 걱정했다. 엄마를 계속 설득한 끝에 결국 웨일스에 가서 웰시코기 사육자를 만나보기로 했다. 우리는 스완지 중심지의 어느 막다른 골목에 있는 현관 앞에 도착했다. 엄마 개는 소파 위에 지쳐 잠들어 있고 작은 털 뭉치 같은 웰시코기 강아지 일곱 마리가 서로 뒤엉겨 있었다.

나는 강아지들 옆에 앉았다.
털 뭉치 덩어리에서 한 마리를 떼어내자

그 아이는 휘청거리다가 내 무릎 안으로 쓰러졌다.
그 모습을 보며 엄마는 돌이킬 수 없는
강을 건넜다는 걸 알았다.

한 달 뒤 우리는 다시 스완지에 갔고, 스카우트가 내 품에 안겼다. 스카우트
라는 이름은 내가 너무나 사랑하는 책 『앵무새 죽이기』에 나오는 여자아이
의 이름에서 따왔다. 스카우트는 어디서도 볼 수 없을 만큼 이상하게 생긴 강
아지다. 여우 색 털에 귀는 길고, 발은 커다랗고 다리는 짧다. 복슬복슬한 꼬
리는 바닥까지 늘어졌고, 넘어지지 않고는 주방으로 가는 계단 두 칸을 한 번
에 올라가지 못한다. 잘 짖지는 않지만, 끊임없이 킹킹대며 내게 말을 건다.
늘 내 침대 끝에 누워 쓰다듬어달라고 배를 뒤집는다. 스카우트는 충성심이
강하고 긴 막대기를 물어오는 일에 진심이다. 이제 우리는 산책할 때마다 사
람들이 스카우트를 보며 하는 말들로 빙고 게임을 한다. 이런 식이다. '쟤 코
기 맞아요?'는 2점, '우리 할머니도 저런 코기를 키웠는데'는 5점, '근처에
여왕이 왔나요?'는 7점, 그리고 드물게 지나가던 꼬마가 '여우다! 쟤 여우예
요!' 하면 10점을 얻는다. 스카우트는 자기가 중요한 존재라는 걸 아는지 고
개를 꼿꼿이 든 채 추종자들 옆을 천천히 걸어 지나가고, 스파키는 짙은 눈썹
을 씰룩대며 그 뒤를 따라간다. 스카우트는 내 강아지다. 스카우트는 아주 특
별하다.

두 스카우트(강아지 스카우트와 스카우트 건물)가 우리 삶의 큰 부분이 되었다.
단단한 마음을 지닌 키티, 언제나 우리를 위해 힘을 모아주는 멋진 이웃들

과 함께 새로운 베이커리를 만드는 작업을 시작했다.

크리스티안은 벽을 장식했고, 조는 배관을 설치했다. 전기가 늘 깜빡거려서 확인했더니 길 끝에 있는 오래된 나무 전주가 썩어 있었다. 그러나 그마저도 별일 아니라는 듯 쉽게 해결됐다. 우리가 가진 모든 것을 투자해 '미스터 빔'에서 소형 영안실만 한 크기의 대형 냉장고와 새 오븐 한 대를 들였다. 키티와 나는 다시 붓을 들고 벽들을 하얗게 칠했다. 앨버트와 나는 캠벨의 반죽 테이블을 예전 베이커리 헛간에서 꺼냈다(이번에도 정원 담 위로 넘겨야 했다). 키티가 테이블 위에 앉아 여왕처럼 우아하게 스카우트를 끌어안고 있는 가운데 우리는 덜컹덜컹 소리를 내며 거리로 테이블을 밀고 갔다.

6주 만에 어느 정도 준비를 끝냈다. 이제 우리와 함께 일할 새로운 베이커를 구하는 일만 남았다.

나는 마음속으로 바라는 유형이 있었다. 우리의 아마추어적 열정을 몇 단계 끌어올려줄 경험 많은 베이커, 달리 말해 우리처럼 대충 눈대중으로 작업하는 게 아니라 어떻게 해야 빵집을 적절히 운영할 수 있는지 아는 사람이 필요했다. 찾기가 쉽진 않겠지만 이제 빵을 굽는 제대로 된 공간도 생겼으니 불가능하지는 않을 것 같았다. 인스타그램에 올려 소문을 퍼트린다면? 나는 키티에게 물어보았다.

"아빠, 이미 그런 사람을 찾았어."

"뭐?"

"내가 벌써 딱 맞는 사람을 찾았다고."

"경험 많은 사람이야?"

"음, 아주 훌륭한 베이커야."

"빵 만드는 사람인 거 맞지?"

"가끔 만드는 거 같아."

"가끔 빵을 만드는 베이커라고?"

"응, 근데 아빠, 이 사람 정말 근사한 걸 만들어. 그리고 무엇보다 베이커리 댄스를 기막히게 춰."

키티는 한 여성이 빗자루를 기타 삼아 주방에서 춤을 추는 영상을 보여주었다. 키티가 새로운 빵을 구울 때마다 짓는 환희에 찬 얼굴과 정확히 똑같은 표정을 하고 있었다. 그의 인스타그램에는 마마이트와 치즈를 듬뿍 바른 빵을 포함해 놀라운 디자인의 케이크와 번이 가득했다. 그게 내 마음을 흔들었다.

"마음에 드는걸."

키티는 그 사람에게 당장 메시지를 보내 혹시 우리와 함께 일해볼 생각이 있는지 물어보았다. 아직 그 사람을 만나 본 적도 없었지만, 키티에게는 어떤 직감이 있었다.

그의 이름은 커리슈마였다. 커리슈마는 남자친구 션과 서부로 이사를 떠날 계획이었지만, 어쨌든 줌으로 미팅을 해보기로 했다. 커리슈마는 인스타그램 영상에서 봤던 이미지대로 재미있고 사랑스럽고 아는 것도 많았다. 우리는 커리슈마에게 충분한 시간을 갖고 생각해보라고 말했고 행운이 우리 편이길 간절히 빌었다. 커리슈마는 레딩에서 30분 거리에 살았다. 우리 아버지가 평생 의원으로 일했던 직장에서 모퉁이만 돌면 있는 곳이었다. 나는 이런 작은 사실에 의미를 부여하며 뜻밖의 행운이 찾아올 거라고 믿었다.

커리슈마가 우리와 스카우트 건물을 보러 왔다. 키티와 커리슈마는 만나자마자 쉴 새 없이 이야기를 나눴다. 다음날 커리슈마는 우리와 함께 일하겠다고 말했다.

오렌지 베이커리에 커리슈마가 온 건 축복이었다. 커리슈마는 달콤한 디저트에 대한 해박한 지식을 우리에게 전수해주었고, 우리는 커리슈마에게 완벽한 빵을 굽는 법을 알려주었다. 키티와 나 사이를 오가며 내가 길게 늘어

놓는 1980년대 정치와 음악 이야기를 들어주었고, 키티와 '글루텐 없이 살기 vs 유제품 없이 살기' 같은 밸런스 게임을 했다. 우리 아침 식사 레퍼토리에 치즈 달걀 프라이를 추가해주었고, 점심에는 함께 집으로 가 식사를 하곤 했다. 커리슈마는 가끔 어머니가 만든 맛있는 카레를 가져왔고, 케이티는 그 맛에 빠져서 우리보다 먼저 점심 식사 자리에 나타나 기다리고 있기도 했다. 커리슈마와 스카우트 건물 덕분에 키티와 나는 우리가 만들어낸 세상 밖을 조금 내다볼 여유가 생겼다. 키티는 이제 열일곱 살이고 미래를 바라보고 있다. 이제 최악의 상태는 거의 나타나지 않는다. 키티는 거의 매주 버몬지나 큐에 있는 베이커리에서 일하기 위해 멜빵바지에 벙거지를 쓰고 옥스퍼드 튜브에 올라타 런던으로 사라진다. 다시 한번 이 특별한 베이커 커뮤니티는 문을 활짝 열어주었고, 키티는 그 안으로 풀쩍 뛰어 들어갔다.

키티는 다른 베이커리에서 새로운 아이디어와 기술을 습득하고 활기찬 얼굴로 돌아온다. 그리고 나는 애정에 굶주린 스펀지처럼 키티가 배워온 지식을 흡수한다.

여태 일어난 일들을 모두 이해하기까지 오랜 시간이 필요했다. 이 책을 쓰기 위해 오렌지 베이커리와 빵 굽는 일과 삶을 쥐어짜며 열심히 노력해야 했지만 그 과정에서 카타르시스를 느꼈다. 지난 몇 년을 회상하며 케이티와 나는 우리가 자진하여 우리 가족을 고립시키고, 키티를 잃을 것 같은 공포에 몸서리치던 때를 기억해냈다. 나아가 우리가 다른 베이커들에게, 가족들과 친구들에게, 크라우드펀딩에 참여해준 마음 넉넉한 후원자들에게, 그리고 와틀링턴이라는 작은 도시로부터 얼마나 많은 도움과 지지를 받았는지 새삼 깨닫게 되었다.

아그네스와 앨버트는 각자의 삶을 조율해가기도 바쁜 와중에 동생이 거의 사라질 뻔한 경험을 했다. 더불어 집이 베이커리가 되는 과정을 묵묵히 참아주었다. 두 아이는 너그러웠고 다정했으며 강인한 인내심을 보여주었다.

내가 나이 오십에 직업을 바꿔 베이커가 될 줄 꿈에도 몰랐지만, 지금은 베이커가 된 것에 깊이 감사한다. 키티가 이 이야기의 가장 암울한 부분을 겪지 않았다면 좋겠지만, 애당초 절망이 없었다면 어떤 일도 일어나지 않았으리라는 걸 알고 있다.

키티의 삶을 어렵게 만들었던 키티의 어떤 부분이 실은 이 아이에게 비범한 추진력과 결단력, 더불어 삶을 다르게 바라보는 능력을 준다는 것 또한 알게 됐다. 이 책에 실린 모든 레시피는 키티가 혼자 만들어낸 것이다. 키티는 자기만의 독특한 방식으로 재료와 맛을 이해한다.

키티는 관습에 얽매이지 않고 직관적으로 빵을 만들어 늘 나를 놀라게 한다. 베이킹이 중심이 될 거라는 점을 빼면, 키티 인생의 다음 단계에 무엇이 등장할지 나는 감히 예상하지 못한다.

마침내 나는 바깥세상으로 나갈 준비가 된 것 같다. 내가 처음으로 무대에 나서보기 위해 찾아갔던 곳, '레일라스'와 '스네이퍼리 베이커리', '사워도우 소피아', '라이 바이 더 워터'에 감사를 전한다. 이 책이 나올 때쯤에는 그런 멋진 빵집이 훨씬 늘어나 있을 것이다.

몇 년 전 우연히 브리스틀에 있는 '하츠 베이커리'에 갔다. 그때 나는 그 세계의 일부가 되기를 간절히 원했지만 말 한마디 제대로 하지 못했다. 이제 나는 바라던 대로 그 세계의 일원이 되었다. 여러 오븐에서 뜨거운 빵을 꺼내고, 반죽을 섞고 모양을 만들며 오랫동안 이 일을 해온 다른 베이커들에게 많은 걸 배우고 있다. 대형 냉장고 안에 들어가 이름도 들어본 적 없는 다양한 초콜릿을 우걱우걱 씹어 먹어본다. 베이커의 유니폼인 양말에 크록스 슬리퍼를 신고 머리띠를 하고 멜빵바지를 입는다.

나는 반죽의 언어로 말한다.
새롭게 일하게 된 빵집에서 내가 만든 레시피로
빵을 만들 때면 심장이 거의 몸을 벗어날 만큼
쿵쿵 뛴다.

나는 저녁 여덟 시에 잠자리에 들고 새벽 다섯 시에 일어난다. 나는 나를 돌본다. 때로 기분이 처지고 피곤하고 슬퍼지기도 하지만 곧 지나간다. 집에 오면 스카우트가 테니스공을 내 발 앞에 물어다 놓으며 나를 반겨준다.

내 초록색 배낭에는 아빠한테 보여주려고 챙겨 온 새로운 빵이 들어 있다. 스카우트 건물로 가서 커리슈마를 만나, 다음에 만들 쿠키에는 땅콩을 통째로 넣어보자는 이야기를 나눈다. 나는 베이커리 카운터에 서서 사람들이 커스터드 브리오슈와 초콜릿 헤이즐넛 오렌지 스월 사이에서 고민하다 두 개를 다집어가는 광경을 보는 게 정말 좋다.

살아가야 할 이유를 알지 못했던 열네 살 키티를 돌아본다. 그 아이에게 지금의 내 모습을 보여주고 싶다.

끝

RECIPE

레시피

책에 어떤 레시피를 넣을지 결정하는 게 이 책을 쓰면서 가장 어려운 일이었다. 키티는 2년에 걸친 실험을 통해 수많은 레시피를 만들어냈지만, 이들 중 상당수는 키티의 머릿속에만 머물다 사라졌다. 키티가 가끔 인스타그램에 베이킹에 대한 글을 올릴 때도 있었지만, 사실 키티는 순전히 본능에 따라, 기억에 의존해 빵을 굽는다. 그래서 우리는 먼저 어떤 빵을 책에 넣을지 결정한 다음 레시피를 작성해야 했다. 지금까지와는 달리 정확한 재료의 양과 기술을 명확히 밝히는 작업을 해야 했기에, 우리는 키티의 대부모인 줄리아와 앨에게 도움을 요청했다. 17년 전에 우리가 대부모가 되어달라고 부탁했을 때 두 사람은 레시피 시험까지 해야 할 줄은 몰랐을 것이다. 그러나 줄리아와 앨은 환상의 콤비였다. 줄리아는 요리를 잘하고, 깔끔하고 정확하며, 일이 더 잘 진행될 수 있게 제안해주었다. 앨은, 그의 표현대로라면 '완전 생초보 베이커'지만 기꺼이 새로운 레시피에 덤벼들어 우리의 작업을 도와주었다.

우리는 매주 줄리아와 앨에게 레시피를 세 개씩 보내주고 떨리는 마음으로 그들의 피드백을 기다렸다. 두 사람은 진지한 태도로 키티와 내가 더 자세히 살펴봐야 할 부분을 설명해주었다. 우리가 보낸 아이디어 중에서 쓸 만한 것을 발견하면 자기 일인 양 기뻐했고 그렇지 않을 때는 조정을 해주었다. 앨이 우리의 레시피로 만든 파스테이스 데 나타(288쪽 참고)는 굉장했고 그의 포카치아(191쪽 참고)는 우리가 만든 빵보다 나은 듯했다. 그는 SNS에 채팅방을 만들어 우리 레시피로 만든 빵의 맛을 봐줄 맛 검증단을 모집했다. 채팅방은 참가하고 싶다는 이웃들로 꽉 차 북새통을 이뤘다.

줄리아는 마마이트를 너무 좋아해서 마마이트 치즈 에스카르고(299쪽 참고)를 계속 만들어댔다. 줄리아는 퍼프 페이스트리에 대한 공포('나는 살면서 한 번도 페이스트리에 성공한 적이 없어!')를 딛고 치즈 스트로(285쪽 참고)를 완

벽하게 만들어냈고, 수많은 이모티콘과 느낌표와 함께 빵 사진을 찍어 보내
주었다.

줄리아와 앨은 우리의 레시피로 빵을 만들며 반죽과 페이스트리를 두려워
하지 않게 되었다. 바로 그게 우리가 바라던 거였다. 이제 우리는 여러분도
그렇게 되기를 바란다.

BREAD

빵

미라클 오버나이트빵

이건 내가 베이킹을 배우고 처음으로 만든 빵 레시피다. 간단한 재료들이 빵으로 변신하는 방식은 여전히 마법처럼 느껴진다. 뚜껑 있는 캐서롤 냄비, 230℃까지 올라가는 오븐만 있으면 마트에서 파는 빵보다 두 배는 맛있는, 껍질은 바삭바삭하고 속은 폭신한 빵을 만들 수 있다. 처음에 우리는 고작 180℃까지 올라가는 오븐을 사용했다. 그러므로 여러분이 가진 오븐이 힘이 달리더라도 빵이 망하지는 않는다. 이 책에서 레시피를 딱 하나만 고르라면 이거다. 이 빵은 짜릿한 전율을 선사할 것이다. 이건 실로 기적이다.

재료(1개 분량)

- 강력분 500g, 더스팅에 쓸 밀가루 조금
- 고운 바다 소금 10g
- 인스턴트 드라이 이스트 3g
- 미지근한 물 330ml

1. 밀가루를 큰 볼에 대고 체 친 다음 소금과 이스트를 넣고 튼튼한 숟가락이나 손을 이용해(나는 손으로 하는 걸 선호한다) 잘 섞어준다. 미지근한 물을 조금씩 넣어가며 반죽이 될 때까지 부드럽게 섞는다. 우리는 애니메이션 〈스쿠비 두〉를 오마주하여 이 반죽을 '스쿠비 도우'라고 부른다.

2. 볼에 축축한 티타월이나 샤워캡을 씌워서 외풍 없는 아늑한 곳에 두고 12~16시간 부풀린다. 밤새 놔두는 것이 가장 좋다. 요술 할머니가 호박을 마차로 만들어줬던 것처럼 시간이 지나면 거칠고 엉성한 반죽에 거품이 일면서 살아 있는 생명으로 변신한다(사실 나는 마차보다 호박이 더 좋다).

3. 반죽이 부풀고 거품이 일면, 작업대에 밀가루를 얇게 바르고 그 위에 반죽을 올린다. 반죽이 살아 있다는 것을 기억하시라. 부드러운 손길로 반죽을 존중하며 대할수록, 반죽은 더 맛있는 빵이 되어 보답할 것이다. 반죽에 밀가루가 골고루 가볍게 발리는지 확인하면서 반죽을 공 모양으로 만든다. 밀가루를 바른 플라스틱 반죽칼을 쓰면 도움이 된다.

4. 동그랗게 만든 반죽을 유산지 위에 놓고 축축한 티타월로 덮어 따뜻하고 아늑한 곳에서 1시간 동안 휴지시킨다.

5. 휴지시킨지 30분 정도 됐을 때쯤 오븐을 230℃(또는 최대한 뜨겁게)로 예열한다. 내열 손잡이가 있는 큰 무쇠 캐서롤 냄비를 뚜껑을 닫아 뜨거운 오븐에 넣고 30분간 가열한다.

6. 캐서롤 냄비가 알맞게 뜨거워지면 조심스럽게 오븐에서 꺼내 뚜껑을
연다. 유산지를 이용해 반죽을 들어 올린 다음 가열한 캐서롤 냄비에
놓는다. 예리한 칼이나 면도날 등을 이용해 반죽 위에 좋아하는 패턴을
그어준다. 선을 길게 그려도 좋고, 십자가나 정사각형, 웃는 얼굴을
그려도 좋다. 이 과정을 위해 브레드레임(빵 윗부분에 칼집을 낼 때
사용하는 날 — 옮긴이)을 사고 싶어질지도 모른다. 브레드레임은 물론
베이커의 좋은 친구이지만, 그냥 긴 막대기에 면도날을 붙여 사용해도
충분하다.

7. 냄비에 담은 반죽 주위에 물 두어 스푼을 붓고, 다시 뚜껑을 덮은 뒤
뜨거운 오븐에서 30분 동안 굽는다. 30분 뒤에는 뚜껑을 열고 10분간
더 구워준다. 이러면 빵이 노릇노릇하고 근사해진다. 색이 더 짙은 빵을
원한다면 15분간 구우면 된다.

8. 빵을 식힘망에 올려 두고 30분 정도 식게 놔둔다. 이게 이 레시피에서
가장 어려운 부분이지만, 가장 중요한 부분이기도 하다. 빵은 오븐에서
나온 뒤에도 계속 요리되고 있다. 조용히 귀를 기울이면 빵이 들려주는
노랫소리를 들을 수 있을지 모른다. 이게 '빵의 노래'다. 노래를
듣겠다고 귀가 델 정도로 가까이 가지만 않으면 된다.

이제 빵을 다 만들었다. 주변을 지저분하게 만들지도 않고, 반죽을 치대지도 않았다. 그저 마법이 일어난 것이다(그리고 발효도 조금 도와주었고).

활용법

▸ **캉파뉴**
강력분 250g을 통밀로 바꾼다. 종일 들판에서 일한 느낌이 들게 해주는 흙덩어리 같은 빵을 만들 수 있다.

맛있게 먹는 법: 가염버터 한 조각과 큼지막한 시골식 파테(고기, 생선, 채소 등을 채워 넣은 페이스트리 반죽 파이 — 옮긴이)와 함께 먹으면 좋아요.

▸ **호밀 씨앗빵**
강력분 100g을 호밀로 바꾸고 구운 씨앗 100g을 더한다. 내가 가장 좋아하는 조합은 호박씨와 해바라기씨, 아마씨다. 이 재료들을 넣으면 구운 견과 향이 나는 밀도 높은 빵이 된다. 그러나 주의하시라, 호밀로 빵을 만드는 건 젖은 콘크리트를 다루는 것과 비슷하다. 손에 반죽이 묻어 끈적거릴 때는 밀가루를 조금 더 묻혀서 긁어내면 좋다. 수돗물로 반죽을 긁어내는 것보다 훨씬 좋은 방법이다.

맛있게 먹는 법: 빵을 얇게 잘라 구운 뒤 고추냉이 소스를 바르고 훈제 연어와 얇게 썬 오이피클 몇 개를 올려 먹으면 맛있어요.

▸ **위로빵**
마마이트나 다른 이스트잼 한두 스푼을 따뜻한 물 330ml에 녹인 뒤 마른 재료들과 함께 섞는다. 나는 이 빵을 제일 좋아한다. 매일 공황발작과 극심한 우울증에 시달려 머릿속이 마치 전쟁터 같을 때 이 빵을 만들었다. 나는 매일 밤 반죽을 했고 이걸 아침에 구울 수 있기를 고대했다. 이 빵만 생각하면 안전한 느낌이 든다. 달콤함, 약간의 탄내, 트위글리트(나뭇가지 모양의 영국 과자 — 옮긴이)처럼 생긴 윗부분, 부드럽고 촉촉한 속살. 내일이 두려울 때마다 나는 이 빵을 만들곤 한다.

맛있게 먹는 법: 내 맘대로 할 수 있다면 나는 위로빵에 치즈를 곁들여 종일, 매일 먹고 싶다.

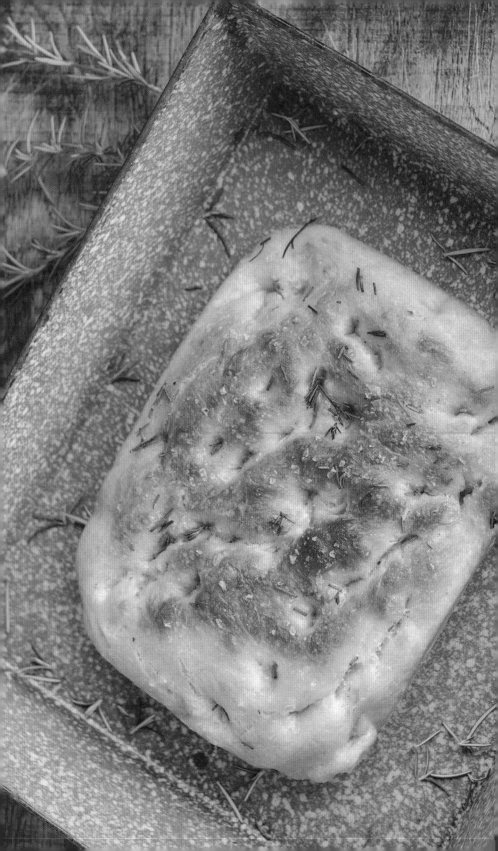

오버나이트 포카치아

미라클 오버나이트빵은 영화 〈엑스맨〉의 미스틱 같다. 갑자기 전혀 다른
모습으로 변신한다. 이 발랄한 로즈메리 포카치아처럼.

재료(1개 분량)

- 미라클 오버나이트빵 반죽
  1개 분량(185쪽 참고)
- 유채씨 오일 또는 올리브
  오일 듬뿍
- 로즈메리 잎 한 줌
- 굵은 바다 소금 크게 한
  자밤

1. 185쪽에 있는 미라클 오버나이트빵 레시피의 1단계와 2단계를 참고해
   반죽을 미리 만들어둔다. 아침에 일어나면 베이킹 페이퍼에 오일을 잘
   발라준 다음 작은 직사각형 빵틀(15*20cm)에 깔아준다. 거품이 올라온
   반죽을 틀로 옮겨 5cm 두께로 편평하게 편 뒤 그 위에 오일을 조금
   바른다. 올리브 오일을 써도 되지만 우리는 로컬에서 재배한 유채씨
   오일을 더 좋아한다. 따뜻한 곳에서 2시간 동안 부풀린다.

2. 오븐을 220℃로 예열한다.

3. 반죽 위에 오일을 조금 더 바른 다음 손가락 끝으로 마사지하듯 표면을
   부드럽게 눌러준다. 이때 '긴장 풀어, 긴장 풀어'라고 중얼거려줘도
   좋다. 로즈메리 잎과 굵은 바다 소금을 뿌린다.

4. 뜨거운 오븐에서 20~25분 정도, 또는 바삭바삭하고 노릇노릇해질
   때까지 굽는다. 그리고 오븐에서 꺼내자마자 붓으로 기름을 조금 더
   발라준다. 포카치아를 틀에서 들어 올려 10분 동안 식힌다.

   맛있게 먹는 법: 발사믹 식초와 올리브 오일을 섞은 소스에 찍어 먹거나
   (혹은 완전히 담그거나), 모차렐라 치즈, 토마토, 아보카도 같은 것을 넣어
   샌드위치로 만들어 먹어요. 우리는 살라미를 넣어 먹는 걸 좋아해요.

할라

우리는 유대인 가족이 등장하는 재미있는 코미디 드라마 〈프라이데이 나이트
디너〉를 보면서 처음 할라를 알게 됐다. 할라는 안식일에 먹는 가운데가 꼬인
브리오슈 같은 빵이다. 할라는 브리오슈보다 덜 기름져서, 달걀 물에 담가 버터에
튀겨서 프렌치토스트로 만들어 먹기 좋다.

재료(1개 분량)

- 강력분 500g
- 고운 바다 소금 10g
- 인스턴트 드라이 이스트 7g
- 물 170ml
- 유채씨 오일 또는 해바라기 오일 50ml
- 꿀 2~4큰술
  (적어도 두 스푼 정도는 넣는 걸 추천한다. 얼마나 달콤하게 먹고 싶은지에 따라 조정하면 된다.)
- 달걀 2개
- 부드러운 무염 버터 50g
- 달걀 1개에 우유 1큰술을 넣고 섞은 것(달걀물)
- 양귀비씨 한 줌(선택)

1. 큰 믹싱볼에 밀가루를 체 친 다음 소금과 이스트를 넣는다. 다른 볼에 물, 오일, 꿀을 넣고 섞는다. 딱딱하게 굳은 꿀을 사용한다면 뜨거운 물을 사용하면 좋다. 오일과 꿀 혼합물을 잠시 식힌 뒤 달걀 1개를 넣고 잘 섞어준다.

2. 밀가루 한가운데에 우물처럼 빈 공간을 만들어 거기에 젖은 재료들을 붓는다. 손으로는 5분, 도우훅이 달린 반죽기를 사용한다면 3분 동안 반죽을 치댄다. 반죽이 부드럽고 탄력이 생길 때까지 계속 치대며 버터를 조금씩 넣어준다. 손으로 한다면 9~10분, 반죽기로는 5~6분 정도 걸릴 것이다.

3. 오일 바른 볼에 반죽을 옮겨 담고 그 위에 랩을 덮어 따뜻한 곳에서 1~2시간 가량 혹은 반죽이 두 배로 커질 때까지 부풀린다.

4. 밀가루를 가볍게 바른 작업대 위에 부푼 반죽을 올려 똑같은 크기로 삼등분한다. 각 조각은 길이는 40cm, 두께는 대략 2~3cm 정도로 만들어준다 (똑같은 길이로 맞추는 게 중요하다). 길쭉한 반죽 세 개를 유산지 위에 나란히 놓고 위쪽 끝부분을 잡아 하나로 모은다.

5. 할라를 꼬는 방법은 머리 땋는 것과 똑같다. 오른쪽 갈래를 집어서 가운데 갈래 위에 놓아서 오른쪽 갈래가 가운데 갈래가 되게 한다. 다음으로 왼쪽 갈래를 가운데 갈래 위에 놓고 이제 왼쪽 갈래가 가운데 갈래가 되게 한다. 이 단계를 계속해서 할라 전체를 꼬아준다. 끝까지 꼬아준 뒤 갈래들을 한데 모아서 정리한다.

6. 할라를 베이킹 트레이로 옮겨 오일 바른 랩으로 덮은 뒤 따뜻한 곳에서 1시간 동안 부풀린다.

7. 오븐을 200℃로 예열한다.

8. 할라를 오븐에 넣기 전에 달걀물을 전체적으로 발라준다. 양귀비씨를
    위에 뿌려줘도 좋다. 뜨거운 오븐에서 황갈색이 될 때까지 30~35분
    동안 굽는다. 식힘망에 올려 20~30분 동안 식힌다.

    맛있게 먹는 법: 프렌치토스트를 만들어 먹어요. 접시에 달걀 2개와
    우유를 조금 넣고 잘 섞어요. 할라를 두 조각으로 잘라 달걀 물에 앞뒤로
    2분씩 담가주세요. 팬에 버터 1조각을 넣어 불을 올린 뒤 달걀 물이 잘
    스며든 할라를 갈색이 될 때까지 구워요. 메이플 시럽을 뿌려 먹거나
    바싹 구운 베이컨과 함께 먹으면 좋아요.

비가빵

비가는 밤새 미리 발효시켜 둔 반죽으로 만든다. 미라클 오버나이트빵처럼 모든 재료를 한데 섞기만 하면 빵을 만들 수 있다. 아침이 되면 비가는 뭉게뭉게 잘 부풀어 있을 것이고 알코올 냄새가 날 것이다. 이는 발효 과정이 시작됐다는 의미다. 그런 다음 밀가루와 물, 이스트를 조금 더 넣고 섞으면 된다. 이렇게 만들고 나면 글루텐을 강화해줄 필요가 있는데, 모양을 만들고 부풀리기 전 몇 시간 동안 반죽을 여러 번 늘리고 접어주면 도움이 된다. 사워도우를 만들 때의 과정과 거의 비슷한데, 완성된 빵 역시 사워도우와 굉장히 비슷하다(그래서 우리는 이걸 가짜 사워도우라고 부른다). 더욱 깊은 풍미를 느끼고 싶다면 반죽을 잠시 휴지시켰다가 구우면 좋다. 그러면 진한 버터 맛이 난다. 만약 사워도우 스타터를 만드는 과정이 너무 어렵게 느껴진다면 이 빵이 적절한 대체물이 될 수 있다. 이 빵에는 시판용 효모를 쓸 수 있기 때문에 어느 정도 보장된 맛을 낼 수 있다. 우리 가족은 이 빵을 먹을 때면 절대 하나로 만족하지 못한다. 그래서 두 덩이용 레시피를 공개한다. 이렇게 많은 반죽이 필요하지 않으면 반만 쓰고 나머지 반은 피자나 플랫브레드를 굽는 데 쓰면 된다.

재료(빵 2개 혹은 1개와 피자 조각 4~6개 분량)

비가빵 재료

- 강력분 800g, 더스팅에 쓸 밀가루 조금
- 인스턴트 드라이 이스트 2g
- 차가운 물 550ml

다음 날을 위한 재료

- 강력분 200g
- 고운 바다 소금 20g
- 인스턴트 드라이 이스트 2g
- 미지근한 물 200ml

1. 빵이 필요한 전날 밤, 비가빵 재료를 볼에 한데 담아 섞는다. 티타월로 덮어 실온에 밤새 놔둔다.

2. 다음 날 아침이면 비가가 커져 있을 것이다. 여기에 밀가루, 소금, 이스트, 물을 추가로 넣고 손이나 도우훅이 달린 반죽기로 꼼꼼하게 섞어준다.

3. 다 섞고 나면 글루텐 강화를 위해 30분에 한 번씩 반죽을 접어주어야 한다. 일단 손에 물을 좀 적신다. 볼에 든 둥근 반죽을 시계라고 상상하고 정각 12시 지점의 반죽 한 움큼을 쥐고 밖으로 살짝 늘렸다가 가운데 지점으로 접어준다. 볼을 90도 돌려 이제 3시 지점을 위로 가게 둔 다음 위 과정을 반복한다. 마찬가지로 6시와 9시 지점의 반죽도 잡고, 늘리고, 접어준다. 이 '네 번 접기'를 처음부터 한 번 더 해준다. 양손으로 동그란 반죽의 가운데를 높이 들어 올려(잠자는 작은 강아지를 드는 것처럼) 그대로 쭉 늘어지게 둔 다음 저절로 접히게 하는 방식도 있다. 곧 축축 늘어지던 반죽이 탄탄해지고, 글루텐이 훨씬 강해졌다는 게 느껴질 것이다. 네 번 접기를 한 번 더 하고 싶은 유혹에 시달리겠지만, 남은 시간을 위해 그만 멈춰야 한다.

4. 3시간 뒤 밀가루를 가볍게 바른 작업대 위에 반죽을 올린다. 반죽칼을

OUR BREAD IS

MADE WITH JUST

3 INGREDIENTS

FLOUR, WATER, SALT

OH, AND ONE MORE,

TIME

이용해 똑같은 크기로 2등분 한다. 피자를 만들고 싶다면 반죽의 절반을 더 작은 조각들로 나눈다.

5. 반죽의 모양을 깔끔하고 둥글게 만든다. 그런 다음 밀가루를 뿌린 유산지 위에 놓고 볼에 도로 집어넣는다. 아니면 밀가루를 바른 바네통에 넣어도 된다. 식빵으로 만들고 싶다면 기름을 잘 바른 사각 빵틀에 바로 넣으면 된다. 따뜻한 곳에 두고 부풀기를 기다린다.

6. 이 빵은 1시간이면 부풀기 때문에 30분 정도 지나면 오븐을 250℃로 예열한다(또는 최대한 뜨겁게). 뚜껑 있는 큰 무쇠 캐서롤 냄비를 오븐에 넣고 30분간 가열한다.

7. 미라클 오버나이트빵을 만들 때처럼 오븐에서 캐서롤 냄비를 조심스럽게 꺼내 뚜껑을 연다. 유산지를 깐 반죽을 냄비에 내려놓고 뚜껑을 덮는다. 빵을 2개 만들려고 하는데 캐서롤 냄비가 하나뿐이라면, 첫 번째 빵을 굽는 동안 두 번째 반죽은 냉장고에 넣어둔다. 두 번째 빵을 구울 때도 캐서롤 냄비를 뜨겁게 예열해야 한다는 것 잊지 말자. 빵틀을 사용한다면 반죽을 담아 바로 오븐에 넣으면 된다.

8. 냄비 뚜껑을 덮고 30분간 구운 다음 뚜껑을 열고 20분간 더 굽는다. 뚜껑을 열고 조금 더 구우면 빵 껍질이 먹기 좋게 바삭바삭해진다. 빵 틀을 사용한다면 40분가량 구우면 된다. 빵 껍질을 더 노릇하게 굽고 싶다면 조금 더 오래 놔두자.

활용법

▶ 반죽을 둘로 나눠 하나는 비가빵을 만드는 데 사용하고, 하나는 4~6개 조각으로 나눠 피자 반죽으로 사용한다. 4~6개로 나눈 반죽은 동그란 볼 모양으로 만들어 랩을 씌워 냉장고에 넣어둔다. 며칠 동안 냉장고에서 편히 쉰 반죽은 피자를 만들기 딱 좋은 상태가 된다. 이제 원하는 두께도 반죽을 편평하게 펴주기만 하면 피자 베이스 완성이다. 위에 좋아하는 재료를 듬뿍 올리고 오븐의 온도를 최대한으로 올려 구워준다. 피자는 토핑이 결정한다고들 하지만, 이 반죽을 시도해보면 피자는 베이스가 전부라는 말이 절로 나올 것이다.

1. 비가빵 ⋯ 194쪽   2. 위로빵 ⋯ 187쪽
3. 베이커리 댄스(마치 앨이 덥수룩한 수염을 기른 것처럼 보이는데, 아니다. 키티의 머리카락이다.)

소다빵

이 빵은 정말로 밀가루와 베이킹소다만 있으면 금방 만들 수 있다. 세상에서 제일 맛있는 소다빵은 아일랜드에서 맛볼 수 있다. 소다빵을 한입 먹으면 아일랜드 골웨이에 사는 할머니에게 포근하게 안기는 기분이 든다. 베이킹소다는 물기와 닿기만 해도 바로 효과가 나타나기 때문에 속도가 생명이다. 반죽할 필요도 없이 이렇게 맛있는 빵을 뚝딱 만들 수 있다는 게 여전히 놀랍다. 구할 수만 있다면 버터밀크를 써도 좋고, 지방을 빼지 않은 우유에 레몬즙 1큰술을 넣은 걸 사용해도 좋다.

재료(1개 분량)

- 일반 밀가루 250g
- 통밀가루 250g
- 귀리 50g(큰 귀리, 으깬 귀리, 귀리 죽 등 어떤 형태든 가능하다)
- 베이킹소다 1작은술
- 고운 바다 소금 10g
- 참깨 1큰술(선택)
- 버터밀크 420ml(혹은 우유 420ml와 레몬즙 1큰술을 섞은 것. 우유와 레몬즙이 분리되도록 5분간 놔둔다.)
- 당밀 1큰술 (이건 선택사항이다. 뮤리얼의 남편은 당밀을 절대 넣지 말라고 조언했지만 〈110쪽 참조〉, 포기하기 어려울 정도로 맛있다.)

1. 오븐을 200℃로 예열하고 베이킹 트레이에 유산지를 깐다.

2. 일반 밀가루와 통밀가루를 큰 믹싱볼에 체 친 다음 귀리, 베이킹소다, 소금, 참깨를 더한다. 버터밀크와 당밀을 붓고 마른 밀가루가 보이지 않을 때까지 섞되, 너무 과하게 젓지는 않는다. 이 시점에서 반죽이 젖은 모래성처럼 보일 수 있는데, 걱정할 필요 없다.

3. 밀가루를 얇게 바른 작업대에 반죽을 올려 둥근 모양으로 만든다. 반죽이 끈적끈적하므로 손에 밀가루를 묻히거나 밀가루를 묻힌 반죽칼을 사용하자. 베이킹 트레이에 유산지를 깔고 모양을 낸 반죽을 올린다. 날카로운 칼로 반죽에 깊은 십자가를 그린다 (우리는 나쁜 빵의 정령을 쫓기 위해 이렇게 한다. 굳이 따라 하지 않아도 된다). 5cm 정도 깊게 길집을 넣으면 십자가 모양이 ㄴ대로 유지되며 구워진다.

4. 뜨거운 오븐에서 40~45분 굽는다. 식힘망에 옮겨 30분 동안 식힌 뒤 자른다.

맛있게 먹는 법: 치즈, 치즈! 꼭 치즈와 함께 먹어야 맛있답니다.

기네스 소다빵

우리는 24시간 동안 기네스 맥주에 푹 담가둔 맥아 알갱이를 사용해 이 빵을 만든다. 그러면 빵이 더욱 시큼하고 촉촉해진다. 기네스 소다빵에는 확실히 시럽이나 당밀이 필요하지만 둘 중 어느 것도 없다면 꿀도 괜찮다. 기네스 맥주의 쓴맛과 조화를 이룰 수 있는 단맛이면 된다.

재료(1개 분량)

- 일반 밀가루 250g
- 통밀가루 250g
- 귀리 50g
  (통 귀리가 가장 좋다)
- 베이킹소다 1작은술
- 고운 바다 소금 10g
- 부드러운 무염 버터 40g
- 버터밀크 200ml(또는 우유 200ml와 레몬즙 1작은술을 섞은 것. 우유와 즙이 분리되도록 5분간 둔다.)
- 기네스 혹은 다른 흑맥주 150ml
- 당밀 60g(혹은 꿀)

1. 오븐을 200℃로 예열하고 베이킹 트레이에 유산지를 깐다.

2. 일반 밀가루와 통밀가루를 큰 믹싱볼에 대고 체 친다. 여기에 귀리와 베이킹소다, 소금을 넣은 뒤 버터를 넣어 치댄다. 밀가루 혼합물의 가운데 작은 우물처럼 빈 공간을 만들어 버터밀크와 기네스, 당밀을 붓고 마른 밀가루가 보이지 않을 때까지 섞는다. 이때 너무 과하게 섞으면 안 된다. 그러면 반죽이 딱딱해지고 빵이 부풀지 않는다.

3. 밀가루를 얇게 바른 작업대에 반죽을 올려 둥근 모양으로 만든다. 반죽이 끈적끈적하므로 손에 밀가루를 묻히거나 밀가루를 묻힌 스크래퍼를 사용하자. 유산지를 깐 베이킹 트레이에 모양을 낸 반죽을 올린다. 예리한 칼로 5cm 정도 깊숙이 십자가 모양으로 칼집을 낸다.

4. 뜨거운 오븐에서 60분 정도 굽는다. 빵을 두드려보고 비어있는 듯한 소리가 나면 완성이다. 식힘망에 옮겨 30분 동안 식힌 뒤 자른다.

맛있게 먹는 법: 수프에 찍어 먹기 좋은 빵이에요. 특히 감자 수프처럼 위로를 주는 베이지색 수프를 곁들이면 금상첨화랍니다.

빵

피타빵

나는 달걀에 집착한다. 달걀이라면 뭐든 좋다. 모양, 색깔, 전 세계 사람이 먹는다는 사실,
달걀을 활용한 레시피가 너무나 많다는 것까지. 나는 거의 모든 요리에 달걀을 넣고 싶다.
그래서 나는 사비크sabich(피타빵에 타히니 소스와 후무스, 튀긴 가지, 엄청나게 많은 달걀을 넣어
먹는 요리)의 레시피를 처음 알게 됐을 때 가방을 챙겨 전 세계에서 가장 맛있는 사비크를
만드는 곳, 이스라엘의 텔아비브로 갔다. 사비크를 만들려면 먼저 훌륭하고 믿음직한
피타빵 레시피부터 알아야 했으니까. 이게 바로 그 레시피다.

재료(1개 분량)

- 강력분 450g
- 통밀가루 50g
- 고운 바다 소금 12g
- 인스턴트 드라이 이스트 7g 또는 사워도우 스타터 50g(222~223쪽 참고)
- 미지근한 물 300ml
- 올리브 오일 10g

1. 큰 볼에 모든 재료를 넣는다. 손으로 한다면 10분, 반죽기를 사용한다면 5~6분간 반죽이 부드럽고 매끈해질 때까지 치댄다. 오일을 살짝 바른 볼에 반죽을 옮겨 담고 랩으로 덮은 뒤 1시간 동안 부풀린다. 만약 인스턴트 드라이 이스트가 아니라 사워도우 스타터를 사용한다면 반죽을 3시간 동안 부풀게 두고, 한 시간마다 '네 번 접기'로 반죽을 접어준다. 네 번 접기는 194쪽 참고.

2. 밀가루를 얇게 바른 작업대에 반죽을 올린 뒤 8개 덩이로 자른다. 각 100g 정도씩이 적당하다. 덩어리를 동그랗게 빚은 뒤 30분간 그대로 둔다. 반죽에게 쉴 시간을 주는 것이다.

3. 230℃로 예열한 오븐에 베이킹 트레이나 베이킹 스톤을 넣어 달군다.

4. 동그랗게 만든 반죽을 약 1cm 두께로, 또는 가능하다면 1cm보다 더 얇고 길쭉하게 펴준다. 달궈진 베이킹 트레이나 스톤 위에 올린다.

5. 뜨거운 오븐에서 6분 동안 또는 빵이 예쁘게 부풀어 통통해질 때까지 굽는다. 천을 덮어 약간 식힌 다음 잘라서 뜨거울 때 먹는다.

   맛있게 먹는 법: 신선한 후무스, 튀긴 가지(자타르를 뿌리면 더욱 좋다), 피클 조금, 얇게 썬 반숙 달걀(엄청 많이)로 속을 채워서 샌드위치처럼 만들어 먹어요.

브레드 스틱

짭짜름한 브레드 스틱은 이동하며 먹기에 제격이다. 달콤한 브레드 스틱은 여행 간식으로도 완벽하고, 블랙커피에 찍어 먹거나(아빠가 좋아하는 방식) 땅콩버터를 발라먹어도(내가 좋아하는 방식) 멋지다. 물론 나들이용으로 좋다. 스틱만 먹어도 되고, 후무스나 페스토에 찍어 먹어도 된다.

재료(5개 분량)

- 강력분 500g, 밀가루 조금 더
- 고운 바다 소금 10g
- 미지근한 물 320ml
- 인스턴트 드라이 이스트 7g
- 사워도우 스타터 50g (없어도 걱정할 필요가 없다. 다른 맛을 조금 더하기 위해 쓰는 거니까)
- 추가 향료 아무거나
- 더스팅에 쓸 세몰리나
- 굵은 바다 소금 플레이크

1. 베이킹 트레이 두 개에 유산지를 깐다.

2. 밀가루와 소금을 큰 믹싱볼에 체 쳐 준비한다. 밀가루 중앙에 우물처럼 빈 공간을 만들어 물과 이스트 그리고 (만약 있다면) 사워도우 스타터를 붓는다. 손 혹은 반죽기를 사용해 반죽이 부드러워질 때까지 치댄다. 손으로 한다면 7~8분, 믹서로는 4~5분 정도 걸릴 것이다. 다 되면 5분 동안 반죽을 휴지시킨다.

3. 기본 맛을 유지하려면 이 단계는 건너뛴다. 그러나 치즈나 올리브 등 다른 재료를 더할 거라면 이 단계에서 반죽에 넣어준다. 그리고 손으로는 2분, 반죽기로는 1분 동안 더 치댄다(다음 페이지 활용법 참고).

4. 오일을 살짝 바른 볼에 반죽을 옮긴 다음 랩을 덮는다. 아늑한 곳에 1시간 동안 놔두거나 냉장고에 넣고 밤새 부풀린다 (이렇게 낮은 온도에서 천천히 부풀리면 훨씬 깊은 맛을 낼 수 있다).

5. 밀가루와 세몰리나를 가볍게 바른 작업대 위에 반죽을 올린 다음 각 180g 정도로 다섯 등분한다. 각 조각을 손으로 죽죽 늘려 긴 소시지처럼 만든 다음 양끝을 잡고 살짝 비튼다. 반죽에 세몰리나를 조금 더 덧바른 뒤 유산지를 깐 베이킹 트레이로 옮겨 1시간 동안 부풀린다.

6. 오븐을 220℃로 예열한다.

7. 베이킹 트레이에 물을 가득 채워 오븐 맨 밑바닥에 넣는다. 오븐 내부가 매우 촉촉해지도록.

8. 다크초콜릿을 넣은 브레드 스틱을 만들고 싶다면 굵은 바다 소금

플레이크를 조금 뿌려준다. 뜨거운 오븐에서 15~20분 혹은 황금빛이 돌 때까지 굽는다. 트레이 위에서 10분 동안 식힌다(따뜻할 때 먹어도 맛있고, 가염버터를 발라 먹어도 맛있다).

활용법

▸ **치즈와 올리브**
3단계에서 반죽에 잘게 깍둑썰기 한 치즈 100g과(우리는 견과 맛이 나는 레드 러스터의 치즈를 선호하지만, 어떤 치즈든 괜찮다) 블랙 혹은 그린 올리브 100g, 채 썬 할라페뇨 25g을 더해준다(화끈한 맛을 좋아한다면 강력 추천).

▸ **다크초콜릿, 헤이즐넛 그리고 바다 소금**
다크초콜릿 칩 50g, 구운 헤이즐넛 잘게 썬 것 50g, 꿀이나 메이플시럽 2큰술을 더한 다음 굽기 직전에 굵은 바다 소금 플레이크를 스틱에 뿌려준다.

바게트

바게트는 언뜻 만들기 쉬운 빵처럼 보이지만, 사실 만들기까지 아주 여러 단계를 거쳐야 한다. 그러니 완벽하게 구워내는 게 쉽지만은 않다. 그러나 속상해하지 말자. 우리가 시중에서 보는 바게트는 공장에서 완벽하게 똑같은 모양으로 만들어져 유통되는 것이 많으니까. 그러니 다시 한번, 당신의 바게트가 조금 이상한 모양이라고 해서 자책할 필요 없다. 직접 만드는 게 맛은 훨씬 좋을테니. 이 레시피로는 바게트 다섯 개를 만들 수 있는데, 이 정도면 여러 명이 피크닉 가서 먹기에 딱 좋다. 만약 너무 많다면 사람들에게 나눠주고, 그래도 남았다면 냉동실에 얼려서 보관하면 된다. 혹은 아래 제시된 양의 절반만 사용해도 좋다.

재료(5개 분량)

- 일반 밀가루 700g
- 강력분 300g
- 인스턴트 드라이 이스트 14g
- 고운 바다 소금 25g
- 풀리쉬(스타터)100g
  (아래 참고, 풀리시는 선택사항이지만 맛을 위해서 시도해볼 만하다.)
- 미지근한 물 500ml
- 더스팅에 쓸 세몰리나

다음 날을 위한 재료

- 강력분 50g
- 미지근한 물 50ml
- 인스턴트 드라이 이스트 1g

1. 먼저 풀리쉬를 만든다. 풀리쉬는 반죽의 발효를 도와 풍미를 높여준다. 반드시 넣어야 하는 재료는 아니지만, 빵에 특별한 맛을 더해주는 비법이다. 밀가루, 물, 이스트를 볼에 넣어 섞은 뒤 랩을 씌워 최소 4시간 이상, 여유가 있다면 밤새도록 부풀린다.

2. 풀리쉬가 준비되었다면 반죽을 만든다. 다른 볼에 밀가루와 강력분, 이스트, 소금, 물, 풀리쉬를 모두 넣고 손으로는 10분, 반죽기를 쓴다면 6~7분 동안 반죽을 치댄다. 이 반죽은 일반적인 반죽들보다 더 되직한 편이다. 반죽이 두 배 크기가 될 때까지 1시간 정도 부풀린다.

3. 밀가루를 얇게 바른 작업대에 반죽을 올린 뒤 똑같은 크기로 다섯 등분한다. 손바닥으로 하나씩 눌러 대충 직사각형 모양으로 만든다. 직사각형 반죽을 비밀스러운 쪽지를 접을 때처럼 세 번 접어 작은 직사각형 모양으로 만들어준다. 그다음 5분 동안 휴지시킨다.

4. 그 사이, 커다란 베이킹 트레이에 유산지를 간다. 유산지에 밀가루를 잘 펴 바른다.

5. 반죽이 휴식을 잘 취했다면, 쭉쭉 잘 늘어날 것이다. 직사각형 모양 반죽의 위쪽 짧은 면을 잡아 반죽의 가운데로 오게 접은 다음 손가락으로 이음매를 잘 눌러준다. 이 과정을 반복해서 반죽을 단단하고 둥근 롤처럼 만든다. 적어도 두세 번 정도는 해야 할 것이다.

6. 손바닥을 펼쳐서 반죽에 고르게, 가볍게 압력을 가하며 원하는 바게트 길이와 두께로 만든다.

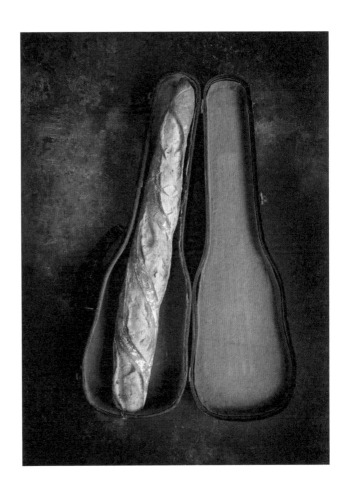

7. 바게트에 세몰리나(없다면 일반 밀가루)를 펴 바른다. 바게트를 조심스럽게 들어 올려 밀가루를 바른 베이킹 트레이에 일정한 간격을 두고 올린다. 적어도 1시간 동안 부풀린다.

8. 오븐을 220℃로 예열한다. 물이 가득 든 트레이를 오븐 맨 아래 칸에 넣어 오븐 안을 촉촉하게 만든다.

9. 브레드레임이나 예리한 칼로 빵 길이에 맞춰 약간 비스듬하고 길게 칼집을 낸다. 20~25분간 혹은 빵 윗부분이 짙은 갈색이 될 때까지 굽는다. 15분 동안 식힌 다음 잘라서 가염버터를 듬뿍 발라 먹는다.

비알리

뉴캐슬에 있는 '노던 라이 업Northen Rye up'은 내가 가장 좋아하는 베이커리 중 하나다. 이 가게도
딱 우리처럼 작은 로프코 오븐 몇 개로 빵을 굽기 시작했다. 나는 노던 라이 업의 인스타그램의
피드에서 비알리를 처음 보았다. 비알리는 베이글과 피자 사이의 사생아쯤 되는 아주 흥미로운
빵이다. 비알리는 폴란드 비아위스토크에 있는(그래서 '비알리' 라는 이름이 붙은 거다) 아슈케나지
유대인이 처음으로 만들었다고 한다. 아빠는 이런 소소한 역사를 좋아한다. 전통적인 비알리는
천천히 익힌 양파와 양귀비씨로 속을 채워 만들지만, 우리는 원하는 무엇이든 넣어 만든다.
레시피는 미라클 오버나이트빵을 만들 때 썼던 단순한 무반죽 방식을 기본으로 한다. 매우 단순한
빵이지만, 반죽은 하루 전날 밤에 만들어두는 게 좋다.

비알리 8개 재료

- 강력분 500g
- 고운 바다 소금 10g
- 정제당 5g
- 인스턴트 드라이 이스트 3g
- 미지근한 물 320ml
- 속은 취향대로(아래 참고)

1. 모든 재료를 볼에 넣고 잘 섞는다. 볼에 랩을 씌워 너무 뜨겁거나 너무 차지 않은 곳에 밤새 둔다.

2. 다음 날 아침, 밀가루를 펴 바른 작업대 위에 반죽을 올리고 똑같은 크기로 여덟 등분한다. 반죽을 하나씩 잡고 공처럼 둥글린다. 유산지를 깐 베이킹 트레이 위에 밀가루를 뿌린 뒤 공 모양 반죽을 올린다. 1시간 동안 혹은 반죽이 두 배로 커질 때까지 부풀린다.

3. 오븐을 220℃로 예열한다.

4. 반죽 가운데를 꾹 눌러 속이 들어갈 자리를 만든다. 두더지가 땅을 파듯 양 손가락을 사용해 천천히 구멍 크기를 늘린다. 가운데 빈 부분에 원하는 재료로 속을 채운다.

5. 뜨거운 오븐에서 12~15분 동안 굽는다. 식힘망에 올려 10분간 식힌다. 그대로 먹거나, 속이 잘 보이도록 반으로 잘라 먹는다.

속 추천

▶ 올리브유로 볶은 양파와 양귀비씨(전통적인 맛이다)

▶ 페스토, 초리조 슬라이스, 올리브 두세 개, 취향에 맞는 치즈

▶ 올리브 타프나드, 햇볕에 말린 토마토, 파르메산 치즈 조각

▶ 카망베르 치즈 조각과 처트니 소스(아빠가 가장 좋아하는 조합이다)

파타예르

우리는 마무드가 경영하는 옥스퍼드 카울리 로드의 '자타르'라는 카페에서 이 플랫브레드를 처음 만났다. 마무드는 빵뿐만 아니라 음식을 먹고, 요리하는 일 자체에도 굉장한 열정을 쏟는 사람이다. 자타르에서는 베이커들이 엄청나게 거대하고 뜨거운 돔형 오븐으로 빵을 구워낸다. 우리는 돔형 오븐 대신 그냥 프라이팬에 파타예르를 굽는다. 이것도 결과는 좋지만, 주방이 연기로 약간 매캐해질 수 있으므로 빵을 구울 때 창문을 열어두는 걸 권한다.

6개 분량 재료

- 강력분 250g
- 일반 밀가루 250g
- 고운 바다 소금 10g
- 인스턴트 드라이 이스트 7g
- 꿀 1큰술
- 신선한 올리브 오일 또는 랩시드 오일 50g
- 미지근한 물 250ml
- 사워도우 스타터 50g (선택)
- 아무 오일

1. 밀가루와 소금을 큰 믹싱볼에 체 친다. 다른 볼에 이스트와 꿀, 오일과 물을 한데 넣어 섞는다. 밀가루와 소금 혼합물의 한가운데에 우물처럼 빈 공간을 만들어 거기에 스타터와 젖은 재료들을 붓는다. 마른 밀가루가 보이지 않을 때까지 잘 섞는다.

2. 밀가루를 가볍게 바른 작업대 위에 반죽을 올린다. 손으로는 7~8분 동안, 반죽기를 쓴다면 4~5분 동안 반죽이 부드럽고 윤이 날 때까지 치댄다. 반죽을 볼에 넣은 뒤 랩을 덮어 1시간 동안 부풀린다. 사워도우 스타터를 첨가했다면 2시간 동안 부풀린다. 그 사이 두어 번 반죽 접기를 해준다.

3. 반죽이 거의 두 배 크기로 부풀면 반죽을 툭툭 치고 주변을 주무르면서 가스를 밖으로 빼 내준다. 이제 반죽을 냉장고에 넣고 12~16시간 동안 휴지시킨다. 그러면 훨씬 더 깊은 맛이 나고 빵 만들기도 조금 더 쉬워진다. 그러나 급하다면 당장 반죽을 사용해도 된다.

4. 반죽을 똑같은 크기로 6등분한 뒤 얇은 타원형 모양으로 밀어서 편다. 막 꺼낸 반죽은 탄력성이 굉장히 좋다. 그러니 일단 둥글게 만든 다음 5분 정도 기다린 후 다시 반죽의 모양을 잡는 걸 추천한다. 기다리는 사이 글루텐이 이완하기 때문에 모양을 내기가 더 쉬워질 것이다.

5. 프라이팬을 불에 올리고 연기가 나기 시작할 때까지 가열한다(반드시 창문을 열어두시길). 둥글린 플랫브레드를 팬에 넣고 익힌 다음 주걱이나 포크로 뒤집어 조리된 면에 오일을(아무 오일이든 괜찮다) 발라준다. 양쪽이 노릇노릇해지면 붓으로 오일을 한 번 더 발라준다. 팬에서 꺼내 뜨거울 때 먹는다.

빵

활용법

올리브 오일이나 유채씨 오일 2~3큰술에 아래 재료들을 넣어 '맛있는
오일'을 만든다. 플랫브레드가 아직 따뜻할 때 붓으로 오일을 발라준다.

▸ 훈제 파프리카 시즈닝과 잘게 다진 마늘

▸ 꿀과 자타르

▸ 로즈메리 잎, 굵은 바다 소금 플레이크와 거칠게 빻은 마른 고춧가루

맛있게 먹는 법: 후무스나 구운 가지와 타히니 소스로 만든 바바 가누쉬
딥으로 속을 채우면 좋아요.

베이글

가게에서 파는 베이글만 먹어왔다면, 이 레시피를 주목하라. 진짜 베이글을
먹어보면 여태 무얼 먹고 있었던 건가, 생각하게 된다. 우리는 베이글 반죽을 밤새
냉장고에 휴지시켰다가 아침에 꺼내 만드는 걸 좋아한다. 그러나 당장 만들어 먹고
싶다면 오늘 안에 만드는 것도 가능하다.

6개 분량 재료

- 강력분 500g
- 인스턴트 드라이 이스트
  7g
- 고운 바다 소금 10g
- 부드러운 연갈색 설탕 30g
- 당밀 또는 물엿(없으면 꿀)
- 미지근한 물 300ml
- 베이킹소다 5작은술
- 달걀흰자
  (노른자는 놔뒀다가
  카르보나라 소스나
  마요네즈를 만드는 데 쓰면
  된다.)
- 양귀비씨 또는 참깨

1. 마른 재료를 한데 섞고 액체류를 더한다. 한데 섞이도록 잘 저어준다.
   손으로는 6~8분, 반죽기를 쓴다면 4분간 치대준다. 반죽이 좀
   뻑뻑하지만, 금방 잘 합쳐져 부드러워질 것이다. 볼에 오일을 바르고
   반죽을 넣은 뒤 젖은 면보를 덮어 1시간 혹은 크기가 두 배로 커질
   때까지 부풀린다.

2. 밀가루를 가볍게 바른 작업대에 반죽을 올린다. 반죽칼로 반죽을
   8조각으로 나눈다. 하나당 100~110g 정도면 된다.

3. 각 조각을 공 모양으로 탄탄하게 굴린다. 손가락으로 반죽 가운데를
   눌러 구멍을 만든다. 엄지와 검지를 집어넣어 구멍을 점점 더 크게
   만든다. 유산지에 오일을 발라 베이킹 트레이에 깔고 베이글을 하나씩
   옮긴다.

4. 베이글을 아침에 구울 거라면 반죽을 냉장고에 넣어 밤새 천천히
   부풀려도 되고, 바로 구울 거라면 40분 정도만 부풀려도 된다.

5. 오븐을 240℃로 예열한다.

6. 가장 큰 소스팬에 물을 채워 끓인다. 끓는 물에 베이킹소다를 넣는다.

7. 끓는 물에 베이글을 넣고 30초간 데친 다음 물기를 빼고 베이킹
   트레이에 올린다. 베이글에 붓으로 계란 흰자를 바르고 양귀비씨나
   깨를 뿌린다.

8. 원하는 정도에 따라 뜨거운 오븐에서 15~20분간 굽는다.

속 제안

▸   크림치즈, 훈제 연어, 절인 오이와 바싹 튀긴 양파

▸   베이컨과 달걀 프라이

▸   햄, 에멘탈 치즈, 아보카도와 얇게 썬 토마토

ange

kery

BREADS

TARTINE   £3
MICHE   £3
ALBERT   £3
★ SPECIAL £3

TOAST

HOMEMADE BUTTER £3
WITH CHOICE OF
SPREADS ON HOUSE
SOURDOUGH

PASTRIES

CINNAMON BUN   £1.50
HOUSE COOKIE   £1
PAIN AU CHOCLATE £1.50
CHEESE TWIST   £1
ECCLE ROLL   £1

★ SPECIALS

J T Beau, Orford Suffolk
Smokehouse & Fishmonger

FRY'S CHOCOLATE

cheese twist

ToDAY's SpECIAL
BREAD

ToDA

SOURDOUGH BREAD

사워도우빵

사워도우는 위협적이고 성미가 까다로운 동물 같기도
하고, 굉장히 뛰어나며 훌륭한 것처럼 느껴지기도
한다. 사워도우를 만드는 일은 마라톤을 뛰거나 새로운
언어를 배우는 것과 같은 범주로 묶이곤 하지만, 사실
사워도우는 매우 관대하며 친절하다. 사워도우빵이
원하는 건 약간의 사랑과 존중뿐이다. 사워도우를
만드는 건 로켓을 만드는 일처럼 난해하지 않다.
실수하고, 고치고, 그리고 또 실수하며 배우면 된다.
당신이 만든 사워도우가 너무 납작하더라도 낙담하거나
48시간 동안 정성을 쏟은 게 허사로 돌아갔다고 느낄
필요는 없다. 괜찮다. 사워도우는 그대로 우리 곁에 있다.
시간은 걸리겠지만, 모든 과정이 가치가 있다.
오븐에서 통통하고 노릇노릇한 빵을 끄집어내는 순간,
당신은 부드럽고 맛있는 빵 구름 위에 두둥실 떠 있게
될 것이다. 나는 사워도우를 평생 사랑할 테지만,
사워도우를 완벽하게 구워야 좋은 베이커가 된다거나
하는 것은 아니다. 심지어 사워도우를 좋아하지 않아도
된다. 사워도우가 어렵게 느껴진다면 그냥 넘어가도
좋다. 이번 장은 의무감으로 읽지 말고 원할 때만
펴보라고 말하고 싶다. 그러나 사워도우에 끌린다면,
다음 페이지를 펼치시라. 난해한 루빅스큐브 같던
사워도우가 흥미진진한 게임으로 바뀔 것이다.

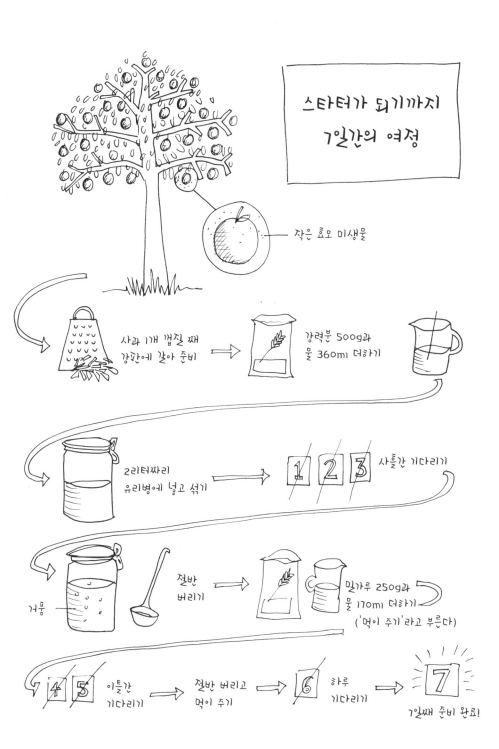

스타터가 되기까지
기일간의 여정

작은 효모 미생물

사과 1개 껍질 째
강판에 갈아 준비

강력분 500g과
물 360ml 더하기

2리터짜리
유리병에 넣고 섞기

1 2 3 사흘간 기다리기

거품

절반
버리기

밀가루 250g과
물 170ml 더하기
('먹이 주기'라고 부른다)

4 5 이틀간
기다리기

절반 버리고
먹이 주기

6 하루
기다리기

7 기일째 준비 완료!

사워도우빵

스타터로 베이킹 하기

빵을 만드는 것이 마법이라면 스타터는 마법
지팡이다. 빵을 부풀게 할 생생한 스타터가 없으면
빵은 시멘트 블록처럼 딱딱해져서 정원 벽을 세우는
데는 좋지만 먹기에는 별로 좋지 않을 것이다. 나는
도전할 때 매우 '후플푸프'(〈해리포터〉 시리즈에
등장하는 마법학교의 4대 기숙사 중 하나. '성실함'을
기준으로 학생을 선발한다 —옮긴이)'한 방식으로
접근한다. '열심히 노력하고 시간을 투자하면 마침내
목표를 이루리라'라는 태도다. 그러나 사워도우는
쉽지 않다. 사워도우는 미스터리한 생명체. 신화 속
그리핀처럼 존중해야 한다.

스타터는 살아 있다. 먹고, 숨 쉬고, 잠자고, 몇
백 년을 산다. 사워도우 스타터는 수 세대에 걸쳐
살아간다. 원하는 게 많고, 사랑을 갈망하며,
끊임없이 먹이를 요구한다(나와 매우 비슷하다).
그러나 시간과 관심을 조금만 쏟는다면 스타터는
최고의 친구가 되어 당신이 폭신폭신하고 아름다운
사워도우를 만들 수 있게 도와줄 것이다. 당신은
그저 더 '래번클로(〈해리포터〉에 나오는 4대
기숙사 중 하나. '지혜와 지식'을 기준으로 학생을
선발한다 —옮긴이)'적이기만 하면 된다. 반죽을
존중하고 시간을 들여 조심스럽게 지켜보아야
한다는 뜻이다.

스타터로 마술 부리기

맨땅에 헤딩하듯 처음부터 스타터를 만들려고
시도한다면 약간 썩은 냄새가 나는 회색 젤리 덩이
같은 것을 양산해낼 위험이 있다. 그래서 나는 첫
스타터를 온라인에서 주문했는데 그걸 아직도
가지고 있다. 나는 그 스타터에 '퍼거슨'이라는
이름을 지어줬다. 퍼거슨을 판매한 주문처에
따르면 퍼거슨은 51살이라고 했다. 누군가가
퍼거슨을 반세기 동안 살아 있게 했다는 말이다.
샌프란시스코에는 19세기 골드러시 때부터 사용된

스타터도 있다. 몇 주간 퍼거슨과 함께 지내면서
나는 그가 외로워한다고 느꼈고(중년의 위기를 맞은)
퍼거슨에게 친구를 만들어주기로 했다.

사워도우 순혈주의자들은 밀가루 안에 든 천연
효모를 이용해 밀가루와 물만으로 스타터를 만든다.
나는 여러 번의 시도와 실패를 반복한 뒤 갓 재배한
사과의 껍질과 과육을 발효 공정에 이용하는 기술을
알게 됐다. 사과나 청포도의 껍질에는 많은 천연
효모 미생물이 있는데, 살충제가 이 효모를 죽일 수
있으므로 유기농으로 재배한 과일을 써야 한다. 같은
이유로 여과수나 끓인 물(당연히 끓인 다음 식혀서)을
사용하는 게 좋다.

나는 우리 정원에서 자란 지저분한 사과를
따서 씻은 다음 껍질째 강판에 갈아서 밀폐식
유리 용기에 넣었다. 그런 다음 같은 양의 물과
밀가루를 넣고 섞은 다음 벽지 풀처럼 색이 옅고
뻑뻑한 덩어리가 될 때까지 놔두었다. 그런 다음
뚜껑을 덮고, 퍼거슨 옆의 따뜻하고 안전한 자리에
놓아두었다. 이제 기다림이 시작되는데….

마치 몇 개월, 몇 년, 몇십 년 같은 사흘을 기다린
뒤 뚜껑을 열었다. 몽글몽글한 산성 물질의 생생한
향연을 기대했던 나는 액체 표면에 달랑 하나의
거품이 면목 없다는 듯 외롭게 올라앉은 걸 보고
심장이 쿵 내려앉았다. 나는 고집이 발동해 포기하지
않고 두 주먹을 불끈 쥐었다. 스타터의 반을 쏟아
버리고 남은 반에 밀가루와 물을 더 넣은 다음
포크로 잘 섞었다. 다시 뚜껑을 닫고 이틀을 더
기다렸다.

이번에는 너무 실망하지 않으려고 뚜껑을 열기 전에
격려의 말을 혼자 중얼거렸다. 병을 열자 똑같은
거품이 나를 맞았지만, 이번에는 하나가 아니었다.
여럿이 함께 있었다. 스타터에서는 약간 신 냄새가
났고, 확실히 살아 있었다.

새 스타터에게도 이름이 필요했다. 퍼거슨과 성비
균형을 맞추기 위해 뮤리얼로 지어주었다.

1일 차

- 강판에 간 유기농 사과 또는 배 1큰술(껍질과 과육만 쓰고, 심은 버린다)
- 강력분, 통밀 또는 호밀 500g
- 미지근한 물 360ml

2리터짜리 유리병 또는 이와 크기가 비슷한 용기를 골라 무게를 잰다. 나중에 혼합물에 재료를 넣거나 뺄 때 도움이 된다. 강판에 사과나 배를 간 다음 여기에 밀가루(흰 밀가루도 괜찮지만, 통밀이나 호밀을 조금 넣어주면 더욱 좋다), 미지근한 물을 넣고 섞는다. 스푼의 뒷면으로 혼합물을 잘 눌러주고 뚜껑을 느슨하게 닫는다. 네임펜을 사용해 유리병에 혼합물의 용량을 표시해둔다. 미생물이 마법을 부려서 스타터가 부푸는 것을 확인할 수 있다. 유리병은 따뜻한 곳에 둔다. 밝은 곳일 필요는 없다. 그저 아늑한 곳이면 되므로 건조용 선반이나 라디에이터 위 창틀이 좋다. 이제 사흘을 기다린다.

4일 차

- 강력분, 통밀가루 또는 호밀가루 250g
- 미지근한 물 170ml

유리병을 연다. 이제 스타터는 톡 쏘는 사과주 식초의 산성을 띠고, 약간 부풀어 있으며, 표면에는 방울들이 보일 것이다. 혼합물을 스푼의 뒷면으로 다시 꾹 눌러준다. 이제 절반을 빼내야 한다. 아주 엄격하고 정확하게 혼합물의 무게를 재서 반을 빼거나 (반드시 유리병의 무게를 계산해야 한다) 또는 (나처럼) 눈대중으로 대충 해치운다. 절반을 덜어냈다면 다시 밀가루와 미지근한 물을 넣고 잘 섞어준다. 뚜껑을 덮고 네임펜으로 다시 용량을 표시한다. 이틀 더 기다린다.

6일 차

- 강력분, 통밀가루 또는 호밀가루 250g
- 미지근한 물 170ml, 추가로 30~40ml

지금쯤 스타터는 사흘째보다 훨씬 더 높게 일어나 있을 것이다. 스타터 윗부분에 회색 액체층이 생겼다면 상심 말고 잘 저어준다. 그런 다음, 다시 스타터의 절반을 덜어내고 밀가루와 미지근한 물을 넣어준다. 스타터를 잘 저어주면서, 약간 뻑뻑하다면 물 30~40ml를 조금씩 더 넣어준다. 부드러워지는 건 좋지만 너무 묽어져선 안 된다. 다시 하루 더 놔둔 뒤 베이킹에 사용하면 된다.

사워도우빵

스타터 먹이 주기와 저장하기

천연 효모 안에 든 작은 미생물은 먹고 트림하기 위해 산다. 미생물은 밀가루의 녹말을 설탕으로 분해하여 그걸 섭취하는데, 그때 이산화탄소 방귀를 터트려 거품을 만들어낸다. 만약 스타터에 밀가루와 물을 제때 보충해주지 않는다면 미생물은 제대로 번성하지 못할 것이다. 그러므로 계속해서 먹이를 주거나 혹은 미생물의 식욕을 억눌러야 한다.

만약 계속해서 밀가루와 물을 공급해줄 거라면 먹이를 주기 전에 스타터의 절반보다 조금 더 많은 양을 덜어내야 한다(이 덜어낸 사워도우 스타터를 활용한 레시피는 243쪽을 참조). 그다음 다시 되직하게 될 때까지 밀가루와 물을 더한다. 나는 대략 밀가루와 물의 비율을 6:4 정도로 하는데, 적당한 농도가 무엇인지는 점차 감을 잡게 될 것이다. 벽지에 바르는 풀 같아야 한다는 걸 기억하자.

만약 매일 빵을 굽거나 적어도 이틀에 한 번은 굽는다면 스타터는 실온 보관하고 사용할 때마다 밀가루와 물을 추가한다. 일주일에 한 번 정도만 빵을 굽는다면 냉장고에 보관하는 게 가장 좋다. 스타터를 낮은 온도에서 보관하면 미생물의 식욕을 억누를 수 있고 따라서 먹이 주는 빈도를 줄일 수 있다. 빵을 굽기 전 반나절 정도는 스타터를 실온에 두어야 한다. 빵을 굽기 전날 밤 냉장고에서 꺼내 절반 정도 덜어낸 다음 새 밀가루와 물을 다시 채우면 된다. 다음 날 아침이면 스타터는 밖으로 나가고 싶어 몸이 근질근질한 행복한 상태가 되어 있을 것이다.

만약 2주 이상 빵을 구울 계획이 없다면 스타터는 냉동고에 보관하면 된다. 냉동 상태로 두면 몇 년 동안 그대로 있을 것이다. 다시 빵을 구우려면 냉동고에서 꺼내 해동시킨 다음 절반을 버리고 새 밀가루와 물을 채워주면 된다.

The Watlington

궁극의 사워도우빵

우리의 넘버 원 도우가 바로 이것이다. 이 레시피라면 차원이 다른 흰 사워도우를 만들 수 있다. 우리는 그 빵을 '와틀링턴'이라고 부른다. 우리 가게에서 와틀링턴은 눈 깜짝할 사이에 다 팔려나간다. 이 도우는 다른 재료들을 더하기에도 완벽한 베이스가 되어준다.

재료(1개 분량)

스타터 먹이
- 강력분 59g
- 미지근한 물 60ml

빵을 위한 재료
- 미지근한 물 350ml
- 사워도우 스타터 120g (222~223쪽 참고)
- 강력분 450g, 더스팅용 조금 더
- 통밀가루 50g
- 따뜻한 물 2큰술에 고운 바다 소금 10g을 녹여 준비

1. 빵을 만들기 전날 밤에 스타터에 먹이를 준다. 먼저 스타터를 몇 스푼만 남기고 버린 다음 강력분 90g과 미지근한 물 60ml를 붓고 뚜껑을 다시 덮는다.

2. 빵 만드는 데 쓸 볼이나 통을 꺼낸다. 발효가 진행되며 거품이 잘 이는지 확인하려면 투명한 유리 재질을 쓰는 게 좋다. 볼에 거품이 인 사워도우 스타터와 미지근한 물을 넣고 잘 저은 다음, 강력분과 통밀가루를 넣고 걸쭉한 반죽이 될 때까지 섞는다. 볼 위에 젖은 티타월을 덮고 아늑한 곳에서 30분 정도 휴지시킨다. 재료들이 잘 섞일 시간을 줘야 한다.

3. 그다음 손끝으로 반죽을 부드럽게 누르면서 따뜻한 물에 소금을 녹인 것을 그 위에 부어준다. 다시 젖은 티타월을 볼 위에 덮고 1시간 동안 기다린다. 이 과정을 전문 용어로 '오토리즈'라고 부른다. 고급스러운 이름 덕분에 사뭇 전문적인 베이커가 된 것 같은 기분을 느낄 수 있다.

4. 다음으로 반죽을 한 차례 늘렸다 접는 스트레칭을 해준다. 비가빵 레시피에서 설명한 것처럼 (194쪽 참고), 손에 물을 조금 적신다. 볼에 든 둥근 반죽이 동그란 시계라고 상상해보자. 12시 정각 지점의 반죽을 한 움큼 잡고 밖으로 길게 늘인 다음 다시 가운데로 포갠다. 볼을 90도 돌려서 이제 3시 지점을 앞에 두고 잡고, 늘리고, 포개기를 한다. 나머지 6시와 9시 지점에도 똑같이 하고, 이 과정을 두어 번 더 반복한다. 볼 위에 젖은 티타월을 덮고 기다린다. 다음 세 시간 동안 이 과정을 되풀이해야 한다. 정각에 딱 맞출 필요는 없지만, 세 시간 동안 세 차례의 스트레칭을 해주는 게 가장 좋다. 이것이 바로 1차(벌크) 발효다. 이제 반죽은 글루텐을 포함한 모든 걸 분해하면서 많은 걸 알아서 해낼 것이다. 반죽을 늘렸다 접는 스트레칭이 그 과정을 도와준다.

5. 늘리고 접는 마지막 스트레칭을 끝내고 30~45분 뒤, 밀가루를 가볍게

바른 작업대에 거품이 일어난 반죽을 올린다. 밀가루를 묻힌 손이나 반죽칼로 빵의 첫 번째 모양을 만들어준다. 각자 반죽 모양을 만드는 자기만의 방식이 있을 것이다. 우리의 방식은 1차 발효의 단계를 반복하는 거다. 동그란 시계 모양 반죽 덩어리의 끝부분을 한 움큼 잡고 거북이 뒤집히듯 전체를 휙 뒤집는다. 그런 다음, 반죽과 작업대 사이의 틈으로 반죽칼을 넣고 반죽의 3시 지점을 12시 방향으로 쭉 끌어당겨 올리고, 다시 6시 방향으로 내려준다. 곧 반죽이 단단해지고 더 부드러워지는 걸 느낄 수 있다. 반죽이 더 둥근 모양이 될 때까지 이 과정을 두어 번 반복한다. 이 작업 후에는 반죽을 30분 동안 휴지시킨다. 이것을 벤치 휴식이라고 한다. 빵은 놀랍도록 관대하고 너그럽다. 만약 늘리고 잡아당기는 스트레칭 과정을 한 번 빼먹거나 벤치 휴식 시간을 주지 않아도 빵은 살아남을 거고, 그것도 모자라 더 흥미로운 결과를 선사할지도 모른다.

6   오븐 용기에 따라 반죽을 동그랗거나 길쭉한 모양으로 만든다. 반죽을 조심스럽게 들어 올려 밀가루를 바른 바네통 또는 밀가루를 바른 티타월을 안에 댄 볼에 내려놓는다(반죽의 이음매 부분을 아래로 가게 한다). 겉껍질이 마르지 않게 반죽 위에 비닐을 덮는다. 다음날 빵을 구울 거라면 아침까지 냉장고에 넣어둔다. 낮은 온도에서도 반죽은 부푼다. 이렇게 반죽을 오랫동안 부풀리면 빵의 풍미가 훨씬 깊어진다. 더 빠르게 부풀게 하려면 따뜻하고 아늑한 곳에 2시간 동안 둔다.

7.   반죽이 거의 다 부풀면 오븐을 최대한 뜨겁게, 가능하면 230℃로 예열한다. 큰 캐서롤 냄비를 이용한다면 오븐에서 30분은 예열해야 한다. 만약 빵틀을 사용한다면 이 부분은 생략하고 바로 8번으로 간다.

8.   반죽을 빵틀에 넣어 구울 거라면 베이킹 트레이에 물을 가득 채워 오븐 바닥에 넣어준다. 이렇게 하면 오븐 안에 김이 서리며 촉촉한 환경이 만들어진다. 원한다면 반죽 윗부분에 좁고 길게 칼집을 내줘도 된다. 오븐에서 40분 동안 굽거나, 빵틀의 아랫면을 손으로 노크하듯 두드렸을 때 텅 빈 것 같은 소리가 날 때까지 구우면 된다. 반죽 모양을 위해 바네통이나 볼을 사용했다면 반죽을 유산지 위에 올려두고 예리한 칼로 칼집을 낸다. 뜨겁게 달궈진 캐서롤 냄비를 조심스럽게 꺼낸 다음 유산지의 끝을 잡고 반죽을 들어올려 그대로 냄비에 내려놓는다. 냄비 안에 놓인 반죽 둘레에 물 1스푼을 붓고

1. '동그란 시계 얼굴' 접기 2. 반죽 동그랗게 만들기
3. 반죽을 바네통에 넣기 4. 반죽 작업 중인 앨

재빨리 뚜껑을 덮는다. 30분 동안 구운 뒤 뚜껑을 열고 (진실의 순간!) 껍질이 노릇노릇해질 때까지 10분 더 구워준다(나는 껍질 색을 더 진하게 하고 싶어서 15분 더 굽는다). 굽기가 끝나면 식힘망에서 적어도 30분간 식힌 뒤 먹는다.

사워도우 활용하기

사워도우 만들기에 자신감이 생겼다면 다른 밀가루를 사용해보거나 추가적인 재료를 더하는 모험을 해봐도 좋다. 우리는 기본적인 재료들을 섞고 최소 30분 정도 뒤에 추가 재료들을 넣어주는 편이다.

▶ **통밀빵**
궁극의 사워도우빵 레시피를 따르되 두 가지 밀가루의 비율을 바꾼다. 강력분을 450g이 아니라 200g을 사용하고, 통밀가루를 50g에서 300g으로 늘린다.

맛있게 먹는 법: 이 빵은 좋은 소시지와 디종 머스터드를 곁들여 먹으면 환상적이랍니다.

▶ **포리지빵**
냄비에 포리지 귀리 75g과 물 100ml를 넣고 크림색이 돌면서 뻑뻑해질 때까지 약한 불로 끓인다. 유산지에 포리지 혼합물을 놓고 티타월을 덮은 뒤 식힌다. 반죽은 궁극의 사워도우빵 레시피를 따르되, 두 가지 밀가루의 비율은 달리한다. 강력분 450g 대신 250g을, 통밀가루 50g 대신 250g을 쓴다. 반죽을 처음으로 당기고 접는 스트레칭 과정에서 포리지를 유산지에서 긁어내 반죽 위에 펴 바른다. 손가락으로 포리지를 잘 부서뜨리며 반죽 안으로 넣어준다. 볼에 귀리를 담고 거기에 반죽을 담아 모양을 만든 후 바네통이나 빵틀에 옮겨 굽는다.

맛있게 먹는 법: 이 빵은 거의 크림 같은 질감이 특징입니다. 잼이나 꿀을 발라 먹으면 끝내줘요.

사워도우 포카치아

맞다, 이 책에는 이미 포카치아 레시피가 있다. 하지만 사워도우 스타터로 만든
포카치아는 완전히 다른 차원의 포카치아다. 아빠와 나는 빵집 투어를 하며 런던 동부
달스턴에 있는 '더스티 너클'이라는 멋진 곳에 들른 적이 있다. 그 빵집은 고요하고
근사해서 마치 오아시스 같았고, 포카치아는 바삭한 구름처럼 짭짤하면서도 부드러웠다.
우리는 이 최고의 빵에 경의를 표했다. 우리 가게에서는 이 빵을 금요일에만 내놓기
때문에 어떤 손님들은 이걸 금요일 포카치아라고 부른다.

재료(1개 분량)

- 미지근한 물 350ml
- 사워도우 스타터 120g
  (222~223쪽 참고)
- 풀리쉬 100g(아래 참고)
- 올리브 오일 또는 유채씨
  오일 50ml, 추가로 2큰술
  더
- 강력분 500g
- 고운 바다 소금 10g
- 토핑은 마음대로

풀리쉬

- 강력분 50g
- 미지근한 물 50ml
- 인스턴트 드라이 이스트
  1g

1. 빵을 만들기 전날 밤 스타터에 먹이를 준 다음 풀리쉬를 만든다.
   풀리쉬는 포카치아를 강화하고 맛의 층위를 더해준다. 밀가루와 물,
   이스트를 넣고 잘 저은 뒤 뚜껑을 덮어 밤새 놔둔다.

2. 궁극의 사워도우 레시피(225쪽)를 따르되, 스타터와 함께 오일과
   풀리쉬를 더해준다. 그다음 3시간에 걸쳐 반죽을 늘리고 접는
   스트레칭을 해준다.

3. 이번에는 벤치 휴식을 생략한다. 대신 베이킹 트레이에 유산지를 깔고
   오일을 뿌려준다. 반죽을 그 위에 올리고 트레이 가장자리까지 넓게
   밀어서 펴준다(약 2.5cm 정도가 될 것이다). 반죽에 오일을 조금 더 뿌려준
   뒤(나는 오일에 집착한다) 1시간 동안 부풀린다.

4. 오븐을 220℃로 예열한다.

5. 손가락 끝으로 반죽을 살짝 눌러준 다음 토핑을 올린다. 뜨거운
   오븐에서 30~35분 동안 구운 다음 30분간 식힌 뒤 먹는다.

활용법

▶ 로즈메리 잎과 굵은 바다 소금 플레이크

▶ 콩피나 구운 마늘, 얇게 썬 감자와 양파

▶ 햇볕에 말린 토마토, 초리조 조각과 올리브

▶ 염소 치즈, 복숭아, 타임 잔가지와 거칠게 빻은 고춧가루

로지와 함께 사과주를

← 231쪽 사진
참고

반죽에 약간의 사과주를 넣어주면 정말 사랑스러운 톡 쏘는 맛이 더해진다.
지금부터 만나볼 레시피는 이를테면 처트니 소스 없이 먹는 농부의 빵이라고
보면 된다.

재료(1개 분량)

- 미지근한 물 200ml
- 사과주 150ml
- 사워도우 스타터 120g
  (222~223쪽 참고)
- 강력분 350g
- 통밀가루 150g
- 고운 바다 소금 10g
- 대충 자른 호두 50g
- 향이 강한 치즈 50g,
  취향에 따라 갈거나
  깍둑썰기
- 사과 하나, 가운데를
  파내고 간 것(아주 가늘게
  채 썰어도 괜찮다)

1. 옆의 재료들로 궁극의 사워도우빵 레시피를 따라 하되, 물을 넣을 때
   사과주도 함께 넣는다.

2. 반죽을 늘리고 접는 첫 번째 스트레칭을 할 때 호두와 간 치즈 그리고 간
   사과를 넣는다. 첨가한 재료들이 반죽에 골고루 섞이도록 한다.

3. 모양을 만들어 부풀린 뒤, 225~227쪽을 참고하여 궁극의
   사워도우빵을 만들 때처럼 반죽을 부풀리고 굽는다.

   맛있게 먹는 법: 치즈와 처트니를 곁들여 전통적인 농부의 점심을
   즐기세요.

미소된장과 구운 참깨 사워도우

← 231쪽 사진 참고

이 레시피는 카울리 로드에 가본 덕분에 탄생하게 되었다. 우리는 카울리 로드에서 오징어땅콩부터 새우깡까지 없는 게 없는 환상적인 한국 슈퍼마켓을 발견했다. 여기에서 붉은 미소된장과 발효 된장도 구할 수 있었다. 미소된장은 마마이트처럼 빵에 아주 미묘하고 색다른 짠맛을 더해주며(그래서 미소된장을 쓰면 소금 양을 줄인다), 구운 참깨와의 궁합도 환상적이다.

- 미지근한 물 350ml
- 사워도우 스타터 120g
- 강력분 400g
- 통밀가루 100g
- 고운 바다 소금 8g
- 붉은 미소된장 수북하게 1큰술
- 참깨 50g(더 깊은 맛을 내고 싶다면 기름을 두르지 않은 팬이나 오븐에 넣고 볶을 것), 반죽을 볼에 넣고 굴릴 때 쓸 참깨 조금 더

1. 옆의 재료들로 궁극의 사워도우빵 레시피를 따라 만든다.

2. 반죽을 늘리고 접는 첫 번째 스트레칭 단계에서 반죽 위에 미소된장을 얇게 펴 바르고 구운 참깨를 흩뿌린다. 반죽 접기를 계속하면서 미소된장과 참깨가 덩어리지지 않게 골고루 섞어준다.

3. 궁극의 사워도우빵을 만들 때와 같은 과정을 따르되, 반죽을 바네통이나 빵틀에 넣기 전에 먼저 볼에 참깨를 넣고 거기에 반죽을 굴려준다. 그러면 껍질이 참깨로 덮인 아름다운 빵이 된다.

4. 225~227쪽을 참고하여 궁극의 사워도우빵을 만들 때처럼 반죽을 부풀리고 굽는다.

맛있게 먹는 법: 라멘을 준비해 빵과 함께 먹으면 게임 끝!

앨버트

앨버트라는 이름은 우리 오빠 이름에서 따온 것이다. 앨버트 오빠는 베이컨 샌드위치를 만들 때는 사워도우가 아닌 무조건 얇게 썬 흰 식빵을 써야 한다고 생각했다. 사워도우는 구멍이 너무 많고 껍질이 바삭바삭하니까. 그래서 나는 오빠를 위해 식빵처럼 부드러우면서도 사워도우의 특징은 그대로 지닌 빵을 만들기로 했다. 여러 방법을 시도해도 길을 찾지 못하던 그때, 탕종법을 알게 됐다. 이건 일본의 가장 북쪽에 있는 지역, 쌀보다 밀이 많이 자라는 홋카이도에서 개발한 방식이다. 이 레시피를 요약하자면, 반죽에 밀가루와 물로 만든 루roux를 혼합하고, 흰 식빵과 비슷한 맛을 내기 위해 버터와 전지분유를 첨가한다. 이렇게 하면 정말이지 위험할 정도로 계속 먹게 되는 부드러운 빵이 탄생한다. 우리 가게 손님 중에도 앨버트빵만 찾는 열혈 팬클럽이 있다.

재료(1개 분량)

- 미지근한 물 300ml
- 사워도우 스타터 100g
- 인스턴트 드라이 이스트 3g
- 전지분유 25g
- 강력분 500g
- 부드러운 무염 버터 50g
- 고운 바다 소금 10g

탕종 재료

- 강력분 20g
- 미지근한 물 80ml

1. 먼저 탕종을 만든다. 중간 크기의 소스팬에 밀가루와 물을 넣고 약불에서 끓이며 잘 저어준다. 뻑뻑한 풀처럼 되면 불을 끄고 식힌다.

2. 옆의 재료들로 궁극의 사워도우빵 레시피를 따르되, 재료들을 처음으로 섞어줄 때 인스턴트 드라이 이스트와 전지분유를 넣는다(만약 전지분유가 없다면 빵 만들기를 시작할 때 물 대신 물 반, 우유 반을 넣는다). 그런 다음 오토리즈가 끝나면 탕종과 버터, 소금을 넣어 섞는다.

3. 이 빵은 빵틀에 넣어 굽는다. 반죽이 부드럽고 촉촉하고 폭신해서 빵 모양을 만들 때 밀가루를 꽤 많이 묻혀야 할지도 모른다. 우리는 반죽을 휴지시키지 않고 오일을 잘 바른 빵틀에 곧바로 넣는다.

4. 냉장고에 넣어 밤새 부풀리거나 따뜻한 곳에 60~90분 동안 둔다.

5. 오븐을 240℃로 예열한다.

6. 뜨거운 오븐에서 40~45분 동안 굽는다. 통 안에 두고 조금 식힌 다음 식힘망에서 조금 더 식힌다. 이 빵은 말랑말랑해서 따뜻할 때 자르기는 힘들다.

   맛있게 먹는 법: 디종 머스터드와 마요네즈, 스리라차 소스를 섞어 한 면에 바르고 그 위에 치즈와 곱게 채 썬 양파를 올린 뒤 뚜껑을 덮고 철판팬에 구워 치즈토스트를 만들어 먹어요.

albert
ingredients flour, salt milk
baked by kitty
price 3

R. J. UPTON HERRINGSWELL

miche
flour water salt

R. J. UPTON HERRING

울라 호밀빵

나는 덴마크에 사는 울라 할머니에게 호밀빵 만드는 법을 배웠다. 그래서 이 빵도
할머니의 이름을 딴 것이다. 덴마크에서는 호밀빵을 만드는 데 필요한 무알코올 몰트
맥주를 살 수 있다. 영국에서 구할 수 있는 가장 비슷한 것은 몰트 음료인 슈퍼몰트다.
아니면 진짜 맥주를 써도 된다. 루비 맥주처럼 색이 진한 것이 좋다.

재료(3개 분량)

- 몰트 맥주 혹은 몰트 음료
  혹은 루비 맥주 500ml
- 호밀 스타터 250g(아래
  참고)
- 호박씨, 해바라기씨,
  아마씨, 귀리 혹은 호밀을
  섞은 것 200g
- 당밀, 블랙 트리클 또는 꿀
  30g
- 강력분 500g
- 고운 바다 소금 15g

호밀 스타터 재료

- 사워도우 스타터 1큰술
- 호밀가루 125g
- 미지근한 물 125ml

1. 먼저 호밀 스타터를 만든다. 큰 볼에 사워도우 스타터와 호밀가루,
   미지근한 물을 모두 넣고 젓는다. 따뜻한 곳에 몇 시간 동안 두고
   발효시킨다.

2. 다음으로 몰트 음료나 맥주 500ml를 호밀 스타터가 든 볼에 부은 뒤 잘
   저어준다.

3. 볼에 여러 가지 씨앗과 통곡물(좋아하는 조합으로 넣으면 된다), 당밀을
   넣고 잘 섞는다. 이때 혼합물이 아주 질펀하고, 살짝 역해 보이더라도
   걱정할 필요 없다. 잘하고 있는 거다.

4. 볼을 덮은 다음 시원한 곳에 두고 하룻밤 동안 부풀린다. 냉장고는 조금
   지나치게 기온이 낮을 수 있는데, 과하게 발효되지 않게 하고 싶다면
   냉장고에 넣어도 된다.

5. 다음 날 아침, 혼합물에 밀가루와 소금을 넣고 잘 섞는다. 처음보다
   뻑뻑해졌겠지만, 아직 꽤 축축할 것이다. 그대로 1시간 동안 쉬게 둔
   다음, 버터를 바른 빵틀에 혼합물을 수저로 크게 퍼서 넣는다. 우리는
   450g짜리 작은 빵틀을 사용한다. 만약 900g짜리 큰 빵틀을 쓴다면
   빵을 조금 더 오래 구워야 한다.

6. 물을 묻힌 반죽칼로 빵 윗부분을 부드럽게 만들어준 다음 호밀가루를
   뿌린다. 이 빵은 부풀기까지 꽤 오랜 시간이 걸린다. 시간이 지남에 따라
   빵 위에 뿌려둔 밀가루가 작은 지진이 일어난 것처럼 갈라진 틈으로
   들어가는 게 보일 것이다.

7. 오븐을 200℃로 예열한다.

8. 뜨거운 오븐에서 1시간 동안 혹은 윗부분의 색이 어두워질 때까지(그러나 타지는 않게) 굽는다. 900g짜리 빵틀을 사용한다면 1시간 20분 동안 굽는다. 빵을 꺼내 식힘망에 두고 적어도 5시간 동안 식힌다. 많은 사람이 호밀빵은 다음 날까지 식혔다가 먹어야 한다고 이야기하는데, 그러기에는 너무 큰 자제력과 인내심이 필요하다. 오래 기다려야 해서 힘들긴 하지만, 대신 이 빵은 엄청 오랫동안 두고 먹을 수 있다.

맛있게 먹는 법: 날카롭게 잘 드는 빵 칼로 빵을 얇게 썰어주세요. 그러면 덴마크식 오픈 샌드위치(스뫼뢰브뢰)를 아주 많이 만들어 먹을 수 있거든요. 자른 조각에 버터를 바른 다음 콜드 컷(햄, 소고기 파스트라미), 삶은 달걀, 아보카도, 마요네즈 또는 서양고추냉이를 얹어요. 생선을 좋아하면 청어를 올리거나 훈제 연어를 넣어도 좋아요. 참새우를 올리고 레몬즙을 뿌려도 좋죠. 피클과 아삭아삭한 양파도 반드시 넣어야 해요. 우리는 아삭한 것을 좋아하거든요. 채식을 한다면 무화과잼이나 적양파 마멀레이드를 바르고 얇은 치즈 조각과 토마토를 올려 먹어도 훌륭하답니다. 예술 작품처럼 만들 수도 있고 엉망진창이 될 수도 있지만 상관없어요. 무조건 맛있을 테니까요.

사워도우 버거 번

우리는 브리오슈처럼 부드러우면서도 손에서 뭉개지지는 않는 탄탄한 버거 번을 만들고
싶었다. 앨버트빵을 만들 때 썼던 탕종법을 여기서도 활용한다. 달걀과 버터가 번의
풍미를 한껏 더하기 때문에 버거나 피시핑거를 만들 때 쓰면 딱 좋은 빵이다. 다 굽고 나서
빵을 꾹 누르면 천천히 원래 모양으로 돌아오는데, 이걸 보는 게 나는 참 재미있다.

재료(12개 분량)

- 강력분 500g
- 미지근한 물 250ml
- 인스턴트 드라이 이스트 7g
- 사워도우 스타터 50g (선택)
- 부드러운 무염 버터 50g
- 큰 달걀 1개
- 꿀 1큰술
- 고운 바다 소금 10g

탕종

- 강력분 20g
- 미지근한 물 80ml

마무리

- 달걀 1개 풀어서 우유 1큰술 더한 것(달걀물)
- 참깨 1큰술 듬뿍

1. 먼저 호밀 스타터를 만든다. 큰 볼에 사워도우 스타터와 호밀가루, 미지근한 물을 넣고 젓는다. 따뜻한 곳에 두고 몇 시간 동안 발효시킨다.

2. 큰 볼에 반죽 재료와 탕종 재료를 모두 넣고 가루가 남아 있지 않을 때까지 잘 섞는다.

3. 밀가루를 가볍게 바른 작업대에 반죽을 올려 손으로는 10분, 반죽기를 사용한다면 5~6분 동안 넉넉하게 치댄다. 반죽에 부드러운 탄성이 생기면 볼에 도로 넣어 젖은 티타월로 덮은 다음 크기가 두 배가 될 때까지 1시간 동안 부풀린다.

4. 반죽을 대략 한 조각에 120g 정도로 12등분한다. 조각을 동그랗게 만들어 유산지를 깐 베이킹 트레이에 5cm 간격으로 놓는다. 위에 티타월을 덮고 다시 30분 동안 부풀린다.

5. 오븐을 220℃로 예열한다.

6. 붓을 사용해 반죽에 달걀물을 바르고 위에 참깨를 뿌린다. 뜨거운 오븐에서 20~25분 동안 혹은 빵이 노릇노릇해질 때까지 굽는다. 식힘망에 올려 식힌다.

버리는 사워도우

사워도우 스타터에 밀가루와 물을 새로 공급해줄 때마다 상당량을 버려야 해서 아깝고 속상했을 것이다. 아래 레시피들은 버려질 운명에 처한 스타터를 활용하기 딱 좋은 것들이다. 방금 밀가루와 물을 먹이로 준 스타터보다 버리는 스타터를 쓸 때 오히려 더 좋은 결과를 얻을 수 있다.

크럼펫

이 레시피는 사악한 사워도우 마녀이자 훌륭한 제빵사인 마사 드 라시에게 영감을 얻어 만들었다. 크럼펫 만들 때 쓰는 링은 온라인에서 아주 싼 가격에 살 수 있고, 링 대신 쿠키 만드는 틀을 사용해도 된다. 그렇게 하면 크럼펫의 크기나 모양이 다양해지겠지만, 그것 또한 크럼펫 베이킹의 매력이다.

재료(7~10개)

- 버리는 사워도우 스타터 150g
- 일반 밀가루 75g
- 미지근한 물 75ml
- 고운 바다 소금 3g
- 베이킹파우더 1작은술
- 올리브 오일 또는 유채씨 오일

1. 큰 볼에 모든 재료를 넣고 부드러운 반죽이 될 때까지 섞는다. 반죽을 유리병에 옮겨 담고 20~30분 동안 기다린다.

2. 크럼펫 링이나 쿠키 틀에 오일을 바른다. 약한 불에 큰 프라이팬을 올려 가열한 뒤 오일을 두른다. 크럼펫 링을 팬에 넣고 1분가량 가열한다.

3. 반죽을 퍼서 각 틀에 채운다(크럼펫이 꽤 많이 부풀기 때문에 링에 꽉 차지 않게 넣는 게 좋다). 윗부분에 작은 구멍이 생기며 단단해질 때까지 7~8분 동안 굽는다. 뒤집어서 1분간 더 굽는다.

4. 크럼펫을 프라이팬에서 꺼내 링을 제거한다(뜨거우니 조심). 뜨거운 크럼펫에 버터를 바른다. 나머지 반죽을 굽는 동안 팬 앞에 서서 방금 구운 크럼펫을 맛있게 먹는다.

맛있게 먹는 법: 버터와 마마이트를 곁들여 먹어요.

크네케브뢰드

크네케브뢰드는 사워도우 호밀 크래커의 멋진 스웨덴식 이름이다. 이 크래커는 오랫동안
발효할수록 풍미가 더 그윽해진다. 자타르 향신료를 넣으면 좋은데, 주변에 중동
식료품점이 있다면 그곳에서 살 수 있을 거다. 이 크래커는 지퍼백에 넣어 보관하면
천년만년 유지된다. 크네케브뢰드는 정말 맛있고 특히 (뭐든 그렇지만) 치즈를 듬뿍 올려
먹으면 환상적이다.

재료(10~15개 분량)

- 버리는 사워도우 스타터
  150g
- 강력분 125g
- 호밀가루 75g
- 미지근한 물 50ml
- 올리브 오일 또는 유채씨
  오일 50g
- 고운 바다 소금 ½작은술
- 참깨 또는 자타르 향신료
  1큰술

1. 큰 볼에 모든 재료를 한데 넣고 단단한 반죽이 될 때까지 섞는다.
   반죽을 당장 사용해도 되지만 우리는 더 깊은 풍미를 위해 하루 정도
   기다리는 편이다. 볼 위에 티타월을 덮어 24시간 동안 실온에 둔다.

2. 오븐을 180℃로 예열하고 베이킹 트레이에 유산지를 깐다.

3. 밀가루를 가볍게 바른 작업대에 반죽을 얹고 가능한 한 얇게 밀어
   편다(2mm 정도 두께로). 반죽이 좀 끈적거린다면 주저하지 말고 반죽에
   밀가루를 더 뿌려준다.

4. 둥글게 편 반죽을 5cm 정도 넓이로 자른다. 날카로운 칼이나 피자
   커터를 이용하자. 반죽을 포크로 신나게 콕콕 찍어준 다음 유산지를 깐
   베이킹 트레이로 옮긴다.

5. 뜨거운 오븐에서 적당히 노릇노릇해질 때까지 12~15분간 굽는다.
   식힘망에 얹어 완전히 식힌 다음 지퍼백에 밀폐하여 보관한다.

   맛있게 먹는 법: 적당히 시큼한 이 크래커는 카망베르 같은 부드럽고
   끈적거리는 치즈나 캄보졸라 치즈와 잘 어울리고, 위에 오이피클을
   얹거나 무화과 잼을 발라 먹으면 정말 좋아요.

1. 앨버트   2. 아그네스   3. 가게 케이티

4. 키티　5. 앨　6. 저스틴이 만들어준 나무 표지판　7. 아내 케이티

SWEET DOUGH

스위트 도우

피카 번

모든 사람이 피카 번을 먹는다면 세상은 훨씬 나은 곳이 될 텐데. 피카Fika는 스웨덴어로 '차
마시는 시간'이라는 뜻으로, 영국의 '애프터눈 티'처럼 바쁜 일상에서 잠깐의 여유를 갖는
스칸디나비아의 의식이다. 스웨덴 사람들은 다양한 종류의 번을 만들어 이웃과 함께 일하는
동료 또는 친구들과 나눠 먹는다. 이는 정말로 대단한 관습이어서 스웨덴에 있는 웅장한
볼보 공장조차 피카를 위해 매일 잠시 일을 멈춘다. 아래의 세 가지 번은 모두 같은 반죽으로
만들고, 버터 필링과 글레이즈만 다르다. 시나몬 번에는 은하수 글레이즈를, 카르다몸과
오렌지 번에는 커피 글레이즈를, 누텔라 번에는 오렌지 글레이즈를 추천하지만, 선택은
전적으로 만드는 사람의 몫이다. 레시피에 버터와 글레이즈 양을 제시해두었지만, 이 또한
미묘하고도 섬세한 맛을 원하는지, 혹은 입안에 가득 차는 풍미를 원하는지에 따라 마음대로
조절해도 되니 얽매일 필요는 없다.

재료(15개 분량)

- 따뜻한 전지우유 200ml
  (반신욕하면 딱 좋을 온도로
  준비)
- 달걀 1개 풀어서
- 인스턴트 드라이 이스트
  7g
- 강력분 또는 일반 밀가루
  500g
- 고운 바다 소금 10g
- 정제당 30g
- 카르다몸 가루 1큰술
  (시나몬 버터 번을 만든다면)
- 부드러운 무염 버터 125g,
  깍둑썰기한 것
- 오렌지 제스트 1개 분량
  (누텔라 버터 번을 만든다면)

1. 작은 볼에 우유와 달걀과 이스트를 한데 넣고 젓는다. 다른 큰 볼에
   밀가루, 소금, 설탕 그리고 (있다면) 카르다몸 가루를 넣고 섞는다.
   시나몬 버터 번에 카르다몸 가루를 넣으면 미묘한 스칸디나비아의
   맛을 구현할 수 있다. 밀가루 혼합물 중앙에 우물처럼 빈 공간을 만들어
   우유 혼합물을 붓고 거친 반죽이 될 때까지 잘 젓는다.

2. 밀가루를 가볍게 펴 바른 작업대에 반죽을 얹어 손으로는 8~10분,
   반죽기를 사용한다면 4~5분 동안 부드럽게 윤이 날 때까지 치대면서
   조금씩 버터 큐브를 넣어준다. 반죽을 다시 볼에 넣고 비닐을 덮어
   반죽이 거의 두 배로 커질 때까지 1시간에서 1시간 반 동안 부풀린다.
   혹은 반죽을 냉장고에 넣고 4시간 이상, 하룻밤보다는 짧게 (비닐을 덮은
   채로) 기다린다. 그러면 반죽이 조금 더 천천히 부풀 것이고, 다루기도
   훨씬 더 쉬워진다.

3. 밀가루를 가볍게 펴 바른 작업대에 부푼 반죽을 올린 뒤 부드럽게
   밀면서 두께 5mm, 가로세로 30×20cm의 직사각형으로 만든다.
   다 됐다면 베이킹 트레이에 옮겨 냉장고에 넣고 10분 정도 놔둔다.
   그러면 반죽이 단단해져서 다음 단계에 버터 필링을 펴 바르기
   쉬워진다. 그사이 버터 필링을 준비한다(253쪽 참고).

4. 반죽이 차가워지고 버터 필링이 준비됐다면 직사각형 반죽의 긴

쪽을 나와 마주 보게 놓는다. 반죽의 위쪽 ⅔에 버터 필링을 펴 바른
뒤 필링을 바르지 않은 반죽의 ⅓을 필링을 바른 반죽 위로 접은 다음,
남은 ⅓을 접은 층 위에 포갠다. 그러면 반죽과 버터 필링으로 쌓은 3층
샌드위치를 만들게 되는데, 이것이 번의 기본 베이스다.

5. 3층 샌드위치가 된 반죽을 다시 부드럽게 밀어서 가로세로
    30×20cm의 직사각형으로 만든다. 반죽의 긴 면을 나와 마주 보게
    두고 칼이나 피자 커터를 사용해 15조각으로 나눠준다. 한 조각의
    너비는 약 2cm가 적당하다.

6. 반죽 조각의 끄트머리를 잡고, 달팽이 껍데기 모양처럼 돌돌 만다.
    반죽의 마지막 2cm는 쭉 늘려서 번의 꼭대기를 감싼 다음 아래로
    밀어 넣는다. 이제 달팽이가 자기 껍데기의 하단을 점검하고 있는
    것처럼 보일 것이다. 15개 반죽을 전부 똑같이 말아준 뒤, 유산지를 깐
    베이킹 트레이에 올린다. 젖은 티타월을 덮고 따뜻한 곳에서 30분 동안
    부풀린다.

7. 오븐을 180℃로 예열한다.

8. 뜨거운 오븐에서 15~20분 동안 혹은 반죽이 황금빛 갈색이 될 때까지
    굽는다. 식힘망에 올려 15분간 식힌 다음 붓으로 글레이즈를 발라준다.

버터와 글레이즈

시나몬 버터

- 부드러운 무염버터 100g
- 정제당 100g
- 시나몬 가루 푹 떠서 1큰술 듬뿍

모든 재료를 볼에 넣고 걸쭉한 풀처럼 될 때까지
나무 수저로 저어준다.

카르다몸과 오렌지 버터

- 부드러운 무염버터 100g
- 부드러운 연갈색 설탕 100g
- 카르다몸 가루 1큰술 듬뿍
- 오렌지 제스트 1개 분량

모든 재료를 볼에 넣고 걸쭉한 풀처럼 될 때까지
나무 수저로 저어준다.

누텔라 버터

- 유리병에 든 누텔라 350g짜리 절반
- 타히니 소스 1큰술

만들기 정말 쉬운 버터 필링이다. 섞거나, 계량할
필요 없이 그냥 누텔라 한 병만 있으면 된다(누텔라
양이 너무 많은 거 아닌가 싶겠지만 분명 끝에 가서는
조금 더 넣고 싶을 테니 병을 치우지 않는 게 좋다). 혹시
모험을 해보고 싶다면 타히니를 조금 넣어줘도 좋다.
그러면 그윽한 풍미가 한층 강해질 것이다. 누텔라를
반죽에 펴 바를 때 그저 그 위에 타히니 소스를 똑똑
떨어트리면 된다.

은하수 글레이즈

- 전지우유 100ml
- 정제당 50g

작은 소스팬에 우유와 설탕을 넣고 중간 불에 올려
설탕이 다 녹을 때까지 젓는다. 따뜻한 글레이즈를
식힌 번에 발라준다. 글레이즈는 얇은 아이싱
역할을 하기도 하고, 반죽에 스며들어 또 다른 맛을
더해주기도 한다.

커피 글레이즈

- 블랙커피 100ml(에스프레소 또는 드립커피)
- 부드러운 연갈색 설탕 50g

작은 소스팬에 커피와 설탕을 넣고 중간 불에 올려
설탕이 다 녹을 때까지 젓는다. 따뜻한 글레이즈를
식힌 번에 발라준다.

오렌지 글레이즈

- 오렌지주스 100ml
- 오렌지 마멀레이드 1큰술 듬뿍
- 대충 자른 헤이즐넛 1큰술(선택)

작은 소스팬에 오렌지주스를 붓고 중간 불에서
데우다가 마멀레이드를 넣고 향 때문에 입에 침이
고일 때까지 잘 저어준다. 따뜻한 글레이즈를 식힌
번에 바르고 자른 헤이즐넛 몇 개를 뿌린다.

에브리씽 반죽

우리는 이 반죽을 거의 모든 빵에 쓴다. 그래서 이런 이름을 붙였다. 피카 번 반죽보다 더 많은 버터, 달걀, 설탕이 들어가기 때문에 브리오슈 느낌이 난다. 뒤 페이지에 나올 레시피에서도 종종 이 반죽을 베이스로 사용한다.

재료(1개 분량)

- 미지근한 전지우유 200ml
- 인스턴트 드라이 이스트 7g
- 강력분 또는 일반 밀가루 500g
- 달콤한 반죽을 원한다면 정제당 80g, 짭짜름한 반죽을 원한다면 정제당 10g
- 고운 바다 소금 10g
- 달걀 2개
- 부드러운 무염버터 125g, 큐브로 된 것

1. 작은 소스팬에 우유를 넣고 살짝 데운다. 불을 끈 다음 이스트를 넣고 젓는다. 거품이 일도록 5분간 둔다.

2. 큰 볼에 밀가루, 설탕, 소금을 넣는다. 밀가루 중앙에 작은 우물처럼 빈 공간을 만들어 거기에 우유와 이스트 혼합물을 붓고, 달걀을 깨 넣는다. 거친 반죽이 될 때까지 잘 섞는다.

3. 밀가루를 바른 작업대에 반죽을 얹어 손으로는 10분간, 반죽기를 쓴다면 4~5분간 치댄다. 반죽이 부드럽고 매끈하고 탄성이 생길 때까지 계속하면서 큐브로 된 버터를 조금씩 넣어준다. 반죽을 다시 볼로 옮겨 랩을 씌운 뒤 반죽이 거의 두 배가 될 때까지 한 시간 동안 부풀린다. 빵을 다음날 구울 거라면 랩을 씌워 밤새 냉장고에 넣어둔다. 이렇게 반나절 동안 냉장고에 보관하면 반죽이 차가워져 다루기가 훨씬 쉬워진다.

메이플, 베이컨 그리고 피칸 번

실로 근사한 '단짠'의 조합을 갖춘 빵이다. 모양이 조금 어설프게 완성되더라도
괜찮다. 주방에 베이컨이랑 피칸 부스러기가 다 떨어져 나중에 치우기 귀찮을
수는 있지만, 그래도 언제나 부스러기가 많아야 맛도 좋은 법이다. 그렇지
않나요?

재료(15개 분량)
- 에브리씽 반죽 1개 분량
  (254쪽 참고)

필링
- 메이플시럽 1~2큰술
  (취향에 따라)
- 바싹 구운 베이컨 조각
  8장(얇게 썬 것)

토핑
- 피칸 두 줌
- 부드러운 연갈색 설탕
  1큰술

1. 밀가루를 바른 작업대에 반죽을 올려 부드럽게 밀면서 가로세로
   30×20cm, 두께 1cm인 직사각형으로 만든다. 반죽을 냉장고에서
   밤새 부풀렸다면 작업하기가 훨씬 더 쉽다.

2. 직사각형 반죽의 긴 면을 나와 마주 보게 놓는다. 붓을 사용해
   메이플시럽을 반죽 표면에 바르고 베이컨 조각을 뿌린다.

3. 반죽의 끝을 잡고 돌돌 말아 통나무처럼 만든 다음 날카로운 칼이나 긴
   실로 반죽을 각각 2cm 너비로 15등분한다.

4. 베이킹 트레이 두 개에 유산지를 깔고 그 위에 피칸을 흩어놓고 갈색
   설탕을 뿌린다. 피칸 위에 반죽 조각을 놓는다(5cm 간격으로). 트레이
   위에 젖은 티타월을 덮고 적당한 곳에서 40~45분 동안 혹은 반죽이
   두 배 크기가 될 때까지 부풀린다.

5. 오븐을 180℃로 예열한다.

6. 뜨거운 오븐에서 20~25분 동안 혹은 빵이 황갈색이 될 때까지
   굽는다. 번을 트레이 위에 두고 5분간 식힌다. 유산지 끝부분을 잡고
   번을 트레이에서 들어 올려 식힘망으로 옮긴다. 5~10분간 식힌 뒤
   번 위에 다른 베이킹 트레이나 도마를 덮고 그대로 뒤집어서 피칸이
   올라간 끈적끈적한 쪽이 위를 보게 한다. 번에서 유산지를 떼어낸다.
   이 부분이 조금 까다로울 수 있지만 해내고 나면 스스로가 매우
   자랑스러울 것이다.

넥스트 레벨 첼시 번

나는 첼시 번을 싫어했다. 도대체 건포도나 살타나 건포도가 무슨 맛이 있다는 건지
몰랐다. 이따금 초콜릿 칩 쿠키나 페이스트리를 먹다가 사실 까만 알갱이들이 초콜릿이
아니라 내가 그토록 싫어하는 쫄깃쫄깃한 건포도라는 걸 알게 될 때의 그 속은 기분이란!
그러던 어느 날 나이가 있으신 몇몇 손님들이 첼시 번을 만들어달라는 요청을 해주셨고
나는 한번 시도해보기로 했다. 로알드 달의 책 『우리의 챔피언 대니』에 나오는 것처럼
나도 마른 과일을 물에 푹 담갔다. 이렇게 하면 건포도가 통통하고 즙이 많아진다. 여기에
얇게 썬 사과까지 더하면 우리 빵집에서 인기 만점인, 놀랍도록 부드러운 첼시 번이
된다(칠십 대 이하의 손님들도 다들 좋아한다).

재료(12개 분량)

- 에브리씽 반죽 1개 분량
  (254쪽 참고)

필링

- 건포도, 살타나 또는 말린
  과일 믹스 150g
- 가람 마살라 향신료
  1작은술
- 말린 크랜베리 50g(선택.
  하지만 넣는 걸 추천한다)
- 티백 1개(잉글리시
  브렉퍼스트나 얼그레이)
- 끓는 물 약 100ml
- 무염버터 50g, 녹인 것
- 부드러운 연갈색 설탕 50g
- 시나몬 가루 1큰술
- 사과 1개 얇게 자른 것
  (선택. 하지만 강력 추천한다)
- 레몬 제스트 1개 분량(선택)

토핑

- 물 500ml
- 오렌지 마멀레이드 또는
  살구잼 1큰술

아이싱

- 아이싱 설탕 100g
- 물 1큰술

1. 큰 믹싱볼에 건포도와 살타나 건포도 혹은 말린 과일 믹스를
   넣고(있다면 크랜베리까지 넣고) 가람 마살라를 넣어 섞는다. 여기에
   티백을 넣고 과일들이 푹 잠길 만큼 뜨거운 물을 붓는다. 최소 15분,
   가능하다면 밤새도록 담가둬도 좋다.

2. 밀가루를 가볍게 바른 작업대에 반죽을 꺼내 부드럽게 밀면서 가로세로
   30×20cm, 두께 1cm의 직사각형 모양으로 편다. 반죽을 밤새 냉장고에
   보관했다면 다루기가 훨씬 쉬울 것이다.

3. 반죽의 긴 면을 나와 마주 보게 둔다. 반죽 표면에 녹인 버터를 발라주고
   설탕과 시나몬을 뿌린 뒤 위에 사과 조각을 얹어준다.

4. 물에 담가둔 과일을 체에 걸러 물기를 빼고 티백은 버린다. 통통해진
   과일을 반죽 위에 올리고 레몬 제스트를 뿌린다.

5. 반죽 끝을 잡고 돌돌 말아 통나무처럼 만들어준다. 날카로운 칼이나 긴
   실로 반죽을 각각 2cm 너비로 12등분한다.

6. 베이킹 트레이에 유산지를 깐다. 반죽의 잘린 부분을 아래로 향하게
   해서 트레이 위에 1cm 간격으로 올린다. 트레이 위에 젖은 티타월을
   덮어 따뜻한 곳에서 40~45분 동안 혹은 반죽이 두 배로 커질 때까지
   부풀린다.

7. 오븐을 200℃로 예열한다.

8. 뜨거운 오븐에서 18~20분 동안 혹은 빵이 황갈색이 될 때까지 굽는다. 굽는 도중에 번을 확인해보고 고르게 구워지지 않는 것 같다면 트레이 방향을 바꿔준다. 반죽이 너무 빠르게 갈색으로 변한다면 번 위에 포일을 한 장 덮어준다. 밖으로 드러난 건포도가 타버리면 쓴맛이 날 수도 있다. 번을 트레이에 둔 채 5분 동안 식힌 뒤 식힘망으로 옮긴다.

9. 소스팬에 물, 마멀레이드 혹은 잼을 넣고 중간 불에서 끓여 글레이즈를 만든다. 붓을 사용해 번에 글레이즈를 듬뿍 바른다.

10. 작은 볼 또는 계량컵에 아이싱 설탕과 물을 넣고 잘 저어 아이싱을 만든다. 매끈한 풀 반죽처럼 되면 완성이다. 번이 완전히 식으면 아이싱을 뿌린다.

스위트 도우

줄 서서 기다릴 때 먹는 빵

코로나19 팬데믹으로 사회적 거리두기를 할 때 우리 가게에도 한 번에 한 사람씩만 들어올 수 있었다. 매주 토요일마다 사람들은 가게 앞에 길게 줄을 섰고 나는 안타까운 마음에 이 빵을 만들기 시작했다. 나는 사람들에게 무언가 먹이는 걸 좋아한다.

재료(20개 분량)

- 에브리씽 반죽 1개 분량 (254쪽 참고)
- 초콜릿 바 다진 것 100g(우리는 스니커즈, 트윅스, 테리의 초콜릿오렌지 브랜드를 좋아한다), 또는 으깬 비스킷, 미니 마시멜로, 씹는 맛이 살아 있는 초콜릿 청크
- 달걀 1개 풀어서 우유 1큰술 넣은 것(달걀물)
- 펄슈가(선택. 넣으면 매우 맛있다)

1. 반죽을 똑같은 크기로 20등분한다. 초콜릿 바 조각을 각 반죽의 중앙에 넣고 꾹 누른다. 가장자리 반죽을 중앙으로 끌어와 초콜릿 바를 감싼 뒤 손바닥에 놓고 잘 굴린다. 유산지를 깐 베이킹 트레이 위에 반죽의 이음매 부분이 아래로 가게 해서 5cm 간격으로 놓는다.

2. 붓을 이용해 반죽에 달걀물을 가볍게 바르고 펄슈가를 뿌린다. 축축한 티타월을 덮어 반죽이 두 배로 커질 때까지 30분간 기다린다.

3. 오븐을 220℃로 예열한다.

4. 뜨거운 오븐에서 반죽이 노릇해질 때까지 10~15분 동안 굽는다. 5분간 식힌 다음 뜨거울 때 먹는다.

셈라

스웨덴 사람들은 원래 사순절이 시작되기 하루 전날인 참회의 화요일에 셈라 번을 먹었다. 그러다 그들은 어느 시점엔가 사순절 내내 셈라를 먹기로 했다(아주 멋진 생각이었다). 나는 셈라 레시피에 구운 루바브를 첨가했다. 루바브를 넣어 요리하는 걸 좋아하기도 하고 마침 이걸 만들 당시 루바브가 제철이었기 때문이다. 그러나 루바브를 넣고 말고는 순전히 당신 선택이다. 셈라는 자꾸자꾸 먹고 싶은 빵이다. 어떤 스웨덴 왕은 셈라를 연달아 14개를 먹고 세상을 하직했다는 이야기도 있으니 조심하시길!

재료(20개 분량)

- 에브리씽 반죽을 위한 재료들(254쪽 참고). 다만 밀가루를 섞을 때 카르다몸 가루 1큰술을 더해준다.
- 달걀 1개 풀어서, 소금 한 자밤 넣어 섞은 것(달걀물)
- 아이싱 설탕

아몬드 필링

- 아몬드 가루 100g
- 알갱이 형태의 백설탕 100g
- 차가운 물 3큰술
- 아몬드 또는 바닐라 액 1작은술

바닐라 크림

- 더블 크림 250ml
- 아이싱 설탕 1큰술
- 바닐라 익스트랙 1작은술
- 카르다몸 가루 1작은술 (취향에 따라)

구운 루바브

- 루바브 줄기 2~3개
- 정제당 70g

1. 먼저 에브리씽 반죽부터 준비한다. 반죽이 잘 부풀어 두 배 크기가 되면 볼에서 퍼내 똑같은 크기로 10등분한다. 각 조각을 단단하게 둥글린 뒤 유산지를 깐 베이킹 트레이에 5cm 간격으로 놓는다. 젖은 티타월을 덮고 적당한 장소에서 크기가 두 배로 커질 때까지 1~2시간 정도 부풀린다.

2. 오븐을 200℃로 예열한다. 루바브를 3cm 길이로 잘라 로스팅 트레이에 놓는다. 위에 설탕을 뿌린 다음 포일로 덮어 10분 동안 굽는다. 포일을 벗기고 5분 더 구운 뒤 식힌다.

4. 붓을 이용해 번에 달걀물을 바른다. 뜨거운 오븐에서 15분 동안 굽는다. 식힘망에 올려 식힌다.

5. 갓 구운 번의 매혹적인 냄새가 참기 어려워질 때쯤 서둘러 필링을 준비한다. 아몬드 필링에 들어가는 모든 재료를 한데 섞어 부드러운 페이스트를 만든다. 다른 볼에 바닐라 크림 재료를 모두 넣고 젓는다. 크림이 뻑뻑해지면 짤주머니에 넣는다.

6. 이제 내가 가장 좋아하는 '파내기' 시간이다(핼러윈 때 하는 호박 파내기가 떠오른다). 날카로운 칼로 차게 식힌 번의 윗부분을 삼각형으로 도려낸다. 도려낸 부분은 따로 두고 가운데 부분 빵을 조금 뜯어내 우물처럼 깊게 만든다. 수저로 아몬드 필링을 듬뿍 떠서 우물을 채운다. 그 위에 구운 루바브 조각을 얹고 바닐라 크림을 짜준다. 삼각형으로 도려냈던 빵을 크림 위에 모자처럼 얹는다. 마지막으로 아이싱 설탕을 뿌리면 끝!

베샤멜, 햄 그리고 소시지 브렉퍼스트 번

이건 아빠의 브렉퍼스트 파이를 오마주해서 만들었다. 몇 년 전, 아빠는 완벽한 브렉퍼스트 파이를 만들어보기로 했다. 베이크드 빈, 블랙 푸딩, 소시지, 달걀을 한꺼번에 플레이키 파이 페이스트리 안에 넣어 감쌌는데, 거의 성공할 뻔했다(콩에서 물이 나와 파이가 무너졌다). 그러나 우리는 파리의 '텐 벨즈'라는 카페에서 먹어본 브렉퍼스트 번의 콘셉트가 너무 마음에 들어 다시 시도하기로 했다. 이 빵은 벨비타(아침 식사로 즐겨 먹는 샌드위치 비스킷 — 옮긴이)보다도 더 쉽게 만들 수 있어 아침 식사로 안성맞춤이다. 언뜻 레시피만 보면 복잡해 보이지만, 베샤멜 소스만 미리 만들어두면 어려울 게 없다.

재료(12개 분량)

- 에브리씽 반죽(254쪽 참고), 이건 짭짜름한 빵이라 설탕은 10g만 넣는다.
- 얇은 햄 6조각, 반으로 잘라 준비
- 구운 소시지 2개, 작게 잘라서 준비
- 달걀 1개 살짝 풀어서(달걀물)

베샤멜 소스

- 무염버터 20g
- 일반 밀가루 20g
- 전지우유 200ml
- 강판에 간 숙성 체더 치즈 1큰술
- 후춧가루 ½작은술
- 고운 바다 소금 ⅓작은술
- 디종 머스터드 ½작은술 (선택)

1. 밀가루를 가볍게 바른 작업대에 반죽을 올려 똑같은 크기로 12등분한다. 조각을 둥글린 다음 유산지를 깐 베이킹 트레이 두 개에 5cm 간격으로 놓는다. 트레이 위에 젖은 티타월을 덮고 30분 동안 부풀린다.

2. 오븐을 200℃로 예열한다.

3. 번이 부풀어 오르고 촉감이 탱탱해지면, 수저 뒷면이나 손가락으로 가운데 깊은 원을 만든다. 원은 우물처럼 깊게 파야 한다. 너무 얕으면 재료가 쏟아질 수도 있기 때문이다.

4. 이제 베샤멜 소스를 만든다. 약불에 중간 크기 소스팬을 올리고 버터를 녹인 다음 밀가루를 넣어서 루를 만든다(1분 정도 걸린다).

5. 루에 우유를 조금씩 넣으며 부드럽고 뻑뻑해질 때까지 저어준다(약 5~7분 걸린다). 여기에 치즈와 후추, 소금, 머스터드를 넣고 모든 게 부드럽게 녹을 때까지 섞는다. 불을 끄고 5~10분 동안 식힌 뒤 사용한다(냉장고에 며칠 동안 놔뒀다가 파스타를 만들 때 사용해도 된다).

6. 다음으로 번을 만든다. 베샤멜 소스를 한 숟가락 푹 퍼서 반죽 중앙의 원에 담은 다음 햄과 소시지 조각을 위에 얹는다. 붓을 이용해 번에 달걀물을 바른다.

7. 뜨거운 오븐에서 15~20분 동안 구운 다음 따뜻한 차나 커피와 함께 먹는다.

한 주의 끝에
여럿이 뜯어 먹는 빵

이 빵은 냉장고에 남아 있는 잔 재료들을 처리하기에 굉장히 좋다. 둥글게 만든 반죽들을
베이킹 트레이 위에 다닥다닥 놓아두면 조용히 부풀며 여럿이 함께 뜯어 먹을 수 있는
빵으로 변신한다.

재료(12개 분량)

- 에브리씽 반죽(254쪽 참고), 이건 짭짜름한 빵이므로 설탕은 10g만 넣는다.
- 냉장고에 있는 재료 아무거나(아래 제안 참고)
- 달걀 1개 살짝 풀어서(달걀물)
- 참깨 또는 양귀비씨(선택)

1. 밀가루를 얇게 펴 바른 작업대에 반죽을 올린다. 날카로운 칼로 반죽을 12등분한다.

2. 반죽을 납작하게 밀어 편 다음 가운데에 속을 올린다. 반죽의 양쪽을 접어서 속을 감싼다.

3. 깊은 베이킹 트레이에 유산지를 깐다. 번의 이음매 부분을 아래로 가게 해서 1cm 간격으로 놓는다. 붓으로 달걀물을 바르고 참깨나 양귀비씨를 뿌린다. 축축한 티타월로 트레이를 덮고 따뜻한 곳에서 40~45분 동안 혹은 크기가 두 배로 커질 때까지 부풀린다.

4. 오븐을 200℃로 예열한다.

5. 뜨거운 오븐에서 20~25분 동안 노릇해질 때까지 굽는다. 5분간 식힌 다음 아직 뜨거울 때 먹는다.

속 제안

우리가 시도했을 때 아주 괜찮았던 것들이다.

▶ 검은콩 칠리와 고수

▶ 페스토, 초리소, 바삭바삭한 감자

▶ 치즈, 올리브, 바싹 튀긴 양파

스위트 도우

1, 2. 한 주의 끝에서 여럿이 뜯어 먹는 빵　3. 자타르, 페타, 허니 번(266쪽)
4. 땅콩버터, 바나나, 다크초콜릿 번(267쪽)

자타르, 페타, 허니 번

← 265쪽 사진
참고

지금쯤이면 내가 중동 음식을 좋아한다는 걸 알아챘을 것이다. 나는 향신료와
허브를 사랑하고 그중에서도 자타르를 엄청나게 좋아한다. 자타르는 여러
종류가 있지만 기본적으로는 타임, 참깨, 수막sumac(옻나무 잎을 말려서 만든 가루—
역주)은 빠지지 않는다. 이 번은 251쪽의 피카 번과 모양이 거의 같다. 수프와
함께 먹으면 환상적이다.

재료(12개 분량)

- 설탕 10g 넣어서 만든
  에브리씽 반죽(254쪽 참고)
- 올리브 오일 1큰술
- 자타르 믹스 듬뿍 떠서
  2큰술
- 페타 치즈 100g
- 참깨

꿀 글레이즈

- 물 50ml
- 꿀 1큰술
- 레몬즙 1개 분량

1. 밀가루를 얇게 펴 바른 작업대에 반죽을 올리고 부드럽게 밀면서
   가로세로 30×20cm, 두께 5mm의 직사각형으로 편다. 붓을 이용해
   반죽에 올리브 오일을 바른 뒤 직사각형 반죽의 ⅔ 부분에 자타르를
   뿌린다. 페타 치즈를 위에 올린다.

2. 피카 번을 만들 때처럼 아무것도 바르지 않은 반죽의 ⅓부분을
   가운데로 접고 반대편 반죽을 그 위로 접는다.

3. 반죽을 다시 가로세로 30×20cm의 직사각형으로 밀어 편 다음
   반죽의 긴 면을 나와 마주 보게 놓는다. 날카로운 칼로 반죽을 각 2cm
   너비로 12등분한다. 양손으로 반죽의 양 끝을 잡고 비튼 다음 달팽이
   껍데기처럼 돌돌 만다. 돌돌 만 반죽의 끝부분은 안으로 잘 밀어 넣는다.
   12조각을 모두 똑같이 한 다음, 유산지를 깐 베이킹 트레이 위에 살짝
   간격을 두고 올린다. 번 위에 참깨를 뿌리고, 젖은 티타월을 덮어 따뜻한
   곳에서 1시간가량 부풀린다.

4. 오븐을 200℃로 예열한다.

5. 뜨거운 오븐에서 15~20분 동안 혹은 빵이 노릇노릇해질 때까지
   굽는다.

6. 그 사이, 작은 소스팬에 물을 넣고 끓인 다음 꿀과 레몬즙을 넣어
   글레이즈를 만든다. 오븐에서 꺼낸 번에 글레이즈를 바른 뒤
   식힘망에서 10~15분 동안 식힌다.

   맛있게 먹는 법: 후무스나 바바 가누쉬와 함께 먹거나 멋진 수프를
   곁들여 먹으면 좋아요.

스위트 도우

땅콩버터, 바나나, 다크초콜릿 번

← 265쪽 사진 참고

원래 이렇게 달콤한 걸 좋아하지 않는 사람도 푹 빠지게 만드는 마성의 번.
우리 아빠는 바나나도 땅콩버터도 싫어하지만, 내가 만드는 무수히 많은
번 가운데 이걸 최고로 좋아한다. 초콜릿 가나슈를 코팅하기 전에 반드시
번을 약간 식혀야 한다. 소금 플레이크도 잊으면 안 된다.

재료(12개 분량)

- 에브리씽 반죽(254쪽 참고)

필링 재료

- 땅콩버터 150g
- 바나나 1개, 껍질 까서 12조각으로 썰어 준비

초콜릿 코팅

- 다크초콜릿 100g
- 무염버터 50g
- 더블크림 2큰술
- 소금 플레이크(뿌리는 용)

1. 밀가루를 가볍게 바른 작업대에 반죽을 올려 똑같은 크기로 12등분한다. 반죽을 양 손바닥 사이에 놓고 동그란 패티처럼 되도록 눌러준다.

2. 동글납작하게 빚은 반죽 중앙에 땅콩버터 2작은술을 올리고 그 위에 바나나 한 조각을 얹는다. 반죽 끝을 모아 오므려서 (만두처럼) 속을 감싼다.

3. 베이킹 트레이에 유산지를 깔고 번의 이음매 부분이 아래로 가게 해서 올린다. 트레이에 축축한 티타월을 덮고 따뜻한 곳에서 1시간 또는 반죽 크기가 두 배로 커질 때까지 부풀린다.

4. 오븐을 200℃로 예열한다.

5. 뜨거운 오븐에서 15분간 굽는다. 식힘망에서 5분간 식힌다.

6. 다음으로 초콜릿 코팅을 만든다. 열에 강한 볼에 버터와 초콜릿을 넣고 끓는 물에 중탕한다. 버터와 초콜릿이 녹아 부드러워지면 볼을 끓는 물에서 꺼낸다. 여기에 더블크림을 넣고 젓는다.

7. 번의 아랫부분을 잡고 초콜릿 가나슈에 푹 담갔다 뺀다. 제대로 코팅이 되도록 5분 동안 기다린다(잠깐 냉장고에 넣어둬도 된다). 그런 다음 소금 플레이크를 위에 뿌린다. 마지막으로 한입에 쏙 먹는다(이렇게 먹는 게 가장 맛있다).

사프란 코기 버터 엉덩이빵

누군가 내게 뒤에서 찍은 웰시코기를 닮은 빵 사진을 보내주었다. 코기들에겐 실례가 되는 말일지도 모르지만, 코기들은 아주 사랑스럽고 통통한 엉덩이를 갖고 있다. 사진 속의 빵은 틀림없이 코기의 엉덩이를 똑 닮아 있었다. 이 레시피는 스웨덴에 사는 사랑스러운 이웃 마리안이 알려준 것을 조금 바꿔서 만들어본 것이다. 나는 색을 내기 위해 사프란을 이용했는데, 없으면 쓰지 않아도 괜찮다.

재료(10개 분량)

- 전지우유 220ml
- 정제당 120g
- 사프란의 암술머리 크게 한 자밤
- 강력분 또는 일반 밀가루 500g
- 인스턴트 드라이 이스트 10g
- 고운 바다 소금 1작은술
- 카르다몸 가루 1작은술 (맛의 새로운 차원을 경험하게 해준다)
- 달걀 3개
- 사워크림 50g
- 부드러운 무염버터 120g
- 초콜릿 칩 또는 건포도 100g(선택)
- 달걀 1개 풀어서(달걀물)
- 펄슈가
- 차가운 가염버터 50g

1. 소스팬에 우유, 설탕, 사프란을 넣고 젓는다. 가장 낮은 불에서 6분 동안 뭉근히 끓인 다음 불을 끄고 식힌다.

2. 큰 볼에 밀가루와 이스트, 소금, 카르다몸 가루를 넣고 섞는다. 밀가루 혼합물 가운데에 우물처럼 빈 공간을 만들어 거기에 사프란을 섞은 우유를 붓는다. 달걀도 하나 깨 넣고, 사워크림도 더해준다. 마른 밀가루가 보이지 않을 때까지 반죽을 부드럽게 섞으며 버터 120g을 조금씩 넣어준다. 그리고 반죽을 계속 치댄다. 손으로는 5분간, 반죽기를 쓴다면 3분 동안 치대면 된다.

3. 반죽에 초콜릿 칩이나 건포도를 조금씩 넣어준다. 반죽이 윤기가 나고 부드러워질 때까지 조금 더 치댄다(손으로는 3분 믹서로는 2분). 젖은 티타월을 반죽 위에 덮어 따뜻하고 아늑한 장소에서 40분간 혹은 크기가 두 배로 커질 때까지 부풀린다.

4. 밀가루를 가볍게 펴 바른 작업대에 반죽을 올리고 똑같은 크기로 20등분한다. 반죽 조각들을 둥근 빵처럼 밀어서 편다. 유산지를 깐 베이킹 트레이 위에 작고 활기찬 잉딩이 같은 반죽 조각들을 쌓는다.

5. 엉덩이 반죽에 달걀물을 바른 뒤 펄슈가를 조금 뿌려준다. 차가운 가염버터를 작은 네모 모양으로 10조각 준비한 뒤 엉덩이 반죽 가운데에 얹는다. 베이킹 트레이 위에 젖은 티타월을 덮어 30분 동안 부풀게 둔다. 버터가 약간 스며들 시간을 주는 것이다.

6. 200℃로 예열한 오븐에 엉덩이 반죽을 넣어 15~20분간 구운 뒤 식힘망에 얹어 식힌다.

도넛

브레드 어헤드Bread Ahead라는 베이커리를 만든 저스틴 겔라틀리의 『빵, 케이크, 도넛, 푸딩』은 우리가 『타르틴』만큼이나 마르고 닳도록 참고한 책이다. 이 레시피는 특히나 도넛으로 유명한 저스틴의 레시피에서 영감을 얻어 만들었다. 이 도넛의 반죽은 저스틴의 것과 비슷하지만, 도넛 크기가 더 작다는 점, 시나몬을 넣은 설탕에 도넛을 둥글려 마무리한다는 점은 다른 부분이다. 도넛 안에 초콜릿 덩이를 넣어도 된다는 걸 깨달았을 때 나는 마치 바퀴를 재발명한 느낌이었다. 가능성의 세상이 활짝 열렸다. '테리의 초콜릿오렌지', '셀러브레이션 초콜릿', '스니커즈' 등 어떤 초콜릿이든 좋다. 이제 배턴을 당신에게 넘긴다. 도전은 여러분의 몫이다.

재료(25개 분량)

- 강력분 500g
- 정제당 80g, 코팅용 조금 더
- 인스턴트 드라이 이스트 7g
- 고운 바다 소금 10g
- 레몬이나 오렌지 제스트 ½개(선택)
- 달걀 4개
- 물 150ml
- 부드러운 무염버터 125g
- 가장 좋아하는 초콜릿 바 (취향껏)
- 식물성기름 또는 해바라기유

1. 볼에 밀가루, 설탕, 이스트, 소금 그리고 오렌지 제스트를 넣는다. 달걀을 깨 넣고 물을 붓는다. 모두 잘 섞은 다음 마른 밀가루가 보이지 않을 때까지 4분 동안 치댄다. 이건 물기가 많은 반죽이어서 반죽기를 사용하면 좋다.

2. 반죽이 부드럽고 탄력이 생길 때까지 버터를 천천히 한 덩이씩 넣어준다. 위에 커버를 덮고 1시간가량 또는 반죽이 두 배로 커질 때까지 기다린다. 반죽이 부풀면 냉장고에서 4시간 동안 혹은 밤새도록 보관한다. 반죽이 차가워야 도넛을 만들기 쉽다.

3. 반죽을 냉장고에서 꺼내 30~40조각으로 자른다. 각 조각을 동그랗게 만든다. 초콜릿 도넛을 만들고 싶다면 골라놓은 초콜릿을 반죽 안에 넣어주면 된다. 밀가루를 바른 베이킹 트레이에 반죽이 서로 붙지 않도록 간격을 넉넉히 두고 놓아준다. 랩으로 대충 덮이 따뜻한 곳에서 2~3시간 부풀린다.

4. 바닥이 두꺼운 튀김 냄비에 식물성기름 혹은 해바라기유를 절반 정도 채운다. 180℃로 가열한 기름에 반죽을 넣고 갈색이 될 때까지 (약 1~2분) 튀긴 다음 포크로 뒤집어 반대쪽을 마저 튀긴다. 키친타올에 올려 기름기를 뺀 다음 설탕을 넣은 볼에 넣어 굴려준다. 더 특별한 맛을 원한다면 설탕에 시나몬이나 생강을 추가하면 된다. 그러나 설탕만으로도 충분하다.

해피 브레드

해피 브레드는 이상한 우연의 결과로 탄생한 내 평생 가장 자랑스러운 작품 중 하나다.
어느 날 나는 도넛 반죽을 필요한 양보다 더 많이 만들었다. 그래서 남은 반죽을 포카치아
트레이에 넣고 번을 만들 때 쓰던 캐러멜 소스를 그 위에 부은 다음 오븐에 구웠다. 이 빵이
오븐에서 노릇하게 구워져 나오던 순간, 나는 이게 엄청난 히트작이 될 거란 걸 알았다.
우리가 오렌지 베이커리를 막 시작했을 때 한 지역 사업체에서 찾아와 우리 가게에서 그들이
만든 햄프씨드 오일, 즉 CBD(대마에서 추출하는 합법적인 화학물질) 오일을 판매해도 되는지
물었다. 우리는 샘플로 몇 병 받아두었는데, 나는 우리의 엄청난 히트작이 될 빵에 이 오일을
살짝 바른 뒤 해피 브레드라는 이름을 지었다. 해피 브레드를 먹어본다면, 빵이 (불법적인
화학물질의 도움 없이도) 얼마나 사람을 행복하게 만드는지 느낄 수 있을 것이다.

재료(8개 분량)

- 도넛 반죽 ½(271쪽 참고)

캐러멜 소스

- 부드러운 연갈색 설탕
  200g
- 부드러운 버터 60g(가염
  또는 무염)
- 휘핑크림 또는 더블크림
  120ml
- 굵은 바다 소금 플레이크
  한 자밤(선택)

1. 작은 베이킹 트레이에 유산지를 간다. 반죽을 트레이 위에 올린 다음
   부드럽게 누르며 트레이 가장자리까지 닿도록 쫙 편다. 두께는 약
   3~5cm 정도 될 것이다. 트레이를 티타월로 덮고 아늑한 곳에서
   1~2시간 부풀린다(반죽을 냉장고에 넣어 보관하면 몇 시간 더 걸린다).

2. 그사이 소스를 만든다. 두껍고 큰 소스팬을 약한 불에 올리고 설탕,
   버터, 크림을 넣고 계속 저어주면서 뭉근히 끓인다. 5분 정도 있으면
   소스가 약간 뻑뻑해지기 시작할 것이다. 1분 더 끓인 다음 불을 끄고
   소스를 식힌다. 열이 식으며 뻑뻑해질 것이다.

3. 반죽이 잘 부풀면 오븐을 220℃로 예열한다.

4. 포카치아를 만들 때처럼 손끝이나 나무 수저 끝으로 반죽을 부드럽게
   눌러준다. 푹 들어간 곳에 캐러멜 소스를 가득 붓는다. 짭조름한 맛을
   더하고 싶다면 굵은 바다 소금 플레이크를 뿌린다.

5. 뜨거운 오븐에 넣어 25~30분 동안 굽는다. 20분 뒤에는 캐러멜이 타지
   않는지 확인해준다. 캐러멜이 약간 진해졌다면 포일 한 장을 트레이
   위에 슬쩍 올린 뒤 계속 구워준다. 오븐에서 트레이를 꺼내 그대로
   5분 동안 식힌 뒤 유산지를 이용해 빵을 트레이에서 들어 올린다. 빵을
   식힘망에 옮긴 다음 완전히 식힌다.

추신

캐러멜 소스는 밀봉된 유리병에 담아 냉장고에 넣으면 최대 1주일 동안 보관할 수 있어요. 나중에 아이스크림이랑 같이 먹으면 맛있으니 한번 만들 때 많이 만들어두세요.

미니 파네토네 번

크리스마스에 가장 실망스러운 선물은 파네토네일 것이다. 파네토네는 크리스마스
분위기가 물씬 풍기는 예쁘고 긴 상자에 들어 있는 요정 케이크 같은 빵이다.
그렇지만 먹으려고 잘라보면 눅눅하거나 간간이 과일이 씹히는 퍽퍽한 케이크였다.
나는 파네토네라면 응당 그러해야 할 것 같은 맛을 찾아보기로 했다.
그리고 이 레시피를 만들었다.

재료(12개 분량)

반죽

- 강력분 500g
- 황설탕 50g
- 인스턴트 드라이 이스트 7g
- 고운 바다 소금 10g
- 오렌지 제스트 1개 분량
- 달걀 2개
- 달걀노른자 하나(흰자는 토핑용으로 놔둔다)
- 따뜻한 전지우유 150ml
- 럼, 브랜디 또는 아마레또 1큰술(취향껏)
- 부드러운 무염버터 100g
- 건포도 또는 다크초콜릿 칩 100g
- 과일 껍질 믹스 50g
- 건 크랜베리 50g

토핑

- 아몬드 가루 40g
- 백설탕 70g
- 달걀흰자 1개
- 얇게 저민 아몬드 한 줌
- 아이싱 슈가(선택)

1. 먼저 반죽을 만든다. 볼에 밀가루와 설탕, 이스트, 소금, 오렌지 제스트를 넣고 잘 젓는다. 밀가루 혼합물 가운데에 우물처럼 빈 공간을 만들어 거기에 달걀들과 달걀노른자를 넣은 다음 우유, 럼, 브랜디 또는 (만약 넣는다면) 아마레또를 더한다. 마른 밀가루가 보이지 않을 때까지 섞어 반죽을 만든다. 반죽에 버터와 건포도 혹은 초콜릿 칩, 과일 껍질 믹스, 크랜베리를 넣는다.

2. 다음으로 반죽을 치댄다. 끈적끈적한 반죽이므로 도우훅이 있는 반죽기 사용을 권한다. 8~10분가량 혹은 반죽이 볼의 가장자리에서 깨끗이 떨어져 나올 때까지 치댄다. 따뜻한 곳에서 1시간 반 동안, 혹은 냉장고 안에서 밤새 놔둔다(냉장고에 오래 휴지시키면 풍미가 훨씬 깊어진다).

3. 밀가루를 가볍게 바른 작업대에 반죽을 올린 다음 똑같은 크기로 12등분한다. 각 조각을 작고 둥글게 만든 다음 유산지를 깐 베이킹 트레이에 5cm 간격으로 올린다. 트레이 위에 젖은 티타월을 덮고 따뜻한 곳에서 최소 2시간 혹은 반죽이 두 배로 커질 때까지 부풀린다.

4. 오븐을 200℃로 예열한다.

5. 그사이 토핑을 만든다. 작은 볼에 아몬드 가루와 설탕, 달걀흰자를 모두 넣어 휘젓는다. 붓을 이용해 번 위에 토핑을 두껍게 바른 다음 위에 얇게 저민 아몬드를 뿌린다.

6. 뜨거운 오븐에서 15~20분간 또는 노릇노릇하고 바삭해질 때까지 굽는다. 식힘망에 옮겨 식힌 뒤 원한다면 아이싱 슈가를 뿌린다. 그리고 산타클로스 할아버지를 기다리면 된다.

핫 크로스 번

어릴 때는 이 빵을 전혀 좋아하지 않았다. 그렇지만 직접 만들어보고 나니 사람들이
왜 좋아하는지 알게 되었다. 핫 크로스 번은 부드럽지만 쫀득쫀득하고, 오븐에서 갓
나왔을 때도 맛있지만 토스트처럼 구운 다음 차가운 가염버터를 듬뿍 발라 먹어도
맛있다. 살구 글레이즈를 발라 먹으면 새로운 맛의 차원을 경험할 수 있다.
더도 말고 덜도 말고 딱 적당한 달콤한 맛이 바로 그것이다.

재료(14개 분량)

- 무염버터 60g
- 전지우유 250ml
- 강력분 500g
- 정제당 100g
- 인스턴트 드라이 이스트
  7g
- 고운 바다 소금 푹 떠서
  1작은술
- 시나몬 가루 2작은술
- 달걀 1개
- 오렌지 제스트 1개 분량
- 사과 1개, 껍질을 깎은 뒤
  강판에 간 것(취향에 따라
  선택할 것. 그러나 너무나
  매력적이라 강력 추천한다)
- 말린 과일 혹은 다크
  초콜릿 칩(선택)

페이스트

- 일반 밀가루 75g

살구 글레이즈

- 살구잼 4큰술

1. 소스팬을 약한 불에 올리고 버터를 녹인 뒤 우유를 붓는다. 불을 끄고
   식힌다.

2. 큰 볼에 밀가루를 체치고 설탕, 이스트, 소금, 시나몬을 더해 모두
   섞는다.

3. 밀가루 혼합물 중앙에 우물처럼 빈 공간을 만들어 달걀을 깨 넣고
   버터를 넣은 우유를 부은 다음 오렌지 제스트와 강판에 간 사과를
   더한다. 마른 밀가루 덩이가 보이지 않을 때까지 손으로 잘 섞어 반죽을
   만든다.

4. 밀가루를 가볍게 바른 작업대에 반죽을 올려놓고 부드럽고 탄성이 생길
   때까지 손으로 치댄다(약 5분 정도). 아니면 반죽기를 사용해도 좋다.
   말린 과일이나 초콜릿 칩이 있다면 골고루 섞이는지 살피며 조금씩
   넣어준다. 반죽이 매끈하고 탄성이 생길 때까지 5분 더 (반죽기로는 3분
   더) 치댄다.

5. 반죽을 다시 볼에 넣고 젖은 티타월을 덮어 따뜻한 곳에서 최소한
   1~2시간 동안 혹은 반죽 크기가 두 배가 될 때까지 부풀린다.

6. 밀가루를 바른 작업대 위에 배가 볼록한 예쁜 반죽을 올리고 똑같은
   크기로 14등분한다. 각 조각을 동그랗게 둥글린 뒤 유산지를 깐 베이킹
   트레이 위에 3cm 간격으로 놓는다. 각 트레이 위에 덮개를 덮어 (동그란
   반죽이 부풀면서 덮개에 닿지 않아야 하므로 집에 있는 종이 쇼핑백 같은 걸
   덮개로 쓰면 좋다) 1시간 더 부풀린다.

스위트 도우

7. 이제 반죽에 올릴 페이스트를 만들어보자. 밀가루와 물 5큰술을 넣어 덩어리가 없을 때까지 포크로 저어준다. 페이스트를 퍼서 짤주머니에 넣어준다. 번 위에 십자가 모양으로 페이스트를 짜서 올린다.

8. 오븐을 220℃로 예열한다.

9. 뜨거운 오븐에서 20분 동안 혹은 빵이 황갈색이 날 때까지 굽는다. 식힘망에 얹어 5분 동안 식힌다.

10. 빵이 식는 동안 글레이즈를 만든다. 작은 소스팬에 잼을 넣고 물 몇 스푼을 넣어 잘 섞는다. 걸쭉한 액체가 되면 붓을 사용해 번에 바른 뒤 다시 한번 완전히 식힌다.

1 우리 동네 업체에서 구해온 오리 알 **2** 크루아상을 만드는 키티
3 오래된 곡물로 만든 우리의 '역사빵' **4** 우리 가게 계산대

PASTRIES

페이스트리

퍼프 페이스트리

이제 우리는 아빠의 영역으로 넘어왔다. 아빠는 치즈 스트로와 소시지롤, 에클스
케이크(287쪽 참고) 등 거의 모든 종류의 레시피에 이 퍼프 페이스트리를 이용한다.
페이스트리의 얇은 층이 부푸는 걸 지켜보는 일은 여전히 즐겁다.

재료(반죽 500g)

- 일반 밀가루 250g
- 무염버터 150g (30g은
  따로 떼어두고 나머지
  120g은 냉장실에 넣는다)
- 고운 바다 소금 1작은술
- 화이트와인 식초 또는
  레몬즙 1큰술
- 차가운 물 100ml

1. 큰 볼에 밀가루를 체에 쳐 넣고 버터 30g을 넣는다. 고운 빵가루처럼
   보일 때까지 잘 섞어준다. 조리기구를 사용해도 되고, 엄지와 검지로
   밀가루와 버터를 문질러도 된다.

2. 소금과 식초 또는 레몬즙을 더한다. 천천히 물을 부어가며 모든
   재료가 부드럽고 되직한 반죽이 될 때까지 섞는다. 이번에도 손이나
   반죽기를 이용한다. 반죽이 완성되면 냉장고에 1시간 정도 넣어둔다.
   페이스트리가 차가우면 작업하기가 훨씬 더 쉽기 때문이다.

3. 페이스트리를 만들 준비가 되면 냉동실에서 버터 120g을 꺼내 치즈
   그라인더로 가늘게 갈아준다.

4. 반죽을 5mm 두께의 얇은 직사각형으로 밀어 편다. 얇게 편 반죽의
   ⅔ 위에 얇게 간 버터의 반을 올린다. 버터를 올리지 않은 반죽의 ⅓
   부분을 가운데로 접은 다음 버터를 올린 반죽의 ⅓을 위로 접어서 3층
   샌드위치를 만든다.

5. 반죽 위에 밀가루를 조금 뿌리고 다시 5mm 두께로 밀어 펴준다.
   남은 버터를 사용해 다시 4번에서 했던 버터를 올리고 접는 과정을
   반복한다.

6. 다시 반죽을 5mm 두께로 밀어 편다. 이번에는 버터 없이 반죽을 접고
   펴주는 과정을 세 번 더 반복한다. 반죽 안에 여러 겹의 얇은 버터 층을
   만드는 과정이다.

7. 퍼프 페이스트리 반죽은 랩으로 싸거나 밀폐 용기에 넣고 냉장고에
   넣으면 나흘에서 닷새 정도 보관할 수 있다. 냉동실에 넣으면 더
   오랫동안 그대로 보관할 수 있다.

1. 얇게 간 버터를 반죽 위에 올린다.   2. 반죽의 ⅓을 접는다.
3. 나머지 ⅓을 그 위로 접는다.   4. 반죽을 다시 밀어 편다. 그리고 반복한다.

치즈 스트로

우리 할머니는 항상 크리스마스에 치즈 스트로를 만든다. 할머니가 만든 치즈
스트로는 늘 맛있지만, 가끔 요리하면서 보는 드라마에 푹 빠지셔서 카옌 페퍼를
너무 많이 넣으실 때가 있다. 카옌 페퍼의 양만 잘 조절한다면 아주 훌륭한 치즈
스트로를 만들 수 있다.

재료(6~20개 분량)

- 퍼프 페이스트리 (282쪽
  참고, 냉동 보관했다면 미리
  해동할 것. 가게에서 파는
  퍼프 페이스트리를 써도
  된다)
- 디종 머스터드 1작은술
  (홀그레인 머스터드도
  괜찮다)
- 레드 레스터 치즈와 체더
  치즈 간 것 100g (우리는
  두 치즈를 섞어 사용한다)
- 카옌 페퍼 한 자밤
- 파프리카 시즈닝 1작은술
- 달걀 1개 살짝 풀어서
  (달걀물)

1. 오븐을 220℃로 예열한 다음 베이킹 트레이에 유산지를 깐다.

2. 페이스트리가 들러붙지 않게 작업대에 밀가루를 조금 뿌린다.
   페이스트리를 약 3~5mm 두께의 길고 얇은 직사각형으로 밀어 편다.
   밀어놓은 반죽을 똑같은 크기로 4등분한다.

3. 각 직사각형 반죽의 ½에 머스터드 소스를 얇게 펴 바른다. 그 위에
   갈아놓은 치즈를 듬뿍 올린다. 치즈 위에 카옌 페퍼와 파프리카
   시즈닝을 뿌려준다. 머스터드를 바르지 않은 반죽의 절반을 접어
   샌드위치처럼 만든다.

4. 접은 반죽을 다시 쭉쭉 밀어서 직사각형 모양으로 펴준다. 날카로운 칼
   또는 피자 커터로 4~5개의 긴 줄 모양으로 자른다.

5. 붓을 사용해 페이스트리에 달걀물을 바르고 치즈 스트로 모양으로
   꼬아준 뒤 유산지를 깐 베이킹 트레이에 올린나. 꼬임의 모양은 각자
   좋을 대로 하면 된다. 어떻게 하든 치즈 맛이 날 것이다.

6. 뜨거운 오븐에서 10~15분 동안 혹은 바삭바삭하고 노릇노릇할 때까지
   굽는다. 식힘망에 올려 식힌다. 오븐에서 치즈 스트로가 서로 달라
   붙더라도 걱정할 필요 없다. 일단 식힌 다음 가위로 싹둑싹둑 자르면
   된다.

에클스 케이크

첼시 번이 꽤 맛있다는 걸 알게 된 후로 나는 건포도의 세계를 탐험하고 싶어졌다. 엄마는 우연히 펌프 스트리트 오포드에 아빠와 딸이 운영하는 베이커리가 있다는 걸 알게 됐고, 나와 함께 그곳을 가보았다. 나는 빵집 직원들이 빵을 준비하는 모습을 보고 싶어서 그 가게 앞에 새벽 여섯 시쯤 도착해 기다렸다. 그곳의 친절하고 멋진 베이커들은 내게 쿠키 스쿠프를 사용해 완벽한 에클스를 만드는 법을 알려주었고 페이스트리 위에 캐러멜 크러스트를 올리는 비법도 전수해주었다. 아래 레시피는 우리가 만들어본 버전이다. 우리는 가람 마살라 또는 중동 향신료인 바하라트를 첨가한다. 이걸 넣으면 건포도에 훈연향이 나서 아주 좋다.

재료(10-12개 분량)

- 퍼프 페이스트리 반죽
  (282쪽 참고)
- 달걀 1개 살짝
  풀어서(달걀물)
- 데메라라 설탕(황설탕의
  일종 — 옮긴이) 1큰술

속

- 여러 가지 말린 과일 또는
  건포도 250g
- 레몬 또는 오렌지
  제스트와 즙 ½개 분량
- 여러 가지 향신료 ½작은술
- 가람 마살라 또는
  바하라트 ½작은술
- 부드러운 무염버터 125g
- 부드러운 연갈색 설탕
  150g

1. 오븐을 220℃로 예열하고 베이킹 트레이에 유산지를 깐다.

2. 먼저 속을 만든다. 믹싱볼에 말린 과일을 부은 다음 레몬이나 오렌지즙, 제스트, 향신료들을 넣는다. 부드러운 버터와 설탕을 손으로 비벼 넣는다. 지저분하지만 이상하게 만족감이 든다. 과일이 약간 단단해지도록 볼을 냉장고에 넣는다.

3. 밀가루를 얇게 펴 바른 작업대에 페이스트리를 올려 5mm 두께로 밀어 편다. 페이스트리 커터를 사용해 9cm로 둥글게 오려낸다(자투리를 모아 붙이면 10~12개까지 만들 수 있을 것이다). 원 모양 페이스트리 위에 속을 1스푼 듬뿍 퍼서 올린다. 손가락이나 페이스트리 붓을 이용해 페이스트리의 가장자리를 물에 적신 다음 가운데로 모아 속을 감싸고 꼭꼭 눌러준다.

4. 에클스 케이크의 이음매 부분이 아래로 가게 해서 유산지를 깐 베이킹 트레이에 올린다. 붓을 이용해 전체적으로 달걀물을 발라준 다음 데메라라 설탕을 조금 뿌린다. 날카로운 칼로 케이크의 윗부분에 평행한 칼집 두 개를 내준다.

5. 뜨거운 오븐에서 20~25분 동안 혹은 윗부분이 볼록하게 부풀 때까지 굽는다. 과일 속이 칼로 자른 부분을 통해 끓어오를 것이다. 5분 동안 식힌 다음 먹는다.

   맛있게 먹는 법: 에클스 케이크는 전통적으로 랭커셔 치즈와 함께 먹지만, 어떤 치즈든 다 괜찮아요. 진한 체더 치즈를 추천할게요.

파스테이스 데 나타
(커스터드 타르트)

우리는 우리 가게 근처에 있는 '레이시즈'라는 멋진 낙농장의 우유를 사용한다. 레이시즈의
우유는 마치 크림 같아서 수저로 듬뿍 떠서 스콘 위에 발라 먹어도 될 정도다. 레이시즈의
더블크림은 거의 겨자색이고 엄청나게 맛있다. 우리는 이 레시피에 크림을 아주 많이 쓴다.
이 타르트를 먹는 기쁨을 위해서라면 동맥경화의 위험 정도는 감수할 수 있다.

재료(10-12개 분량)

- 더블크림 400ml
- 육두구 ¼작은술 (바로 갈아서 사용)
- 가람 마살라 한 자밤
- 달걀노른자 5개 (흰자는 머랭용으로 남겨둔다)
- 설탕 50g
- 바닐라 익스트랙 한두 방울
- 퍼프 페이스트리 ½ 분량 (282쪽 참고)

1. 오븐을 200℃로 예열한 뒤 12구짜리 머핀틀에 버터나 오일을 바른다.

2. 약한 불에 올린 소스팬에 더블크림을 붓고 갈아놓은 육두구와 가람 마살라를 넣는다. 크림의 가장자리가 보글보글 끓기 시작하면 불을 끄고 식힌다. 식는 동안 향신료 본연의 향이 크림에 우러난다.

3. 볼에 달걀노른자, 설탕, 바닐라 익스트랙을 넣고 젓는다. 식힌 크림을 이 달걀 혼합물에 붓고 잘 섞는다.

4. 페이스트리를 3mm 두께로 밀어서 편 뒤 페이스트리 커터를 이용해 머핀틀의 구멍보다 1~2cm 더 큰 동그라미 모양으로 잘라준다. 페이스트리를 머핀틀에 맞춰 부드럽게 밀어 넣는다. 3번에서 만들어둔 혼합물을 페이스트리에 붓고 그 위에 신선한 육두구를 갈아 올린다.

5. 뜨거운 오븐에서 15~20분간 혹은 페이스트리가 황갈색이 되면서 캐러멜화가 시작될 때까지 굽는다. 틀을 식힘망에 올리고 최소 10분 이상 식게 둔 다음 부드럽게 살살 돌려서 틀에서 꺼낸다.

콜리플라워 치즈 타르트

콜리플라워를 좋아하기까지 아주 오랜 시간이 걸렸다. 콜리플라워를 구우면 어떤 맛이
나는지 알게 된 후에야 생각을 바꿨다. 이 레시피에서는 콜리플라워를 두 번 굽는다.
먼저 필링을 만들 때 굽고, 치즈 소스를 넣어 마무리할 때 한 번 더 굽는다. 브렉퍼스트
번(263쪽 참고)을 만들 때 남겨놓은 베샤멜소스를 이 타르트를 만들 때도 쓸 수 있다.

재료(8개 분량)

- 퍼프 페이스트리 ½(282쪽 참고)
- 올리브 오일 또는 유채씨 오일

구운 콜리플라워 재료

- 작은 콜리플라워 1통, 작은 송이로 분리해놓는다
- 큐민, 파프리카 또는 오레가노 가루 1작은술 (좋아하는 향신료 가루 또는 마른 허브 가루 취향껏)
- 올리브 오일 또는 유채씨 오일 2큰술
- 바다 소금, 즉석에서 간 후추

치즈 소스

- 무염버터 50g
- 일반 밀가루 50g
- 전지우유 500ml
- 진한 체더 치즈, 간 것 100g
- 고운 바다 소금 ½작은술
- 후춧가루 ½작은술
- 디종 머스터드 ½작은술 (취향에 따라)

1. 오븐을 200℃로 예열하고 깊은 12구짜리 머핀틀 8구에 오일을 바른다.

2. 콜리플라워 송이를 따서 베이킹 트레이에 올리고 큐민 혹은 다른 향신료, 허브 가루를 뿌린다. 소금과 후추로 간을 하고 오일을 위에 붓는다. 콜리플라워가 갈색이 되기 시작할 때까지(그렇지만 아삭한 식감은 남아 있을 때까지) 20~30분 동안 굽는다.

3. 그사이 치즈 소스를 만든다. 소스팬을 약한 불에 올리고 버터를 넣어 녹인 다음 밀가루를 넣고 부드럽고 걸쭉해질 때까지 젓는다. 1~2분 정도 끓인 뒤 우유를 더한다. 거품기를 이용해 더 부드럽게 만들어줘도 된다. 소스는 뜨거워지면서 서서히 뻑뻑해지는데, 이때 치즈와 소금, 후추, 머스터드를 넣고 식힌다.

4. 페이스트리를 5mm 두께로 밀어 편다. 페이스트리 커터로 반죽을 머핀틀 모양보다 약간 크고 둥글게 자른다(굽는 중에 페이스트리가 줄어들 것이다). 이론상으로는 속을 넣기 전에 페이스트리 반죽만 먼저 구워야 하지만(이를 블라인드 베이킹이라고 한다), 페이스트리가 아주 얇고 오븐의 힘이 강력하다면 이 과정은 생략해도 괜찮다는 걸 알아냈다.

5. 오븐에서 구운 콜리플라워 송이를 치즈 소스에 넣고 잘 젓는다. 이걸 페이스트리 틀에 잘 담는다.

6. 뜨거운 오븐에서 20~25분 동안 혹은 페이스트리가 진한 황갈색이 될 때까지 굽는다. 틀에 넣은 채 5분간 식힌 뒤 먹는다.

로위스 (일명 로드킬 크루아상)

정확한 이름은 로위스이지만(북동 스코틀랜드에서는 가끔 '버터리'라고 부른다), '로드킬 크루아상'이라는 대단한 별명도 있다. 로드킬 크루아상은 전통적인 프랑스 크루아상 사촌들과 맛은 똑같지만, 겉모양은 그렇게 예쁘지 않다. 우리 증조할머니는 로위스가 탄생한 스코틀랜드의 애버딘 출신이다. 할머니 이름은 캐슬린으로, 나와 엄마와 이름이 같다(키티, 케이티, 캐슬린은 원래 다 같은 이름이다—옮긴이). 나는 할머니가 소녀였을 때 이 빵을 먹는 모습을 상상하곤 한다. 놀라지 마시라, 우리는 반죽에 라드(돼지의 비계를 정제하여 굳힌 기름—옮긴이)를 쓴다. 약간 구식이지만 버터와는 진짜 잘 어울린다.

재료(16개 분량)

- 강력분 500g
- 부드러운 연갈색 설탕 1큰술
- 인스턴트 드라이 이스트 7g
- 고운 바다 소금 10g
- 미지근한 물 350ml
- 무염버터 250g
- 라드 125g

1. 큰 믹싱볼에 밀가루를 체치고 설탕을 넣어 섞는다. 믹싱볼의 한쪽에는 이스트를, 반대쪽에는 소금을 넣는다. 소금이 이스트를 죽여 반죽이 일지 않을 수 있으므로 이스트와 소금을 따로 두는 게 중요하다.

2. 밀가루 혼합물 가운데에 우물처럼 빈 공간을 만들어 물을 붓는다. 손으로 마른 밀가루가 보이지 않을 때까지 한데 섞어 반죽을 만든다. 반죽이 부풀도록 1시간 정도 놔둔다.

3. 버터와 라드를 작은 큐브 모양으로 자른 다음 포크로 섞어 크림을 만든다.

4. 반죽이 두 배 크기가 되면 잠에서 깨운다('반죽을 잠에서 깨운다'는 표현은 베이커들이 부풀어 오른 반죽을 두드려서 공기와 가스를 빼낼 때 쓰는 말이다. 이렇게 반죽을 두드려준 다음 다시 부풀린다). 그런 다음 반죽을 부드럽게 밀면서 1cm 두께의 직사각형 모양으로 편다.

5. 라드 버터의 ⅓을 반죽의 ⅔에 펴 발라준다. 버터를 바르지 않은 반죽의 ⅓을 버터를 바른 반죽 위로 접고, 버터를 바른 반죽의 ⅓을 그 위로 접어서 3단을 만든다(숫자가 너무 많아서 헷갈린다면 죄송!). 그리고 반죽을 다시 원래 크기대로 밀어서 편 다음 베이킹 트레이로 옮겨 티타월을 덮고 냉장고에 40분간 넣어둔다.

6. 40분 뒤에 반죽을 꺼내 5번에서 했던 버터를 바르고 반죽을 접는 과정을 반복한다. 다시 반죽을 냉장고에 40분간 넣어둔다. 40분 후 반죽을 꺼내 마지막으로 한 번 더 반복한 다음, 반죽을 부드럽게 밀면서

1cm 두께의 직사각형으로 편다.

7. 반죽을 8cm짜리 페이스트리 커터로 둥글게 자르고 베이킹 트레이 위에 간격을 두고 올린다. 40분간 부풀린다.

8. 200℃로 예열한 뜨거운 오븐에서 15분 동안 혹은 반죽이 황갈색이 될 때까지 굽는다. 이 빵은 매우 기름져서 식히는 과정에서 기름이 떨어질 수 있다. 그러니 크루아상을 베이킹 트레이에서 꺼내 식힘망으로 옮긴 다음, 트레이를 식힘망 아래에 깔아주자. 그러면 바닥이 지저분해지지 않는다.

맛있게 먹는 법: 로위스는 따뜻할 때 버터와 잼과 함께 먹으면 믿을 수 없을 만큼 맛있어요. 단, 마구마구 먹다가 녹은 버터가 옷에 묻을 수도 있으니 조심하세요.

크루아상 반죽

나는 크루아상 잘 만드는 사람들을 엄청나게 부러워했다. 완벽한 크루아상을 위해 필요한
것들은 많다. 올바른 종류의 버터, 반죽과 버터 사이의 정확한 온도 균형, 층을 제대로 쌓는
기술, 그리고 무엇보다 제대로 된 오븐까지. 그러나 이 모든 요소가 딱 맞아떨어지지 않는다
해도 아래 나오는 페이스트리들을 이용하면 집에서도 다양한 크루아상을 만들 수 있다.

반죽 1kg 재료

- 설탕 50g
- 미지근한 물 200ml
- 전지우유 50ml, 목욕물
  온도로 데운다
- 인스턴트 드라이 이스트
  12g
- 강력분 250g
- 일반 밀가루 250g
- 고운 바다 소금 10g
- 무염버터 250g짜리
  덩어리(프레지당 같은
  고지방 프렌치 버터를 구할
  수 있으면 좋지만, 일반적인
  무염버터도 좋다)

1. 설탕, 물, 우유, 이스트를 볼에 넣는다. 이스트가 다 녹을 때까지
   휘젓는다.

2. 다른 믹싱볼에 밀가루와 소금을 함께 체친다. 밀가루 가운데 작은 우물
   같은 빈 공간을 만들어 이스트 혼합물을 붓는다. 손이나 반죽기를
   이용해 반죽이 부드럽고 탄성이 생길 때까지 치댄다. 손으로 하면
   15분, 반죽기로는 8분 정도 걸릴 것이다. 반죽을 둥글려 다시 볼에 넣고
   티타월로 덮은 뒤 1시간 동안 부풀린다. 그런 다음 티타월을 덮은 채로
   냉장고에 넣는다.

3. 버터 덩어리의 가운데를 길게 잘라 두 조각으로 나눈다. 유산지 위에
   버터 조각을 나란히 놓고 그 위에 다른 유산지를 한 장 올린 다음 반죽
   밀대를 사용해 버터를 1cm 두께로 밀어 편다. 버터가 너무 차갑다면
   밀기 전에 살짝 데운다. 민 다음에는 버터가 단단해지도록 냉장고에
   최소 10분 동안 넣어둔다.

4. 반죽을 볼에서 꺼내 밀가루를 가볍게 바른 작업대에 얹는다. 대충
   찌부러뜨리고 눌러서 직사각형 모양으로 만든다. 반죽을 버터 조각보다
   넓게, 길이는 두 배 이상 더 길게 밀어 편다.

5. 버터 조각에서 유산지를 벗겨낸 뒤 반죽 중앙에 놓는다. 반죽의 양쪽
   끝을 잡고 버터를 감싼 다음 이음매를 꾹꾹 눌러준다. 커다란 버터
   샌드위치의 등장이다.

6. 버터 샌드위치를 지금 크기의 두 배 혹은 세 배가 될 때까지 밀어 편다.
   직사각형의 모양 반죽의 짧은 면을 잡고 안으로 접어 가운데에서
   만나도록 한다(다음 페이지 사진 참고). 반죽의 양쪽을 마치 책을 덮을
   때처럼 접어서 좁은 직사각형 모양으로 만든다. 반죽을 티타월로 덮은

1. 반죽 위에 버터 조각을 올린다   2. 반죽의 양 끝을 버터 위에 포갠다
3. 버터 샌드위치를 밀어 편다   4. 반죽을 안으로 접어 가운데에 맞춘다

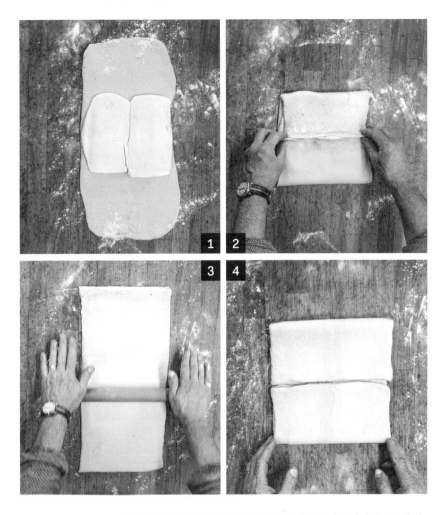

다음 냉장고에 20분 동안 넣어둔다. 그동안 타이머를 설정해놓고 차 한
잔을 들고 앉아 인스타그램을 체크한다.

7.　타이머가 울리면 반죽을 냉장고에서 꺼내 6번에서 했던 밀고,
펴고, 접는 과정 전체를 반복한다. 반죽을 한 번 더 냉장고에 20분간
넣어둔다. 차를 한 잔 더 마시며 기다린다. 20분 뒤 냉장고에서 반죽을
꺼내 세 번째로 접는 과정을 반복한다. 그러면 골라놓은 레시피에 맞춰
크루아상을 만들 준비가 완료된다. 반죽을 당장 쓰지 않을 거라면
베이킹용 유산지에 잘 싸서 냉동실에 넣어둔다.

크루아상

재료(9~10개 분량)

- 크루아상 반죽(294쪽 참고)
- 달걀 노른자 1개 살짝 풀어서(달걀물)

1. 두 개의 베이킹 트레이에 유산지를 깐다. 반죽을 가로세로 60×20cm의 직사각형 모양으로 밀어 편다. 날카로운 칼이나 피자 커터를 이용해 밑면 너비 12cm, 마주 보는 두 면의 길이는 같은 삼각형 모양 9개로 반죽을 자른다. 내 수학 지식에 따르면 이 모양은 이등변 삼각형이다. 열 번째 크루아상을 만들 때는 이등변 삼각형을 오려내고 남은 반죽의 양쪽 끝부분의 반쪽짜리 삼각형 두 개를 합치면 된다.

2. 삼각형 반죽들을 아래쪽부터 부드럽게 누르며 길이를 두 배로 늘린다. 삼각형의 아래부터 돌돌 말아 작고 완벽한 초승달 모양을 만든다. 세 개에서 다섯 개의 크루아상 '언덕'이 만들어지면 된다.

3. 돌돌 만 크루아상을 유산지를 깐 베이킹 트레이에 간격을 두고 올린다. 아늑한 곳에서 2시간 동안 부풀린다.

4. 붓을 사용해 크루아상 전체에 달걀물을 바르고 200℃로 예열한 오븐에 넣어 15~20분간 혹은 빵이 노릇노릇하고 겹겹이 잘 부풀 때까지 굽는다. 버터와 잼을 듬뿍 발라 뜨거울 때 먹는다.

팽 오 쇼콜라

재료(10개 분량)

- 크루아상 반죽(294쪽 참고)
- 다크초콜릿 100g, 작게 조각 내서 준비 (다크초콜릿이 가장 좋지만, 스니커즈나 킷캣 등 즐겨 먹는 어떤 초콜릿 바를 써도 상관없다)
- 달걀노른자 1개 살짝 풀어서(달걀물)

1. 두 개의 베이킹 트레이에 유산지를 깐다. 반죽을 가로세로 60×20cm의 직사각형 모양으로 밀어 편다. 날카로운 칼이나 피자 커터를 이용해 반죽을 똑같은 크기의 직사각형으로 10등분한다.

2. 반죽 끝 부분에 초콜릿 조각을 올리고 돌돌 말아 초콜릿이 가운데 오도록 한다.

3. 반죽의 이음매가 아래로 가게 해서 유산지를 깐 베이킹 트레이에 적당한 간격을 두고 놓는다. 아늑한 곳에서 1시간 반~ 2시간 동안 부풀린다.

4. 오븐을 200℃로 예열한다.

5. 트레이를 살짝 흔들어 팽 오 쇼콜라를 구울 준비가 됐는지 확인한다. 페이스트리가 뒤로 약간 밀리면 준비가 된 것이다. 반죽 전체에 달걀물을 바르고 뜨거운 오븐에서 15~20분간, 페이스트리가 겹겹이 잘 부풀 때까지 굽는다. 뜨거울 때 아침 식사로 먹는다.

에스카르고

우리는 이즈링턴에 있는 빵집 '팝햄스'에서 처음으로 이런 바람개비 모양의 페이스트리를 보게 됐다. 그 페이스트리에는 마마이트, 파, 치즈가 올라가 있었다. 그러다 파리의 빵집 '뒤팽에데지데'에서는 밝은 초록색의 피스타치오 에스카르고를 발견했다. 우리의 에스카르고 레시피는 우리가 만났던 페이스트리 거장들에게 경의를 표하기 위해 만든 것이다. 향신료를 더하면 살짝 중동식 맛을 낼 수도 있다. 선택은 만드는 사람의 몫이다. 그러나 어떤 에스카르고를 선택하든, 하나같이 위험할 정도로 중독성이 있으니 미리 경고하는 바다.

10개 분량 재료

- 크루아상 반죽(294쪽 참고)

마마이트와 치즈 에스카르고

- 마마이트 또는 다른 이스트 추출물 2큰술
- 아주 진한 체더 치즈 150g, 갈아서 준비

페타, 호두 그리고 회향 에스카르고

- 꿀 2큰술
- 페타 치즈 200g, 으깨서 준비
- 껍데기 깐 호두 100g, 대충 썰어서 준비
- 회향 씨 ½작은술

피스타치오와 살구 에스카르고

- 꿀 2큰술
- 피스타치오 100g, 대충 썰어서 준비
- 신선하거나 말린 살구 8개, 깍두기 모양으로 썰어 준비
- 살구잼 1큰술에 물 1큰술을 넣고 살짝 데워서 준비(글레이즈)

1. 반죽을 두께 5mm, 가로세로 40×30cm의 직사각형 모양으로 밀어 편다. 선택에 따라 마마이트 혹은 꿀을 반죽 표면에 펴 바른다.

2. 치즈, 견과류, 과일 같은 재료들을 반죽 위에 고르게 뿌린 다음 통통한 통나무 모양이 되도록 돌돌 굴려 말아준다.

3. 베이킹 트레이 두 개에 유산지를 깐다. 둥글린 반죽을 똑같은 크기로 유산지를 깐 베이킹 트레이에 적당히 간격을 두고 올린다. 트레이 위에 티타월을 덮고 한적한 곳에서 1시간 동안 부풀린다.

4. 오븐을 200℃로 예열한다.

5. 뜨거운 오븐에서 15~20분간 또는 페이스트리가 노릇노릇해질 때까지 굽는다. 트레이 위에 두고 약간 식힌다. 피스타치오와 살구 에스카르고를 만든다면 살구 글레이즈를 페이스트리에 바른다. 따뜻할 때 아침 식사로 먹거나 차갑게 식혀 간식으로 먹는다.

1. 궁극의 사워도우빵 ···→ 225쪽 2. 빵 이름을 적은 라벨들
3. 포리지빵 ···→ 229쪽 4. 어제 만든 빵을 싸게 파는 바구니

5. 더 많은 라벨들 6. 궁극의 사워도우빵과 키티
7. 스파키와 스카우트

301

COOKIES AND CAKES

쿠키와 케이크

체더 쿠키

이건 아빠가 가장 좋아하는 쿠키다. 아빠는 큰 체더 쿠키 하나를 입안에 넣고 깨지지
않게 360도 회전시킬 수 있다는 사실을 자랑스러워한다. 쉬울 것 같지만, 막상
해보면 이게 왜 아빠의 개인기가 되었는지 알게 된다. 언젠가 나는 아빠의 생일에
나만의 레시피로 체더 쿠키를 만들었는데, 지금은 우리 가게에서 사랑을 독차지하는
인기 아이템이 되었다.

재료(8~15개 분량)
(어떤 쿠키틀을 쓰느냐에
따라 달라짐)

- 강한 체더 치즈 100g,
  갈아서 준비
- 부드러운 가염버터 50g,
  큐브로 된 것
- 일반 밀가루 100g
- 고운 바다 소금 ½작은술
- 훈제 파프리카 시즈닝 푹
  떠서 1작은술
- 카옌 페퍼 작게 한 자밤
- 디종 머스터드 1작은술

1. 베이킹 트레이에 유산지를 깐다.

2. 푸드 프로세서에 모든 재료를 넣고 섞는다. 부드러운 가루들이
    덩어리지면서 뭉쳐지기 시작할 것이다. 반죽이 잘 뭉쳐지지 않는 것
    같으면 물 몇 방울을 더한다. 푸드 프로세서가 없다면 직접 모든 재료에
    버터를 잘 문지른다(먼저 버터를 부드럽게 해야 한다).

3. 반죽이 만들어졌다면 밀가루를 가볍게 바른 작업대에 올려 5mm
    두께로 밀어서 편다.

4. 동그란 쿠키틀을 사용해서 반죽을 가능한 한 많이 오려낸다. 우리
    아빠처럼 입안에 넣고 개인기를 선보이고 싶다면 조금 작게, 아니면
    더 크게 만들어도 좋다. 자투리 반죽은 둥글게 뭉쳐서 밀어 편 다음
    활용한다.

5. 포크로 동그란 쿠키 반죽을 콕콕 찔러 무늬를 만든다. 나는 얼굴 무늬를
    좋아한다. 베이킹 트레이에 유산지를 깔고 쿠키 반죽을 5cm 간격으로
    올린다. 그대로 냉장고에 넣어 30~40분 동안 식힌다. 이렇게 하면
    쿠키가 더 바삭해진다.

6. 오븐을 180℃로 예열한다.

7. 뜨거운 오븐에 넣어 15~20분 동안 혹은 쿠키가 노릇노릇해질 때까지
    굽는다. 오븐에 따라 굽는 도중에 베이킹 트레이의 방향을 바꿔줘야 할
    수도 있다(고루 굽히게끔). 오븐에서 꺼낸 쿠키를 트레이에 담은 채로
    5분간 식힌 후 식힘망으로 옮겨 10분 더 식힌 다음 먹는다.

활용법

레시피는 그대로 따르되 재료는 아래처럼 변경한다.

▸ **치즈와 마마이트 쿠키**

소금, 파프리카 가루, 카옌 페퍼, 머스터드 소스를 생략하고 대신
마마이트 1작은술을 넣어준다.

▸ **스틸턴 치즈와 호두 쿠키**

체더 치즈를 잘게 부순 스틸턴 치즈 50g과 파르메산 치즈 50g으로
대체하고, 잘게 다진 호두 50g을 더한다(나는 푸드 프로세서에 재료를
다 넣고 초토화한다). 소금, 파프리카 시즈닝, 머스터드 소스를 생략하고
카옌 페퍼 한 자밤을 넣어준다.

진저너트

내가 쿠키가 된다면 진저너트가 되고 싶다. 진저너트는 따뜻한 위로를 주지만 동시에 놀랄 만큼 맵다. 차에 찍어 먹거나(너무 빠르게 눅눅해지지 않는다) 아이스크림 샌드위치를 만들기에도 최고로 좋은 쿠키다.

재료(15개 분량)

- 당밀 또는 꿀 150g
- 부드러운 연갈색 설탕 125g
- 곱게 다진 편강(취향껏 선택. 새로운 맛의 차원을 경험하게 될 것이다)
- 베이킹파우더가 든 밀가루 300g
- 베이킹소다 1작은술
- 고운 바다 소금 1작은술
- 생강 가루 2작은술
- 시나몬 가루 1작은술
- 부드러운 무염버터 125g

1. 먼저 시럽을 만든다. 소스팬을 중간 불에 올리고 당밀 또는 꿀, 설탕, 편강을 모두 넣고 젓는다. 설탕이 녹으면 불을 끄고 약간 식힌다(너무 오래 식혀서 굳으면 안 된다. 걸쭉한 액체 상태로 두어야 한다).

2. 큰 믹싱볼에 밀가루, 베이킹소다, 소금, 향신료들을 체친다. 그런 다음 버터를 넣어 치댄다.

3. 밀가루 혼합물 가운데에 작은 우물 같은 빈 공간을 만든 다음 시럽을 붓는다. 모든 재료가 완전히 섞이도록 잘 지대며 반죽을 만든 뒤 30~40분 동안 냉장고에 넣어둔다.

4. 오븐을 190℃로 예열하고 베이킹 트레이에 유산지를 깐다.

5. 반죽을 15등분하여 공 모양으로 만든 뒤 베이킹 트레이에 5cm 간격으로 놓는다. 뜨거운 오븐에서 15~20분 동안 혹은 바깥은 바삭바삭, 속은 부드럽고 촉촉할 때까지 굽는다. 트레이에 둔 채 5분간 식힌 다음 식힘망으로 옮긴다. 따뜻할 때 먹는다.

궁극의 브라운 버터 초콜릿 칩 쿠키

나는 무언가에 빠르게 사로잡히는 편이다. 열 살 때는 학교가 끝나 집으로 오면
내 샌드위치 토스터인 '바바라'를 가지고 치즈 샌드위치를 만들어 먹곤 했다.
나는 여러 종류의 빵, 치즈, 버터를 가지고 그것들을 굽거나 튀기는 시간과 온도를
바꿔가며 다양한 실험을 했다.

쿠키도 예외는 아니었다. 나는 수없이 많은 레시피를 읽었고, 내가 좋아하는 모든
빵집에 메시지를 보내 그들의 레시피에 관해 질문했으며, 완벽한 쿠키를 만들
방법을 샅샅이 분석했다. 백설탕을 넣으면 창백하고 색이 옅고 건조한 쿠키가 되는
반면 색이 어두운 설탕을 쓰면 쿠키가 얇게 퍼지다가 끝내 타버렸다. 쿠키 반죽을
만들자마자 바로 구우면 잘 부서지고 부드럽거나 쫄깃하지 않다. 반면 반죽을
얼렸다가 구우면 가장자리는 빨리 구워지는데 중앙 부분은 잘 익지 않았다. 이런
사실을 알아내기까지 수많은 초콜릿 칩과 수개월의 연습이 필요했지만, 마침내
캐러멜화된 갈색 버터의 고소함이 일품인 '겉바속촉(겉은 바삭하고 속은 촉촉한)'
초콜릿 칩 쿠키 레시피가 탄생했다.

12개 분량 재료

- 부드러운 무염버터 125g
- 부드러운 연갈색 설탕 140g
- 그래뉴당 140g
- 달걀 1개
- 바닐라 익스트랙 1작은술
- 일반 밀가루 170g
- 베이킹파우더 1작은술
- 고운 바다 소금 1작은술
- 초콜릿 칩 150g
- 굵은 바다 소금 플레이크 한 자밤
- 달콤하고 짭조름한 미소된장 퍼지(314쪽 참고. 취향껏 선택. 그러나 강력 추천한다)

1. 먼저 '브라운 버터'를 만든다. 소스팬을 중간 불에 올리고 버터를 녹인다. 버터가 갈색으로 캐러멜화될 때까지 계속 젓는다. 시간이 제법 걸릴 것이다. 버터가 거품을 일으키기 시작하면 금방 타버릴 수 있으므로 계속 주시해야 한다. 불을 끄고 브라운 버터를 작은 믹싱볼에 붓고 냉장고에 넣어 30~40분간 식힌다. 볼 바닥에 갈색 부스러기가 있어도 걱정할 필요 없다. 그게 쿠키를 맛있게 하는 비법이다.

2. 다음으로 쿠키 반죽을 만든다. 큰 믹싱볼에 브라운 버터와 갈색 설탕, 그래뉴당을 넣고 부드럽게 섞일 때까지 젓는다(너무 많이 저으면 부풀어 오르니 살살, 조금만 저으면 된다). 달걀을 하나 깨 넣고 바닐라 익스트랙까지 더한 다음 매끄러운 반죽이 되도록 휘젓는다.

3. 밀가루와 베이킹파우더 그리고 소금을 넣는다. 마른 재료가 모두 섞일 때까지 느린 속도로 섞는다. 초콜릿 칩과 (만약 넣는다면) 미소된장 퍼지를 넣고 섞는다.

4. 베이킹 트레이 두 개에 유산지를 간다.

5. 반죽을 12등분하여 호두만 한 크기의 공 모양으로 만든다. 유산지를 깐
   베이킹 트레이에 적어도 5cm 간격을 두고 올린다(이 쿠키는 잘 퍼진다).
   그대로 냉장고에 넣고 1시간 이상 둔다. 밤새 놔둬도 된다(이 쿠키도
   사워도우처럼 냉장고에서 잠시라도 휴지시켜야 깊고 풍부한 맛이 난다.)

6. 오븐을 180℃로 예열한다.

7. 쿠키 반죽 위에 굵은 바다 소금 플레이크를 조금 뿌린 다음 뜨거운
   오븐에서 15분 동안 혹은 가장자리는 바삭하고 가운데는 촉촉해질
   때까지 굽는다. 쿠키를 트레이 위에 놓은 채 4~5분간 식힌 뒤 한입에 쏙
   먹으면 된다.

1. 가게에서 판매 중인 스니커즈 쿠키   2. 앨이 디자인한 오렌지 베이커리 에코백
3. 스카우트 건물로 배달되는 밀가루   4. 늘 멜빵바지를 입는 키티

스니커즈 쿠키

아빠는 날이 따뜻한 토요일이면 일을 마친 뒤 베이커리 밖에 있는 의자에 앉아 낮잠을 청한다. 이건 아빠가 하는 일종의 의식인데, 나는 거기에서 영감을 얻어 이 레시피를 만들었다. 그러니까 이건 내 버전의 스니커즈라고 할 수 있다. 다만 쿠키 형태일뿐. 모든 건 쿠키일 때 더 좋다고 생각한다.

재료(18~20개 분량)

- 부드러운 무염버터 125g
- 부드러운 연갈색 설탕 120g
- 그래뉴당 100g
- 땅콩버터 푹 떠서 1큰술
- 달걀 1개
- 바닐라 익스트랙 1작은술
- 일반 밀가루 150g
- 코코아 가루 60g
- 베이킹소다 1작은술
- 전지우유 1큰술
- 다크초콜릿 칩 50g(선택)
- 무염 땅콩 50g(선택)
- 롤로(롤 모양 초콜릿) 52g짜리 두 팩 또는 캐러멜이 안에 든 초콜릿이라면 뭐든 괜찮다.
- 굵은 바다 소금 플레이크 한 자밤

1. 큰 믹싱볼에 버터, 갈색 설탕, 그래뉴당, 땅콩버터를 넣고 크림처럼 부드러워질 때까지 섞는다(너무 많이 치대면 부석부석하고 기포가 생겨 쿠키가 완전히 납작해질 수 있으므로 주의한다). 달걀과 바닐라 익스트랙을 넣고 젓는다.

2. 이어서 믹싱볼에 밀가루, 코코아 가루, 베이킹소다를 넣고 단단한 나무 주걱으로 섞는다. 그런 다음 우유, 초콜릿 칩, 땅콩을 넣고 섞는다. 이제 반죽이 끈적끈적하고 뻑뻑해졌을 것이다. 그대로 1~2시간 동안 냉장고에 넣어둔다.

3. 오븐을 190℃로 예열하고 베이킹 트레이 두 개에 유산지를 깐다.

4. 이제 재미있는 일을 할 차례다. 쿠키 반죽을 18~20개로 나눈 다음 각 반죽 조각의 가운데에 롤로 초콜릿이나 캐러멜을 올린다. 반죽을 둥글게 굴려 초콜릿 혹은 캐러멜을 감싼다. 동그란 반죽 위에 굵은 바다 소금을 조금 뿌린다.

5. 쿠키는 구워지면서 옆으로 퍼지므로 트레이에 반죽을 올릴 때 간격을 두어야 한다. 뜨거운 오븐에서 15~20분 동안 혹은 가장자리는 바삭하고 가운데는 촉촉해질 때까지 굽는다.

6. 몇 분 동안 식힌 다음 따뜻할 때 먹는다. 캐러멜은 잘 녹아 있고 초콜릿 칩은 말랑말랑하여 아주 맛있을 것이다.

초콜릿 타히니 할바 쿠키

이 쿠키는 우리가 매우 사랑하는 또 한 권의 베이킹 책 『허니&코Honey & Co.』에 나오는 레시피에서 영감을 얻어 만들었다. 우리는 옥스퍼드의 카울리 로드에 있는 마로크 델리 마트에서 할바 과자를 사곤 하는데, 할바를 구할 수 없어도 걱정하지 마시라. 참깨 향이 고소한 타히니 소스와 초콜릿의 조합만으로도 매력적인 쿠키를 만들 수 있다.

재료(16개 분량)

- 다크초콜릿 200g(우리는 코코아 고형분 60% 함유 제품을 쓴다)
- 일반 밀가루 70g
- 코코아 가루 1큰술
- 베이킹파우더 ½작은술
- 소금 한 자밤
- 부드러운 무염 버터 60g
- 부드러운 연갈색 설탕 150g
- 그래뉴당 30g
- 달걀 2개
- 바닐라 익스트랙 1작은술
- 타히니 소스 2큰술
- 할바 과자 100g
- 다크초콜릿 칩 100g(선택)
- 참깨

1. 믹싱볼에 다크초콜릿을 넣고 전자레인지에 돌리거나, 끓는 물에 넣어 중탕한다. 녹인 초콜릿은 약간 식힌다.

2. 다른 믹싱볼에 밀가루, 코코아 가루, 베이킹파우더, 소금을 체친다.

3. 반죽기의 볼에 버터와 갈색 설탕, 그래뉴당을 넣고 섞는다. 크림처럼 부드러워지면(그러나 가스가 차면 안 된다), 달걀과 바닐라 익스트랙을 넣고 섞는다. 1분 동안 속도를 높여 계속 섞다가, 녹인 초콜릿을 붓고 2분 동안 더 섞는다.

4. 3번에서 만든 초콜릿 혼합물에 마른 재료들을 전부 넣고 단단한 주걱으로 휘젓는다. 반죽에 밀가루가 보이지 않을 만큼 섞었다면 타히니 소스와 초콜릿 칩, 부순 할바 과자를 넣고 부드럽게 섞는다.

5. 반죽이 약간 단단해지도록 냉장고에 20분 동안 넣어둔다. 그사이 주걱에 묻은 반죽을 맛있게 먹는다.

6. 오븐을 180℃로 예열하고 베이킹 트레이 두 개에 유산지를 깐다.

7. 쿠키 반죽을 16등분 하고 골프공 크기로 둥글게 만든다. 동그란 반죽에 참깨를 묻힌 다음 유산지를 깐 베이킹 트레이에 5cm 간격을 두고 올린다. 뜨거운 오븐에서 10~12분 동안 혹은 가운데가 브라우니처럼 촉촉하고 먹음직스러워질 때까지 굽는다. 식힘망에 올려 10분 동안 식힌 뒤 맛있게 먹으면 된다.

달콤하고 짭조름한
미소된장 퍼지

미소된장은 우리 빵에 자주 등장하는 스타 플레이어다. 미소는 발효 된장으로, 다른 어떤 재료로도 대체할 수 없는 근사한 짠맛을 낸다. 사민 노스랏 작가의 『소금 지방 산 열』을 읽다가, 아이스크림에 소금을 뿌리면 맛이 한껏 강렬해진다는 사실을 알게 된 후로 나는 소금에 홀딱 빠져버렸다. 나는 모든 것에 소금을 넣기 시작했는데, 차가운 초콜릿 우유에 소금을 살짝 뿌려 마시는 걸 가장 좋아한다.
이 퍼지에도 붉은 미소된장을 넣으면 묘하게 소박한 맛을 더할 수 있다. 이 달콤하고 짭조름한 미소 퍼지는 작게 뭉텅뭉텅 잘라 쿠키나 브라우니, 바나나 빵에 넣어 구우면 정말 맛있다.

재료(큼지막한 12조각 분량)

- 연유 400g
- 부드러운 연갈색 설탕 400g
- 부드러운 무염버터 120g
- 전지우유 150ml
- 붉은 미소된장 2큰술
- 굵은 바다 소금 플레이크 한 자밤

1. 작은 빵틀(15×20cm)에 딱 맞게 유산지의 모서리를 자르고 깔아준다.

2. 무거운 소스팬을 약한 불에 올려 소금 플레이크를 제외한 모든 재료를 한데 넣고 섞는다. 설탕이 녹으면 중간 불로 올리고 12~15분 동안 계속 저어주며 끓인다.

3. 혼합물이 끓어오르면(물이 증발하고 설탕의 농도는 높아져서 끓는점도 높아진다. 대략 115℃에서 끓을 것이다) 불을 끄고 5분간 식힌다.

4. 혼합물을 준비된 빵틀에 넣고 수저 뒷면으로 잘 눌러가며 꽉 채운다. 위에 바다 소금 플레이크 한 자밤을 뿌리고 냉장고에 넣어 최소 2~3시간 둔다.

5. 모양이 어느 정도 고정되면 퍼지를 정사각형으로 자른 다음 밀폐 용기에 보관하거나(어떻게 바로 안 먹고 참을 수 있는지 모르겠지만), 당장 먹는다.

쿠키와 케이크

비건 땅콩버터
바나나 쿠키

이 쿠키는 아주 관대하다. 아주 간단해서 아무리 엉망으로 만들어도
항상 맛있는 결과물을 얻을 수 있다.

재료(15개 분량)

- 으깬 바나나 125g(큰
  바나나 1개 또는 작은 것 2개)
- 씹히는 땅콩버터 125g
- 부드러운 연갈색 설탕
  125g
- 일반 밀가루 125g
- 베이킹소다 1작은술
- 베이킹파우더 1작은술
- 고운 바다 소금 ½작은술
- 비건 다크초콜릿 칩 80g
  (선택)
- 굵은 바다 소금 플레이크
  한 자밤

1. 큰 믹싱볼에 바나나와 땅콩버터를 넣고 크림처럼 될 때까지 섞는다.
   핸드 믹서나 반죽기의 패들 장치를 사용하면 된다. 설탕을 넣고 다시
   한번 섞어준다.

2. 다른 볼에 밀가루, 베이킹소다, 베이킹파우더, 소금을 체친다. 여기에
   바나나 땅콩버터 혼합물을 넣은 뒤 잘 섞는다. 초콜릿 칩도 먹고 싶은
   만큼 던져 넣는다. 반죽을 동그랗게 굴린 뒤 볼에 담고 위에 랩을
   씌운다. 냉장고에서 1시간 동안 식힌다.

3. 오븐을 190℃로 예열하고 베이킹 트레이 두 개에 유산지를 깐다.

4. 쿠키 반죽을 퍼내 베이킹 트레이 위에 5cm 간격으로 올린다. 포크로
   쿠키 위에 열십자를 찍어준다. 위에 굵은 바다 소금 플레이크를 뿌리고
   뜨거운 오븐에서 10~15분 동안 혹은 겉은 바삭하고 속은 촉촉하게 될
   때까지 굽는다. 몇 분 동안 식힌 뒤 먹는다.

마마이트 글레이즈를 바른 블론디

코펜하겐을 여행하는 동안 리처드 하트라는 천재(그는 베이커리계의 왕족이다)가 운영하는
빵집 '하트 바게리'에 찾아갔다. 그들은 친절하게도 우리에게 주방을 보여주었고,
거기에서 탈리아를 만났다. 탈리아는 덴마크에 오기 전에는 페이스트리 셰프로 일했고,
하트 바게리에서는 여러 종류의 빵을 만들고 있었다. 그녀가 가장 좋아하는 빵이 바로
마마이트 글레이즈를 바른 블론디다. 이 레시피는 탈리아 덕분에 탄생했다. 마마이트
글레이즈는 생략해도 되지만, 넣는다면 매우 특별한 맛을 경험하게 되리라 장담한다.

재료(10개 분량)

블론디

- 부드러운 연갈색 설탕 225g
- 무염버터 115g, 녹인 것
- 달걀 1개
- 바닐라 익스트랙 1작은술
- 일반 밀가루 150g
- 베이킹파우더 ½작은술
- 베이킹소다 ½작은술
- 피칸(또는 좋아하는 견과류) 50g,
- 밀크초콜릿 50g

마마이트 글레이즈

- 마마이트 또는 다른 이스트 추출물 1작은술
- 물 2큰술

1. 오븐을 180℃로 예열하고 깊은 베이킹 트레이에 유산지를 깐다.
   유산지가 트레이 가장자리까지 닿도록 깔아주는 게 좋다.

2. 큰 믹싱볼에 설탕과 녹은 버터를 넣고 잘 섞어준다(혹은 궁극의 브라운
   버터 초콜릿 칩 쿠키를 만들 때처럼 브라운 버터를 만들어도 좋다. 브라운
   버터를 넣으면 블론디에 고소한 맛이 더해진다). 설탕 버터 혼합물에 달걀을
   깨 넣고 바닐라 익스트랙을 더한 뒤 매끈하고 윤이 나도록 잘 섞는다.

3. 다른 볼에 밀가루, 베이킹파우더, 베이킹소다를 체친 다음, 2번에서
   만든 혼합물을 붓고 잘 섞는다. 완전히 섞이면 견과류와 초콜릿을 넣고
   부드럽게 섞는다.

4. 반죽을 긁어 준비된 베이킹 트레이에 넣고 수저의 뒷면으로 반죽을
   고르게 편다. 뜨거운 오븐에서 25~30분 동안 혹은 반죽의 윗부분이
   황금빛 갈색으로 부풀 때까지 굽는다.

5. 블론디를 트레이 안에서 5분간 식힌 뒤 유산지를 잡고 조심스럽게
   틀에서 들어 올려 식힘망으로 옮긴다.

6. 블론디가 완전히 식기를 기다리면서, 글레이즈를 만든다. 소스팬을
   중간 불에 올려 마마이트와 물을 넣고 완전히 녹을 때까지 휘젓는다.
   붓을 이용해 블론디에 글레이즈를 바르고 완전히 식힌다.

캐러멜라이즈 바나나빵

이 빵은 코로나19로 우리 마을이 봉쇄됐을 때 만들었다. 그리고 그야말로
비욘세도 울고 갈 정도로 대박이 났다. 이 바나나빵은 단순하고, 달콤하며, 익은
바나나를 처리할 수 있는 아주 훌륭한 대안이다. 나는 바나나빵이 언제나 조금
심심하게 느껴져서, 찬장에서 찾아낸 재료들을 이것저것 더해 보았다. 땅콩버터
바나나빵, 콘플레이크 바나나빵, 그리고 마마이트 바나나빵(이건 다시 만들지는
않았다) 등을 시도했다. 그러다 내가 겨울에 즐겨 찾는 '위로 음식'을 떠올렸다.
바로 브라운 버터와 꿀에 튀긴 노릇노릇 바삭바삭한 캐러멜라이즈 바나나였다.
캐러멜라이즈 바나나를 올린 바나나빵을 먹으면 비욘세처럼 엉덩이춤이라도
추고 싶어진다.

재료(10덩이 분량)

- 부드러운 무염버터 140g
- 데메라라 설탕(빵틀 코팅용)
- 일반 밀가루 150g
- 베이킹파우더 2작은술
- 고운 바다 소금 1작은술
- 시나몬 가루 1작은술
- 간 너트맥 1작은술
- 부드러운 연갈색 설탕 150g
- 꿀 1큰술
- 달걀 2개
- 완전히 익은 바나나 300g (대략 큰 바나나 2개 정도), 껍질을 벗겨 으깬다
- 견과류(선택)
- 초콜릿 칩(선택)

캐러멜라이즈 바나나

- 무염버터 2큰술
- 꿀 또는 메이플시럽 1큰술
- 익은 바나나 2개, 껍질을 벗겨 잘라 준비

1. 먼저 반죽을 만든다. 소스팬을 중간불에 올리고 버터를 녹인다. 버터가 고소한 냄새를 풍기며 황갈색으로 캐러멜라이즈 될 때까지 계속 저어 브라운 버터를 만든다. 다 되면 불을 끄고 30분간 식힌다.

2. 오븐을 180℃로 예열한다. 950g짜리 빵틀에 버터를 가볍게 바른 다음 데메라라 설탕으로 옆면을 코팅한다.

3. 믹싱볼에 밀가루, 베이킹파우더, 설탕을 체치고 여기에 시나몬 가루, 잘게 간 육두구를 넣는다.

4. 큰 믹싱볼에 브라운 버터를 붓고 설탕, 꿀, 달걀을 넣은 다음 핸드 믹서로 허옇게 거품이 날 때까지 섞는다. 여기에 마른 재료들과 으깬 바나나를 넣고 부드럽게 섞어 반죽을 만든다. 견과류와 초콜릿도(넣을 거라면) 이때 함께 넣고 섞는다.

5. 다음으로 캐러멜라이즈 바나나를 만든다. 소스팬을 중간 불에 올리고 버터를 녹인다. 갈색으로 변하면서 고소하고 달콤한 냄새가 주방을 가득 채우면, 꿀이나 메이플시럽을 넣는다. 약한 불로 줄인 다음 바나나 조각을 넣고 부서지지 않게 주의하면서 2~3분간 부드럽게 젓는다. 불을 끄고 조금 식힌다.

6. 준비된 틀에 반죽을 부은 다음 그 위에 캐러멜라이즈 바나나의 ⅔를 얹는다. 뜨거운 오븐에서 50분간 혹은 윗부분이 노릇노릇하게 부풀어 오를 때까지 굽는다. 이쑤시개로 빵 가운데를 찔러보고 아무것도 묻어나오지 않으면 다 된 것이다.

7. 빵틀에서 빵을 꺼내지 않고 그대로 식힘망에 올려 20분 동안 식힌다. 그다음 조심스럽게 빵을 꺼내서 다시 식힘망에 올리고 10분 이상 식힌다. 빵이 아직 따뜻할 때 먹기 좋은 크기로 잘라 남은 캐러멜라이즈 바나나를 올린다.

활용법

▶ **다크 초콜릿과 땅콩버터 바나나빵**
4번 단계에서 으깬 바나나를 넣은 직후에 초콜릿 칩 한 줌과 땅콩버터 1스푼을 듬뿍 퍼서 넣어준다.

에바 케이크

오렌지 베이커리를 열고 얼마 되지 않아서 우리는 에바의 엄마, 카를라를 알게 되었다. 희귀한 신경계 질환을 지니고 태어난 에바는 빵 굽기를 좋아하는 멋진 미식가다. 에바의 가족은 자선단체를 설립했는데, 카를라는 우리 가게에 모금 활동을 위한 전단을 붙여도 괜찮을지 물어보았다. 우리는 전단만 붙일 게 아니라 에바를 위한 빵을 만들어 자선단체를 돕고 싶다고 했다. 카를라는 에바가 좋아하는 재료 목록을 적어 보내주었고 우리는 바로 티로프(말린 과일과 계피 등의 향신료를 넣어 만드는 영국식 케이크 — 옮긴이)를 만들면 좋겠다고 생각했다. 우리는 기존의 티로프 레시피에 에바가 좋아하는 것들을 첨가했다. 아주 단순하지만 정말 맛있고, 에바도 엄청나게 좋아했던 케이크다.

재료(두 덩이 분량)

- 말린 과일 250g(우리는 무화과, 대추야자, 살구, 건포도를 섞어 쓴다)
- 시나몬 가루 1작은술
- 얼그레이 티백 1개
- 끓는 물 250ml
- 오렌지 제스트와 즙 1개 분량
- 베이킹파우더가 든 밀가루 250g
- 부드러운 연갈색 설탕 100g
- 시리얼 100g(우리는 콘플레이크와 뮤즐리를 섞어 쓴다)
- 달걀 1개 풀어서 준비

1. 450g짜리 빵틀 두 개에 오일을 가볍게 바른다. 유산지 두 장을 길게 잘라 빵틀 바깥으로 튀어나오도록 넉넉하게 깔아준다. 이렇게 하면 나중에 빵을 빵틀에서 꺼낼 때 유용하다.

2. 말린 과일들을 작은 조각으로 잘라 큰 볼에 넣는다. 여기에 시나몬 가루와 티백을 넣고 끓인 물을 붓는다. 티백이 잘 우러나도록 몇 분간 뒀다가 오렌지 제스트와 오렌지즙을 넣고 잘 섞은 다음 식힌다.

3. 오븐을 180℃로 예열한다.

4. 과일에 얼그레이와 오렌지 향이 잘 배어들고 시원하게 식었다면 물을 따라내고 티백을 버린다.

5. 퉁퉁 불은 과일들이 담긴 볼에 밀가루를 체친다. 설탕과 취향껏 고른 시리얼과 풀어둔 달걀을 넣고 나무 주걱으로 모든 재료가 잘 섞이도록 저어준다.

6. 준비된 빵틀에 반죽을 퍼 넣은 뒤 뜨거운 오븐에서 1시간가량 혹은 윗부분이 노릇노릇하게 부풀어 오를 때까지 굽는다. 이쑤시개로 빵 가운데를 찔러 아무것도 묻어나오지 않으면 완성이다. 혹시 900g짜리 빵틀을 사용한다면 20분을 더 구워준다. 한 시간쯤 지나 윗부분이 너무 까매지는 것 같으면 틀 위에 종이 포일을 덮고 계속 굽는다.

7. 빵을 틀에서 꺼내지 않고 5분 동안 식힌다. 유산지 끝부분을 잡고 빵을 틀에서 끄집어낸 다음 식힘망에 얹어 완전히 식힌다.

저자 소개

키티 테이트와 아빠 앨 테이트는 옥스퍼드 와틀링턴에 살며
함께 오렌지 베이커리를 운영한다. 두 사람은 무화과와
호두를 넣은 사워도우, 헤이즐넛 초콜릿 쿠키, 시나몬 번,
피스타치오 페이스트리 등 매일 다양하고 맛있는 빵을
굽는다. 가게 앞에는 빵을 사러 온 사람들의 줄이 길게
늘어서고, 몇 시간 만에 모든 빵이 다 팔린다.
키티는 2018년 열네 살에 우울증을 앓았고 학교도
그만두게 되었다. 앨은 살아갈 이유가 없다고 느끼던
키티에게 함께 빵을 구워보자고 제안했고, 그날부터
두 사람은 한 덩이, 두 덩이씩 빵을 굽기 시작했다. 그 후
키티와 앨은 동네 사람들에게 빵을 주문받아 배달해주는
소규모 빵 구독 서비스를 시작했고, 팝업 매장을 열었으며,
마침내 2년 만에 시내에 빵집을 열게 됐다.
그 사이 키티는 건강해졌고, 웰시코기 한 마리를 입양했다.
옥스퍼드대학교에서 학생들을 가르치던 앨은 이제
선생님이 아닌 베이커가 되었다.

키티 인스타그램 @kittytaitbaker

감사 인사

앨

지난 몇 년간 우리에게 일어난 일은 모두 우리를 도와준 사람들 덕분이었다. 어떻게 감사 인사를 전하면 좋을지 오랫동안 생각해 왔다. 먼저 우리 가족 친지들이 떠오른다. 아내와 나는 둘 다 4남매의 일원이고 조카도 많다. 덕분에 우리는 커다란 응원을 등에 업고 일을 시작했다.

특히 금요일의 남자 벤에게 특별한 감사를 전하고 싶다. 우리의 모험을 진심으로 즐겨주신 장모님 페이션스 얘기도 하지 않을 수 없다. 장모님은 팬데믹 봉쇄 기간에 돌아가셨다. 그가 정말 그립다. 우리의 친구들, 관대한 크라우드 펀딩 후원자들, 와틀링턴의 학교와 가게들, 메모리얼 클럽과 우리 고객들, 마지막으로 엄청난 인내심을 보여준 우리 동네 이웃들에게 진심 어린 감사를 전한다. 그리고 우리를 이 놀라운 세계의 일원으로 받아 들여준 베이킹 커뮤니티에도 경의를 표한다.

키티와 내가 그림이 튀어나오는 팝업 책을 만들고 싶다는 주장을 했으나 우리를 친절하게 바른 길로 이끌어준 제인. 우리를 진정으로 이해해준 블룸스버리출판사의 로완과 키티, 이 책에 대한 키티의 모든 아이디어를 받아 들여준 엘렌과 돈. 세심한 부분까지 매의 눈으로 교정해준 리사, 멋진 디자인으로. '브레드송'의 즐거움을 제대로 표현해준 산드라까지, 편집팀 식구들의 도움이 컸다.

어떤 아이디어도 황당하게 여기지 않고 멋진 사진을 찍어준 마크, 소품이 될 만한 것을 찾아 집 주변을 헤매며 근사한 스타일링을 해준 니키도 빼놓을 수 없다.

아그네스와 앨버트, 아빠는 모든 면에서 너희가 너무나 자랑스러워. 그리고 마지막으로 나의 아내, 케이티. 당신은 나의 힘이자 버팀목*이야. 엘리자베스 여왕님, 따라 해도 이해해주실 거죠?

키티

내게 일어난 일이 일어나지 않았다면 얼마나 좋았을까, 이런 후회는 하지 않아요. 시간을 돌려 과거로 돌아갈 수 있다고 해도 저는 똑같이 할 거예요. 물론 제가 이렇게 말할 수 있는 건 모두 우리 가족 덕분이에요. 만약 엄마 아빠가 제 말을 들어주지 않거나 강요를 했다면, 전 아마 지난 몇 년 동안 학교를 들락거렸을 테고 더 오랫동안 병원에 다녀야 했을 거예요. CAMHS에 다니며 상담을 받던 어느 날 누군가 엄마를 한쪽으로 데려가 부모의 유형에 관해 이야기를 해주었대요. 사실 불쾌할 수도 있었을 텐데 엄마는 경청했어요. 부모 유형에는 문제를 깡그리 무시하고 곧 괜찮아질 거라 희망하는 타조형, 자식의 안전이 걱정돼 움직이지도 못하게 주머니에 넣어버리는 캥거루형, 힘과 논리로 불도저처럼 밀어붙이는 코뿔소형, 자식에 대한 자신의 스트레스나 불안을 숨기지 못하고 투명하게 다 내보이는 해파리형이 있어요. 또 끊임없이 잔소리하고 회유하는 테리어형도 있어요.(우리 강아지 스파키는 그렇지 않지만요). 반면 이상적인 부모는 돌고래와 세인트버나드(몸집이 크고 튼튼한 개)를 합친 유형이래요. 돌고래는 처음에는 앞장서서 헤엄치는 법을 알려주지만, 나중에는 자식이 스스로 할 수 있게 조금씩 밀어주며 뒤에 있어 준다고 해요. 세인트버나드는 항상 옆에서 희망과 이해와 따뜻함과 침착함을 보여준대요. 변함없이 든든한 존재이지요.

엄마 아빠, 저에게 버나드이자 돌고래가 되어주셔서 감사합니다.

---

* 옮긴이 주
엘리자베스 여왕이 1997년 금혼식 연설에서 남편인 필립 공을 가리켜 "그는 나의 힘이자 버팀목He is my strength and stay"이라고 말한 바 있다.

위로를 주는 빵집
오렌지 베이커리

펴낸날 초판 1쇄 2023년 6월 23일
　　　　초판 4쇄 2024년 1월 8일
지은이 키티 테이트, 앨 테이트
옮긴이 이리나
펴낸이 이주애, 홍영완
편집장 최혜리
편집2팀 홍은비, 박효주, 문주영, 이정미
편집 양혜영, 장종철, 김하영, 강민우, 김혜원, 이소연
디자인 김주연, 박아형, 기조숙, 윤소정, 윤신혜
마케팅 최혜빈, 김태윤, 정혜인
해외기획 정미현
경영지원 박소현
펴낸곳 (주)윌북
출판등록 제2006-000017호
주소 10881 경기도 파주시 광인사길 217
전화 031-955-3777 **팩스** 031-955-3778
홈페이지 willbookspub.com
블로그 blog.naver.com/willbooks
포스트 post.naver.com/willbooks
트위터 @onwillbooks
인스타그램 @willbooks_pub
ISBN 979-11-5581-618-9 03840

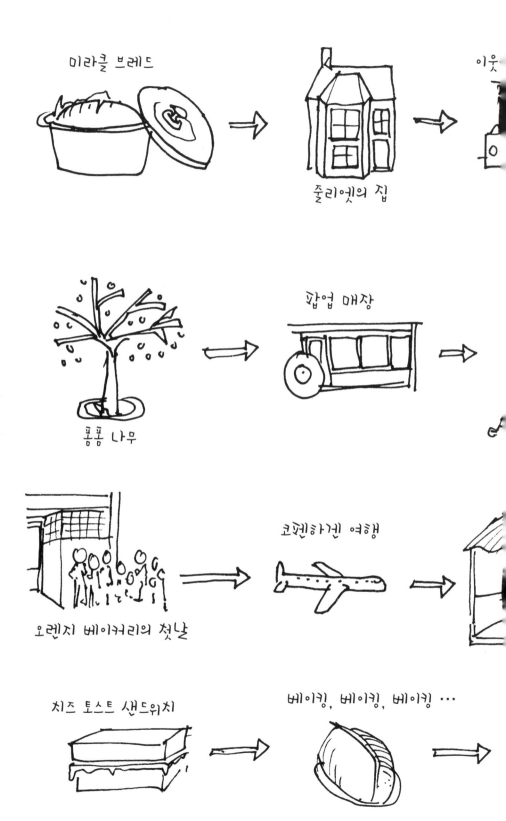

미라클 브레드

줄리엣의 집

이웃

폼폼 나무

팝업 매장

오렌지 베이커리의 첫날

코펜하겐 여행

치즈 토스트 샌드위치

베이킹, 베이킹, 베이킹 …